CAMILLE DEBANS

Les Drames
à toute Vapeur

299

TOURS

ALFRED MAME ET FILS, ÉDITEURS

M DCCC XCVIII

LES DRAMES

A TOUTE VAPEUR

3e SÉRIE IN - 4o

(Nouvelle)

Mlle Isoline entra sur la voie du train avec lequel elle luttait.

LES DRAMES

A TOUTE VAPEUR

PAR

CAMILLE DEBANS

TOURS

ALFRED MAME ET FILS, ÉDITEURS

—

M DCCC XCVIII

LES DRAMES
A TOUTE VAPEUR

L'AIGUILLEUR

A Mme la baronne de T.

I

Une blanche maisonnette semble endormie dans les pommiers en fleurs. C'est le matin, à l'heure parfumée où la rosée tend ses larmes au soleil, qui, d'un baiser, les attire à lui dans le ciel. Tout est lumière et fraîcheur pénétrante. On assiste à l'épanouissement d'une journée éclatante et féconde.

La porte s'ouvre : un homme paraît sur le seuil ; à ses lèvres, un sourire ; dans ses yeux, l'attente d'une joie. Derrière le tronc d'un pommier, on devine un mouvement ; le sourire de l'ouvrier s'élargit ; et de l'arbre, comme une dryade enfant, s'échappe une adorable petite fille blonde, qui vient se jeter avec des fusées de rire dans les jambes de celui qui la guette.

Cela se termine par un échange de caresses et par de longs baisers bien chauds. Vous n'auriez pas fait un pas de plus pour chercher l'image du bonheur.

« J'emmène la petite, n'est-ce pas, Céline ? » dit le père.

A ces mots apparut à son tour une alerte paysanne, blonde aussi, un peu pâle.

« Encore ! dit-elle, avec une nuance de jalousie voulue.

— Comment, encore ! Hier c'était dimanche, et tu ne veux pas que ce jour-là...

— Non, elle doit accomplir ses devoirs religieux : aller à la messe, aux vêpres.

— Je ne m'y suis jamais opposé, répondit le père ; aujourd'hui nous sommes en semaine, laisse-la-moi.

— Oui ; mais, reprit la mère non sans un peu d'hésitation confuse, c'est toujours toi qui l'as.

— Oh ! nous partageons bien, va ! répondit l'homme avec le plus franc et le plus paternel des sourires.

— Tu trouves, méchant ? »

La fillette, placée entre son père et sa mère, écoutait cette conversation d'un air sérieux. Son regard allait de l'un à l'autre, selon que celui-ci ou celle-là prenait la parole. Sa main droite était encore dans celle de l'ouvrier ; de sa gauche, elle avait saisi les doigts de sa mère, et semblait ainsi partager son affection également.

« Si tu savais, reprit le père, comme les heures passent quand elle est sous mes yeux, là-bas !

— Eh ! crois-tu donc que je ne m'en doute pas, moi qui les trouves si longues lorsque je suis une demi-journée sans la voir ?

— Bah ! tu es occupée ici.

— Et toi, n'as-tu donc rien à faire ? »

Par un mouvement simultané, comme si la même pensée leur fût venue en même temps, père et mère se baissèrent dans un mouvement plein de grâce, et l'un et l'autre enlacèrent d'un bras la taille mignonne de la petite futée, qui se laissait faire avec cette quasi-majesté des enfants gâtés.

« Tu vas décider, toi, mignonne, dit la mère.

— Soit, je m'en rapporte à elle. »

Et tous les deux, en manière de précaution oratoire, embrassèrent à belles lèvres leur enfant chéri ; puis ils ne purent réprimer un bel éclat de rire, qui repartit comme un écho cristallin entre les dents de la fillette. C'était une scène à peindre. Rien ne pouvait être plus touchant que l'attitude de cet homme et de cette femme, se faisant les justiciables de leur espiègle gamine.

« Voyons, Aimée, réponds.

— Quoi? demanda l'enfant, qui riait encore malgré elle.

— Que veux-tu : rester avec maman ou venir sur la ligne avec papa? »

L'enfant regarda alternativement l'un et l'autre, mais n'osa pas se prononcer. Elle aurait bien voulu aller avec son père; c'était si charmant de courir autour de la petite guérite et de gratter la terre du minuscule jardin qu'il avait planté entre deux voies! Sa mère, d'autre part, était si bonne, si faible; elle se faisait si absolument son esclave, qu'Aimée craignait de lui faire de la peine.

« Allons, parle, reprit le père, je te donnerai...

— Oh! ne lui promets rien, interrompit la pâle Céline; il ne faut pas l'influencer. C'est une tentative de corruption, ce que tu fais là. »

Et les caresses recommencèrent à envelopper la petite fille, qui aimait trop à être câlinée pour ne pas faire durer la scène tant qu'elle le pourrait.

« Eh bien, Aimée, reprit enfin la mère, tu ne veux donc pas dire?

— C'est que... je ne sais pas, répondit enfin la petite rouée.

— Mais tu aimes bien à venir avec moi? reprit l'homme.

— Oh! oui.

— Tu n'aimes donc plus ta maman? fit Céline.

— Oh! si. »

On fut embarrassé. Aimée elle-même commençait à être gênée par cet interrogatoire. Sa grande joie allait se changer en tristesse. Sentant qu'elle ne pouvait contenter en même temps ces deux êtres qui l'adoraient, elle fut sur le point de pleurer.

Céline s'en aperçut tout de suite. Le cœur de la mère avait cet instinct. Elle céda.

« Emmène-la, Laurent, emmène-la. J'aime mieux ça encore que de lui faire du chagrin. »

Le père, à ces mots, fut saisi d'une profonde émotion.

« Non, dit-il à son tour, garde-la, toi, tu le mérites, car tu l'aimes mieux.

— Et toi, tu l'aimes plus. Qu'elle aille avec toi!

— Non! »

— Je t'en prie, maintenant. »

Et la discussion allait recommencer, mais lutte de générosité, d'abnégation, cette fois. Enfin le mari prit sa chérie dans ses bras et se releva radieux. Le sourire reparut dans les yeux humides de l'enfant. Laurent embrassa tendrement sa femme.

« Écoute, dit-il, tu viendras la chercher à midi. »

Cette parole, attendue peut-être, désirée à coup sûr, ramena un rayon joyeux sur la sereine beauté de Céline, et elle couvrit de ses tendresses le groupe charmant.

Puis Laurent s'en alla, portant toujours sa petite fille, qui jouait avec les longues moustaches fauves du brave homme et qui de temps à autre les tirait sans pitié, en poussant des cris de gaieté lorsque la douleur arrachait à celui-ci une légère grimace.

Céline les regarda partir, heureuse, puis rentra dans la maison.

L'homme s'en allait à grands pas reprendre son service. Çà et là, il rencontrait un laboureur ou quelque berger qui lui jetait une épigramme bienveillante, car tout le pays savait avec quelle passion Laurent et sa femme aimaient la fillette.

II

Laurent était un grand garçon, bien découplé, de trente à trente-cinq ans. Ancien soldat, il en avait gardé la bonhomie et les allures. Sur sa poitrine était attachée la médaille militaire, bien gagnée. Il n'en était pas plus fier.

Son grand œil gris de fer se reposait sur vous avec une loyauté dont on était pénétré. Pour tout le reste de son visage, il ressemblait à ce type de Lorrains si blonds, si francs, fort commun dans nos armées, et dont l'audace chevaleresque, la bravoure indomptée, resteront à jamais dans la mémoire de nos régiments, jusqu'au jour où leurs fils y viendront reprendre leur place, ce qu'il est bien permis d'espérer.

Après avoir achevé son service, Laurent, qui venait d'obtenir les galons de sous-officier, avait été recommandé par son colonel à l'un de ses parents, qui comptait parmi les principaux ingénieurs de la compagnie de l'Ouest. Aussi n'attendit-il pas longtemps, et, deux mois après avoir quitté le régiment, il entrait en qualité d'homme d'équipe à la gare Saint-Lazare, d'où plus tard on l'envoyait, comme aiguilleur, dans le Calvados.

Très rangé, de figure avenante, d'une propreté presque élégante, il n'avait pas tardé à passer dans les environs pour le modèle des hommes. Les jeunes filles l'adoraient, les parents l'estimaient et l'attiraient. Ce n'était pas le coq du village, car il était loin d'affecter des allures conquérantes; mais il pouvait choisir la plus riche paysanne des environs, et il était certain qu'on ne la lui refuserait pas, tout le monde s'accordant à dire qu'un homme honnête, travailleur et probe, était bien préférable à quelque demi-richard de village vaniteux et débauché.

Laurent ne fit pas languir l'opinion publique. Un matin, il alla frapper rondement à la porte de Céline Courville, la plus jolie fille du pays, ni plus ni moins, et, sans embarras comme sans jactance, il la demanda à sa grand'-mère, avec qui elle vivait et qui était sa seule parente.

« Mon gars, lui répondit la bonne vieille, cela ne me regarde pas; c'est l'affaire de Céline, et elle n'est pas ici.

— Je le sais, dit Laurent, puisque j'ai choisi l'heure où elle devait être dehors pour venir vous parler.

— Alors, vous allez l'attendre?

— Avec votre permission. Mais il y a quelque chose qui vous regarde dans tout ça, quelque chose qui est nécessaire.

— Quoi donc?

— Votre consentement. La loi l'exige, et je pense que vous ne le refuserez pas.

— Non, certes, si vous plaisez à Céline! »

A ces mots, l'aiguilleur prit la vieille, — qui ne pesait pas lourd, — l'enleva de terre et l'embrassa comme du pain.

« Eh! laissez donc, Laurent, laissez donc! s'écria la grand'mère avec un effarement des plus comiques, vous allez me casser! On ne joue pas comme cela avec de vieux os comme les miens! »

L'ancien soldat riait. Quand la bonne femme eut repris son aplomb :

« M'est avis, dit-elle, que vous m'avez donné un baiser qui avait une autre destination, et je crois bien qu'en rentrant Céline pourrait le réclamer comme son bien. »

Laurent riait toujours.

La jeune fille ne se fit pas longtemps attendre. Elle arriva sans se presser et de l'air d'une rusée qui veut ne se douter de rien. Sa grand'mère la prit par le bras, la regarda bien en face. Céline baissa les yeux, rougit, sourit et resta confuse.

« Allons, ma fille, tu sais aussi bien que moi ce que Laurent est venu faire ici, n'est-ce pas? L'aimes-tu? »

A cette question, Céline troublée ne répondit pas.

« Tu ne le lui as donc pas avoué encore? Tant mieux, mon enfant; mais tu peux le dire maintenant, à moins que tu n'aies des idées. J'en avais, moi, quand j'étais jeune, et je sais que j'aimai mieux confier mon premier aveu à ton grand-père que de le laisser même soupçonner aux autres. Je vais changer ma question. Laurent te plaît-il?

— Oui, grand'mère.

— Eh bien, mes enfants, mariez-vous! Laurent, vous aurez là, je vous assure, une bonne et brave femme. Quant à toi, tu verras bien aux caquets de toutes les filles du pays, quand elles apprendront ton bonheur, que Laurent passe pour devoir être la perle des maris. »

Les caquets annoncés par l'aïeule ne manquèrent pas lorsqu'on sut la grande nouvelle; mais, comme après tout Céline était la plus sage et la plus charmante, ils s'épuisèrent bientôt, et la noce fut célébrée au milieu de l'allégresse générale.

Quelques mois après, la grand'mère s'en alla dormir son éternel sommeil et laissa aux jeunes époux quelques économies.

« Je n'ai plus rien à faire ici-bas, puisque vous êtes heureux, leur dit-elle avant de mourir. Vous trouverez après moi quelques sous. Achetez de la terre, mes enfants. Le moment présent est l'heure des paysans. Et restez honnêtes, pour que je puisse vous dire : Au revoir, là-haut! »

Laurent fit l'acquisition d'un petit herbage tout à fait modeste et y construisit sa blanche maisonnette. Seulement il ne fut pas assez fou pour quitter sa place au chemin de fer, et tout alla bien, comme par le passé, dans le plus satisfait des ménages.

Tout alla même si bien, que Céline annonça un matin qu'elle ne tarderait pas à être mère.

Ah! quelle joie ce fut! Un enfant, ils allaient avoir un enfant qui serait à eux deux! Laurent n'en dormait plus.

« Ce sera un garçon! » s'écriait-il de temps à autre, et sa jubilation débordait de plus belle.

Quand, installé à son poste, il regardait passer les trains, — ce qui jadis était pour lui un spectacle suffisamment monotone, — le beau Laurent plongeait des regards avides dans les compartiments, et s'il pouvait apercevoir, comme dans un rêve, la tête blonde d'un élégant *bambino*, il se disait :

Voilà pourtant comme il sera !

Toutes les heures qu'il ne consacrait pas à son aiguille, il les employait maintenant à chercher un nom comme il n'y en avait pas, un nom extraordinaire, exorbitant, imprévu, qui témoignât de tout l'amour qu'on lui réservait.

Chaque jour il découvrait quelque vocable insensé, qui était provisoirement destiné à orner l'acte de naissance de son héritier, jusqu'à ce qu'il en découvrît un autre plus folâtre qui ne gardait pas plus longtemps son avance.

Et Céline ne se possédait pas de voir son homme si heureux.

Enfin Laurent hésita si longtemps entre les cinquante noms prétentieux qu'il avait trouvés, que l'enfant vint au monde avant qu'il se fût décidé.

Mais, ô consternation ! ce fut une fille, et fort heureusement, sans nul doute, car Laurent serait devenu fou de joie, si ses vœux eussent été réalisés.

En véridique historien, nous devons avouer que le nouveau père accueillit sa fille très froidement. Il n'avait jamais vu d'enfant naissant, et il la trouva bien petite et toute rougeaude : en un mot, indigne de lui.

Céline, elle, était bien contente. Pour ne pas contrarier son mari, elle n'avait pas dit ses préférences, mais elle était exaucée.

« Comment l'appellerons-nous? demanda-t-elle.

— Oh! comme tu voudras! »

L'heureuse mère avait tout arrêté, tout prévu d'avance. Elle désigna les noms qui devaient être inscrits sur l'acte de l'état civil et sur celui du baptême, et tout marcha comme sur des roulettes.

Laurent avait eu une cruelle déception; il lui fallut un certain temps pour la digérer. Or la petite se développa, devint fort belle, et, juste un an après sa naissance, faisait ses premiers pas et disait papa comme une personne naturelle.

La rancune de Laurent ne tint pas contre cette ivresse de s'entendre appeler père pour la première fois par une bouche rose et bégayante. Il prit sa fille et la couvrit de baisers. Céline rougit de bonheur. Tout était réparé.

A partir de ce jour, le père et la mère semblèrent rivaliser pour gâter la mignonne, qui, convenons-en, n'en abusa pas trop. A deux ans et demi, elle était déjà pleine de cette malice qui rend les enfants de cet âge si adorables.

Ses reparties, ses saillies, jusqu'au moindre de ses propos, ravissaient non seulement Laurent et sa femme, mais encore les amis et les voisins; et dans le village c'était à qui s'amuserait à faire jaser Marcelle, car sa mère l'avait nommée Marcelle.

Mais un jour l'aiguilleur, dont le cœur débordait d'orgueil et d'amour paternels, se tourna vers sa femme et lui dit :

« Comment diable n'as-tu pas donné à la mioche le seul nom qu'elle méritât?

— Et lequel donc?

— Celui d'Aimée.

— C'est vrai! s'écria la mère; mais nous sommes à temps de ne plus l'appeler qu'ainsi. »

Depuis ce jour Marcelle s'appela définitivement Aimée, sauf pourtant dans les cas assez rares où l'on se fâchait, où l'on voulait la punir; car alors on lui rendait son nom de Marcelle, qu'il fallait prononcer avec une grosse voix et un accent de colère.

L'enfant continuait à grandir. Elle était chaque jour plus gracieuse, plus charmante, plus aimante, plus Aimée.

A l'heure précise où arriva le terrible événement, elle venait d'avoir six ans. Intelligente, elle n'en était pas moins restée très enfant et joueuse, si bien que les rivalités du père et de la mère n'avaient pas cessé.

Lorsqu'elle était toute petite, on se disputait pour savoir qui porterait l'enfant; on était jaloux de se fatiguer plus l'un que l'autre au service de ce petit tyran, à qui on ne demandait en récompense que d'avoir d'incessantes fantaisies. C'était bien le petit être

Qui n'a qu'à vivre heureux pour n'être pas ingrat,

selon l'admirable expression d'Émile Augier.

Plus tard ce fut la même chose, mais autrement : on ne la portait plus, parce qu'elle voulait marcher. C'était alors à qui la tiendrait par la main ; puis on en vint à se la disputer, lorsqu'elle fut un peu plus raisonnable. Le père voulait l'emmener avec lui pour égayer les heures lentes de ses factions ; la mère trouvait la maison vide quand elle n'y était pas. Arrangez tout cela si vous pouvez !

Aussi s'élevait-il de temps à autre quelques petites querelles, légers nuages venant troubler, — à propos peut-être, — l'éternelle sérénité de ce bonheur. Et ces querelles n'avaient d'autre cause que l'enfant. Laurent se plaignait de ne pas en jouir ; Céline lui reprochait de l'accaparer, et cela se terminait par le trio des baisers, car c'était invariablement Aimée qui servait de trait d'union pour le raccommodement.

Mais chaque jour le père devenait plus exigeant, et Céline cherchait, de son côté, les bonnes raisons qu'elle pourrait lui opposer.

Un matin que Laurent, sans rien dire, avait pris la main de la fillette pour l'emmener, Céline se montra tout à coup.

« Quoi ! dit-elle, tu allais,... sans me prévenir, l'emporter ? »

L'aiguilleur, un peu confus, répondit :

« Ne crois pas cela : c'était pour jouer. Nous nous serions cachés derrière les arbres pour te voir chercher.

— Oh ! fit Céline d'un air d'incrédulité.

— Tu doutes de ce que je dis ?

— Écoute, Laurent, dit Céline, Aimée devient grandette, et chaque jour je la trouve plus turbulente, plus tracassière. Il finira par être dangereux de la laisser aller si souvent avec toi.

— Que dis-tu ? murmura en pâlissant le brave homme.

— Je dis... je dis... que j'ai peur de ton chemin de fer, de tes trains du diable, et des machines, et des locomotives, et de tout.

— Tu es folle !

— Laisse donc. Je ne vis pas, moi, pendant que ma fille est là-bas. C'est épouvantable à penser, mais elle peut t'échapper et aller se faire tuer par cette force aveugle contre laquelle tu ne pourras même pas avoir de colère ni de haine.

— Tais-toi ! tais-toi !

— Elle peut s'échapper à l'instant même où tu dois être à ton aiguille. Et, si tu veux te déranger pour la faire revenir auprès de toi, tu peux manquer à ton devoir et être la cause ainsi des plus épouvantables malheurs.

— Oh! Céline, je t'en prie, tais-toi, » murmura Laurent, qui n'avait jamais pensé à cela et qui tressaillait à cette idée.

La jeune femme n'insista pas. L'aiguilleur resta longtemps interdit, presque tremblant. Puis il se remit peu à peu.

« Ma pauvre Aimée! s'écria-t-il en embrassant frénétiquement sa petite fille. C'est égal, Céline, c'est mal, ajouta-t-il, de me faire peur ainsi. »

Céline, qui n'avait pas sérieusement cru au danger dont elle avait parlé, se mit à sourire, et cela se termina comme toujours par ces mots de Laurent :

« Tu viendras la chercher à midi. »

III

Céline n'y manqua pas.

Quand elle fut partie, Laurent, resté seul dans sa petite cabane, ne put chasser de sa mémoire le souvenir de ce que lui avait dit sa femme. Il n'avait qu'à fermer les yeux pour voir Aimée avec sa tête blonde broyée par une locomotive, et il se prenait des deux mains à la chaise sur laquelle il était assis, faisant, sans s'en douter, un effort surhumain et inutile pour lutter contre ce danger imaginaire, comme les gens qui dans un bateau se cramponnent au bord pour l'empêcher de pencher au versant de la vague.

Jamais Aimée ne s'était alitée pour une maladie un peu grave. Laurent n'avait donc jamais pensé qu'elle pouvait mourir. La perdre! cette idée devint une obsession pendant quelques jours, et l'aiguilleur fut longtemps à la pouvoir chasser. Cela eut un autre résultat, dont Céline profita comme elle l'avait peut-être espéré. Laurent ne demandait plus qu'à d'assez rares intervalles à se faire accompagner de sa fille.

Et quand elle était là, il ne lui permettait plus de s'éloigner. Il la tenait à ses côtés. Il se faisait sévère pour la pauvrette, qui n'y comprenait rien.

Puis, quand un train passait à toute vitesse, l'aiguilleur, s'il n'avait rien à faire, regardait cette épouvantable masse fuir devant lui comme une avalanche, et, reportant ses regards sur la frêle créature, chair de sa chair, il se sentait pris d'un effroyable tremblement.

Dans ces moments, des bouffées d'idées religieuses lui montaient au cerveau; il se demandait si réellement il n'avait pas une âme, si Aimée n'en avait pas une aussi, lui qui autrefois s'était souvent posé en libre penseur.

« Ce serait trop affreux de la perdre tout entière, » murmurait-il.

Peu à peu, cependant, ses terreurs s'adoucirent. Il se raisonna.

La petite, se disait-il, est familiarisée avec le passage des trains, c'est vrai. Jamais elle n'a paru avoir peur, c'est encore vrai; mais elle est assez grande pour comprendre le danger, et, de plus, elle redoute de m'inquiéter. Je suis fou de me créer de telles chimères.

Ses appréhensions, sans s'évanouir tout à fait, s'affaiblirent de jour en jour, et trois semaines après la conversation qui l'avait si profondément troublé Laurent n'y pensait plus que de temps à autre.

Un soir, comme il revenait chez lui, il y avait été précédé par le bruit qu'un accident s'était produit à la gare voisine. Un homme d'équipe, disait-on, venait d'être broyé par un train de grande vitesse.

Céline interrogea son mari pendant le souper.

« Est-il vrai que Simon a été tué? demanda-t-elle.

— Non, répondit Laurent.

— Pourtant, on l'assure.

— On a tort. Simon a couru un grand danger, mais il s'en est tiré grâce à un sang-froid extraordinaire. »

Aimée regardait alternativement son père et sa mère et prêtait une oreille attentive. Son regard, d'un éclat indicible, s'arrêtait principalement sur Laurent.

« Alors, il n'est pas mort? demanda Céline.

— Ni mort ni blessé. Et pourtant tout le train lui a passé dessus.

— Comment?

— Oh! ce qu'il a fait n'est pas sans exemple. Lorsque Simon a vu qu'il était trop tard pour se sauver, il s'est jeté à plat ventre au milieu de la voie avec une promptitude pour ainsi dire électrique, et, quand le train a eu filé, il s'est relevé sain et sauf.

— Quelle émotion!

2

— Je l'ai vu; je lui ai même demandé quel effet cela lui avait produit.

« — D'abord, m'a-t-il répondu, quand la locomotive a passé au-dessus de ma tête, j'ai eu joliment chaud, puis ensuite, le temps m'a paru très long : voilà tout. »

« Tu sais que Simon est un gaillard qui ne s'effraye pas facilement; il est prêt à recommencer, » ajouta Laurent d'un ton tranquille.

On quitta la table, on joua jusqu'à la nuit devant la maison avec Aimée, sous les pommiers qui promettaient déjà une récolte abondante, puis on rentra; les volets furent clos, et chacun s'endormit.

A quelques jours de là, les heures de service de Laurent changèrent. Il dut prendre la faction de nuit. Chaque soir, à sept heures, il quittait sa chère famille et s'en allait. Il ne fallait plus songer à se faire suivre d'Aimée; la petite n'avait pas grand temps à dépenser entre son souper et l'heure où on la couchait.

Céline, du reste, se serait opposée à ce que sa fille allât avec l'aiguilleur, aux approches des ténèbres.

Cependant, un soir du mois d'août, une pauvre femme du village fut prise tout à coup de douleurs d'entrailles très violentes.

De toutes parts on accourut chez elle, et chacun proposa son remède. Un médecin qu'on alla querir rédigea une ordonnance, puis il dit aux commères qui se trouvaient là :

« Les médicaments que j'ordonne, vous ne les trouveriez qu'à la ville, et ce serait bien long d'y aller. Que l'une de vous se rende au chemin de fer, où il y a une pharmacie portative, et demande de ma part au chef de gare un peu de sirop d'éther et du laudanum. Cela servira à calmer les douleurs et donnera le temps d'attendre le messager qui va se rendre chez le pharmacien. Allons, quelle est celle de vous qui veut aller à la gare?

« Céline, Céline, » dirent plusieurs voix.

La bonne réputation de Laurent et de sa femme était en effet une garantie de plus pour que le chef de gare n'hésitât pas à lui confier les remèdes.

La jeune femme accepta la mission et partit, tenant Aimée par la main. Elle avait bien pensé à la laisser à la maison. Mais précisément ce jour-là Marcelle avait été particulièrement agitée, nerveuse, tracassière. Elle préféra l'avoir avec elle, quoique l'enfant dût la retarder un peu.

Céline devait passer, pour gagner la gare, devant le poste de son mari. Le jour tombait. A l'horizon une large bande de pourpre, — adieu du soleil à cette belle journée, — illuminait le ciel; mais les ombres venant de l'orient gagnaient peu à peu la campagne.

Laurent vit venir sa femme et sa fille. Il était fort intrigué de les apercevoir par les chemins à cette heure. Dès que Céline fut à portée de la voix, il se hâta de l'interroger.

« C'est la vieille Gerbaude qui est très malade, répondit-elle, et je vais chercher des remèdes à la gare.

— Je te croyais en promenade.

— Pourquoi? parce que je marche lentement?

— Oui.

— C'est que la petite ne pourrait me suivre si j'allais plus vite, et je n'ai pas voulu la laisser à la maison.

— Tu as bien fait. Mais puisqu'elle te retarde, envoie-la-moi. Je la garderai jusqu'à ton retour.

— Je veux bien. »

La mère prit l'enfant par les épaules et lui dit :

« Veux-tu aller trouver papa?

— Oui! oui! » s'écria Aimée en battant des mains.

Il y avait longtemps qu'elle n'était venue à la cabane, et cela constituait pour elle une partie de plaisir.

« Fais-la passer par-dessus la barrière, dit Laurent.

— Viens la prendre alors.

— Attends une minute, voici un train. Il faut que j'aiguille. »

Le convoi passa sans encombre, Laurent vint à la palissade. Céline enleva sa fille et la tendit à son mari qui était en contre-bas. Celui-ci reçut dans ses bras le précieux fardeau, et s'en revint avec lui dans sa guérite, devant laquelle brûlait déjà une lampe à pétrole.

Tout autour les ténèbres envahissaient les voies qui s'entre-croisaient dans tous les sens.

Il ne fallait pas plus de vingt minutes à Céline pour aller à la gare et en revenir. Le père, en l'attendant, se mit à jouer avec la fillette. Celle-ci, qui était, nous l'avons dit, dans un de ses jours de folie, lui fit mille niches, lui tira la barbe, le nez, les cheveux, bondit sur ses genoux, défit sa cravate, se coiffa de sa casquette et grimpa sur ses épaules comme un singe.

Et, au milieu de cette débauche de plaisir, elle gazouillait comme un petit oiseau, disant vingt sottises pour une et lançant cinquante saillies à propos de rien. C'était charmant.

Tout à coup elle sauta à terre avec la prestesse d'un chat et se sauva dans le jardinet du brave homme. Laurent, riant de tout son cœur, la suivit en courant.

« Tu ne m'attraperas pas, dit-elle.

— Je parie que si.

— Je gage que non. »

Et la folle se dérobait à toutes les poursuites de Laurent en égrenant derrière lui un chapelet de rires argentins.

Le père s'amusait plus qu'elle, parce qu'il était heureux en même temps de sa joie. Il avait tout oublié pour ne prêter d'attention qu'à ses cris, qu'à ses invites, qu'à ses propos incohérents.

« Par ici, par ici, » disait-elle.

Et lui faisait semblant de ne pouvoir l'atteindre, ce qui redoublait l'ivresse de l'enfant.

Tout à coup Aimée sauta sur la voie et se mit en mesure de la traverser. Laurent lui cria aussitôt :

« Ne va pas là, mignonne.

— Tu ne m'attraperas pas, répétait le petit démon.

— Viens, viens ici, » recommença le père.

Il était déjà nuit noire. L'aiguilleur voyait mal sa fille, car la lumière du reverbère à pétrole l'aveuglait, et il ne distinguait presque rien dans les ténèbres ambiantes.

« Où es-tu ? demanda-t-il d'une voix qui devenait inquiète.

— Cherche, répondit l'enfant, qui riait de plus belle.

— Aimée ! Aimée ! je ne joue plus. Je vais me fâcher, viens ici.

— Oh ! tu dis ça parce que tu ne peux pas m'attraper.

— Viens, viens, je te donnerai un gâteau.

— Ce n'est pas vrai. Tu n'en a pas. C'est pour que je revienne.

— Eh bien, oui, c'est pour cela. Je ne veux pas que tu restes là. Le train express va passer. Je t'en supplie.

— Oh! comme tu es câlin! Mais je ne me laisserai pas prendre. Je suis aussi fine que toi. Le train est passé tout à l'heure.

— Il y en a un autre. »

Au lieu de répondre, l'enfant cria :

« Cours après moi, papa; cours. »

Laurent comprit qu'il n'avait, en effet, pas d'autre ressource que de courir, mais sérieusement cette fois, après sa fille et de la ramener auprès de lui, pour la tenir sévèrement à l'abri du danger.

Il s'élança donc vers l'endroit où il avait entendu la voix de son cher ange. La nuit s'était faite toute noire. Aimée se dérobait encore. Heureusement elle poussait ces petits cris d'oiseau sans lesquels les petites filles ne savent ni courir ni jouer. Cela guidait le père qui, haletant, s'épuisait à suivre les crochets que faisait la révoltée.

La terreur de l'aiguilleur grandissait. Ce n'était pas une vaine menace qu'il avait adressée à sa fille. Un train allait franchir la bifurcation. D'un moment à l'autre, le signal pouvait se faire entendre, ce signal qui a dans l'obscurité quelque chose de profondément plaintif.

Laurent redoublait ses appels. Sa voix s'altérait. L'heure fatale approchait. L'enfant riait toujours et répétait de sa voix la plus joyeuse :

« Tu ne peux pas m'attraper; tu ne peux pas m'attraper. »

Mais voici qu'au moment où elle répétait cela pour la dernière fois, le son de la corne retentit. L'appel lugubre frappa le pauvre homme d'immobilité. Il perdait la tête, le train allait faire deux victimes s'il ne reprenait pas son sang-froid. Que dis-je? deux victimes! Cela pouvait être une catastrophe aux conséquences incalculables, car un convoi venait de s'arrêter à la gare, et si l'express n'était pas aiguillé, il devait aller infailliblement se briser sur l'omnibus, garé pour le laisser passer.

La plume a des lenteurs déplorables. Ce qui va se passer eut lieu en quelques secondes, et, pour le raconter, il nous faudra un temps infini.

Laurent secoua brusquement la torpeur qui l'avait un instant terrassé :

« Marcelle! cria-t-il d'une voix tonnante.

— Ici, papa, c'est par ici. Viens donc.

— Malheureuse! voilà le train. »

L'enfant ne bougea pas et continua à lancer dans l'air ses petits cris aigus, auxquels vint tout à coup se mêler le sifflet de la machine qui arrivait comme le vent.

L'instinct du devoir plutôt que sa volonté poussa Laurent vers son aiguille. Il prit en main l'instrument qui devait faire dévier la locomotive et ce qu'elle traînait après elle.

« Mais non! s'écria-t-il tout à coup. Il faut que je la sauve. Marcelle, Marcelle, où es-tu? cria-t-il encore en cherchant à percer du regard l'opacité des ténèbres.

— Cherche! » répliqua pour la seconde fois la terrible enfant.

L'aiguilleur, dont les cheveux se hérissèrent, pensait à se jeter sous les roues du monstre de fer. Cependant un espoir lui vint, c'est qu'Aimée ne serait pas sur la voie où le train allait passer.

Il regarda plus attentivement encore, et cette fois il la vit. Mon Dieu! je sais bien que le temps s'écoule et que l'événement fut presque aussi rapide que l'éclair. Mais je ne puis passer sous silence les sensations affolantes qui se succédèrent avec une rapidité plus extraordinaire encore chez ce père désespéré.

Il la vit. Elle était là, debout. Debout sur la voie même que le train allait prendre s'il faisait manœuvrer son aiguille. Mais alors ne suffisait-il pas qu'il laissât aller les choses? ne suffisait-il pas que l'ouragan de fer ne prît pas sa véritable route pour que l'enfant fût sauvée?

Le train irait bien, comme une trombe, s'écraser sur celui qui était en gare. Qu'importe! Aimée serait vivante.

Tout cela passa dans son esprit avec la vitesse d'une étincelle.

Il y aura des morts, des blessés, vingt familles dans le désespoir, c'est vrai, mais Marcelle sera saine et sauve. On fera une enquête, l'aiguilleur sera condamné, durement condamné à la prison, à l'amende. Il sera déshonoré, ruiné, mais sa fille, son Aimée vivra, grandira, sera heureuse.

Ah! si vous saviez comme on pense vite dans ces terribles moments-là.

C'était bien ça. Il fallait sauver Aimée à tout prix, car Céline allait revenir, et Céline tomberait raide morte si elle ne retrouvait plus que des lambeaux de son enfant.

Le train avançait. On ne le voyait pas encore à cause d'une courbe assez raide que décrivait la voie en arrivant à l'aiguillage. Il était encore temps pour Aimée de se sauver, mais la malheureuse paraissait ne pas vouloir bouger. Il sembla même à son père qu'elle attendait le train avec une attitude de défi.

« Marcelle! répéta-t-il d'une voix étranglée par l'épouvante, Marcelle, viens ici. Tu vas me faire mourir. »

La fillette dut bien s'apercevoir que son père ne plaisantait plus. Mais peut-être était-elle paralysée par la terreur, elle aussi.

Tout à coup les deux lanternes de la locomotive apparurent. C'en était fait. Les puissantes lumières, qui ressemblent si bien aux deux yeux du Léviathan terrestre, approchaient avec cette vitesse qui est une fureur.

L'homme se sentit secoué par tout son être. Il éprouva un ébranlement général. Il ressentit un éblouissement et ne vit plus rien.

Mais la pensée ne pouvait s'arrêter, et elle faisait plus de chemin que la machine.

Il se rappela, en une seconde, son honorable vie de soldat, cette époque où il était l'esclave fidèle du devoir. Il se souvint qu'alors il eût sacrifié à sa consigne tout ce qu'il aimait et lui-même. Il entrevit du côté de la gare l'effroyable collision dont il allait être cause. Il lui sembla entendre d'avance les cris de désespoir des blessés, le râle des mourants.

Qu'était-il, lui, après tout, pour sacrifier à son amour paternel tant d'existences heureuses... utiles surtout, utiles à d'autres enfants aussi beaux, aussi gracieux, aussi adorés que la sienne?

Le problème se posa devant lui.

Il était perdu dans cette pensée, et chaque parcelle de temps, parcelles qu'il est impossible de compter avec nos mesures grossières de secondes et de minutes, chaque parcelle de temps rapprochait les yeux béants du monstre qui allait à coup sûr sacrifier quelqu'un : sa fille ou les autres. Il n'y avait pas de milieu sans un miracle.

Avec une étonnante promptitude, le sentiment du devoir devenait plus puissant. Il saisit machinalement la poignée de la barre de fer. Le train était là, suant, soufflant, criant sa menace. Le soldat stoïque, à ce moment suprême, eut le dessus et effaça le père. Il appuya, sans trop savoir ce qu'il faisait.

... Et le train express franchit la bifurcation. En passant devant la gare, en frôlant l'autre convoi, il poussa un sifflement, comme s'il eût été joyeux d'avoir échappé au danger, et disparut dans la nuit.

Le devoir avait été le plus fort.

Hébété, chancelant, sans regard et sans voix, Laurent était resté à la même place, tenant toujours la poignée maudite à l'aide de laquelle il venait de tuer sa fille.

« Maintenant, murmura-t-il à la fin, c'est à mon tour de mourir. »

L'autre train allait passer. Il fit trois pas en avant, se croisa les bras sur la poitrine et attendit. Un coup de sifflet déchira l'espace, la lourde machine toussa et se mit en marche. Éperdu, sans penser à rien, il resta là.

IV

Mais tout à coup un éclat de rire résonna derrière lui comme une fanfare. Il se retourna fou d'espoir.

« Oh! le vilain papa qui ne veut plus jouer avec son Aimée! » disait la plus connue et la plus adorée des voix.

L'enfant était dans ses jambes.

Laurent ne chercha pas, ne songea pas à savoir comment la fillette se trouvait là, vivante. Il la prit par un geste sauvage et s'enfuit avec son trésor dans sa cabane. Quand il y fut arrivé, il la posa par terre devant la lampe et la regarda.

C'était bien elle. C'était bien Aimée.

L'aiguilleur ne put supporter tant de joie. Au moment où débordant de reconnaissance il murmurait une prière d'actions de grâce qui lui était montée aux lèvres toute seule, il chancela et tomba raide auprès de sa fille, qui, à son tour, poussa un cri de terreur.

A ce moment même Céline arrivait. Elle reconnut la voix d'Aimée et hâta le pas. Puis, impatiente, elle appela Marcelle. L'enfant courut à sa rencontre en disant :

« Maman, maman, j'ai peur.

— Qu'est-il arrivé?

Tout à coup les deux lanternes de la locomotive apparurent.

— Papa est tombé. »

Céline s'élança vers la guérite. Elle trouva son mari étendu sur le sol et complètement immobile.

Elle appela au secours; on accourut de tous côtés. Le médecin, qui n'avait pas quitté le village, vint aussi, et à l'aide d'une saignée rappela le pauvre père à la vie.

Le lendemain, quand Laurent se leva, sa femme le regarda effrayée. A la place des bonnes couleurs qui lui donnaient une mine si réjouie, il n'avait sur son visage qu'une pâleur cadavérique, provoquée par la peur qu'il avait eue. Cette pâleur, il la garda toujours.

Comme on le pense bien, Céline voulut savoir les causes de l'accident qui avait eu un si singulier résultat. Laurent fut bien forcé de tout lui raconter.

Quand il eut fini, le pauvre père se tourna vers Aimée et lui dit :

« Mais, mâtine, comment as-tu fait pour ne pas être écrasée?

— J'ai fait comme Simon, » répondit-elle.

SOMBREKER

A M. le comte de Salelles.

I

A première vue, le mécanicien Léger Sombreker ne paraissait pas plus de dix-huit ans. Blond, imberbe, très mince, avec des pieds de demoiselle et des mains d'une finesse improbable, quoiqu'elles eussent été depuis sept ans en contact perpétuel avec le fer et le feu, il avait d'abord l'aspect de ces pâles gamins des faubourgs, dont la physionomie est trop connue pour qu'il soit nécessaire de l'esquisser ici. Afin de découvrir que Léger était un homme, il fallait l'observer attentivement, et encore était-il indispensable qu'il daignât lever sur vous ses grands yeux, dans lesquels on pouvait lire, non pas son âge, mais une certaine maturité qui échappait à l'analyse.

En compagnie, Sombreker restait ordinairement silencieux; il baissait les paupières, percevant, sans y prêter attention, ce qui se disait autour de lui. En revanche, on pouvait facilement juger qu'il écoutait avec une sorte d'absorption continue les choses du *dedans de soi.*

Mais lorsqu'il était ou se croyait seul, et que sous le ressort d'une de ses pensées il levait les yeux, ses prunelles, vertes comme la mer et profondes comme elle, jetaient des rayons d'un éclat fatigant, ainsi que ces plaques d'acier toutes neuves, dont aucun frottement n'a encore terni le polissage.

Ses yeux avaient même une propriété singulière : ils le grandissaient; phénomène difficile à imposer aux incrédules.

Les yeux baissés, Sombreker était un jeune homme chétif, sans physionomie ni caractère. Il était petit et le paraissait.

Philosophes, observateurs, tout le monde, y compris les sots, l'aurait coudoyé, envisagé, sans rien voir en lui d'extraordinaire. Mais s'il ouvrait les yeux et les fixait sur vous, il semblait se transfigurer. On lui croyait alors six pieds, et machinalement on levait la tête pour lui adresser la parole ou pour l'étudier.

Qu'il vînt à parler, son regard s'enveloppait de flammes, et l'on avait un géant devant soi. Le hasard alors plaçant cet homme en face d'un danger, il devenait surhumain.

Encore une fois, je ne veux convaincre personne, je raconte ce que j'ai vu, ce que d'autres ont observé comme moi, ce que je ne pouvais passer sous silence pour l'intelligence de ce récit, pour l'entente parfaite de ce qu'on va lire.

Né en Bretagne, sur les bords de l'Océan, il avait passé son enfance à contempler les horizons infinis. Son père, un hardi pêcheur, l'avait emmené souvent dans sa barque, et, à ce métier, les membres grêles de Léger avaient pris de bonne heure la vigueur et la souplesse.

Un soir, le bateau que montaient les deux Sombreker fut assailli par un ouragan. Il fallut renoncer à rallier le port et gagner la grande mer. Pendant que le père s'épuisait en efforts contre la tempête, il vit son fils, debout sur la frêle embarcation qui craquait, regarder insolemment le ciel et la mer comme dans un défi. Il semblait savourer l'orage.

Il sera le roi de la mer si je deviens assez vieux pour en faire un capitaine, pensait souvent le pêcheur.

Le pauvre homme ne devait pas goûter cette joie. Il fut englouti avec sa barque dans un coup de vent.

Léger venait d'entrer au collège de Saint-Malo. Il y resta grâce à la charité du curé de son village.

Dès le début de ses études, il se jeta avec frénésie sur les sciences mécaniques, en apprit ce qu'il put, et demanda à entrer comme apprenti chez un constructeur de machines. Il y devint en peu de temps un des meilleurs ouvriers, profitant de tous ses loisirs pour s'instruire. Enfin, grâce à son

mérite, à sa bonne conduite et à ses connaissances, il entra comme mécanicien au chemin de fer de Lyon.

Sobre, rangé, point coureur, ennemi de tout bruit, presque constamment
muet, affamé de joies intimes, il s'était marié de bonne heure avec une belle
fille du Midi à laquelle il apporta une aisance relative ; et celle-ci, en retour,
lui donna un fils blond comme lui, avec des yeux verts comme les siens.

Heureux, il l'était. Il quittait sa femme pour monter sur sa locomotive,
et revenait de celle-ci à celle-là sans une tentation, sans une pensée qui
l'attirât ailleurs ; bien plus, il ne formait pas de souhaits.

Voir grandir son fils, vieillir avec sa femme et dévorer l'espace sur sa
Durance, — c'était le nom de sa machine, — voilà toute sa vie. Avec cela,
il se trouvait mieux partagé que les puissants de la terre.

La femme de Léger, elle, était rieuse. Comment cette nature expansive et
gaie avait-elle trouvé des affinités fécondes avec ce tempérament silencieux
et presque triste ? Qui le sait ? A peine oserait-on justifier ce bizarre phénomène par la loi des contrastes.

Quoi qu'il en soit, Marie entendait le silence de son mari, à ce point, que
souvent il était compris et obéi sur un demi-geste, sur l'ébauche d'un regard.
De son côté, Léger n'était pas incommodé par le verbiage de sa femme, et
d'une oreille il percevait des saillies qui le faisaient sourire, tandis que de
l'autre il écoutait ce qui se passait dans son âme.

Yvon, l'enfant adoré, grandissait, mélancolique comme son père.

A la gare, Léger était estimé de ses chefs et vénéré de ses égaux ou de
ses inférieurs. Ne se faisant jamais l'écho d'un bavardage, il n'avait jamais eu
d'altercation avec ses camarades. Les plus querelleurs, au surplus, savaient
que, pour être mince, son bras n'en était pas moins lourd à l'occasion, et il
avait déployé maintes fois un courage qui devait imposer. On citait de lui,
particulièrement, un trait de sang-froid et d'audace rares.

Un jour, le train express de Paris à Lyon venait de dépasser la gare de
Brunoy. Léger sondait de l'œil l'horizon, lorsqu'il aperçut à six cents mètres
environ un enfant planté debout sur la voie. C'était un beau baby blond et
rose, avec un petit air crâne. Il était là, entre les deux rails, plein d'insouciance et de sécurité.

Arrêter le train n'était pas possible. Effrayer l'enfant ne semblait pas probable. Et d'ailleurs on aurait pu se faire entendre et lui ordonner de fuir, qu'il n'eût pas obéi. Les enfants, roses ou pâles, blonds ou bruns, sont entêtés.

Léger demanda à entrer comme apprenti chez un constructeur de machines.

Malgré les grands gestes du chauffeur, le gamin, qui pouvait avoir trois ou quatre ans, regardait arriver sur lui ce train avec curiosité, avec intérêt même, et ne bougeait pas.

Est-il possible d'analyser ce qui se passa en une seconde dans la tête de Sombreker? Qui dira ce qu'il fallut d'énergie et de présence d'esprit à cette

nature sensible, bonne et somnolente, pour ne pas réfléchir un instant?
A-t-il jamais su lui-même comment cela s'était fait et quelle série de sensations il avait traversée?

Toujours est-il que, prompt comme le rêve, il siffla un signal au serre-
frein, renversa la vapeur, puis il se précipita à l'avant de sa locomotive,
s'accroupit, emboîta son pied derrière l'une de ces énormes lanternes qui
sont comme les yeux du monstre, et se laissa aller ainsi, suspendu la tête
en bas.

« Vous êtes donc fou? lui cria son chauffeur, atterré de tant d'audace.
Vous allez vous tuer. »

Inutile de dire que Léger n'entendit pas. Le sang lui battait les tempes, et
de temps à autre de petits cailloux venaient lui cingler la figure. Il guettait tout
de même l'enfant qui se rapprochait.

Dans cette position, pour lui les événements semblaient être à l'envers.
Quoique la vitesse du train eût été quelque peu diminuée, ce n'était plus la
machine qui filait comme une hirondelle, c'était l'enfant qui paraissait arriver
pour le frapper, comme s'il eût été lancé par un formidable canon imaginaire.

Chaussang, le chauffeur, était monté sur l'avant de la *Durance*. Haletant,
les yeux écarquillés, la peur dans le geste, cet homme regardait en tremblant
ce qu'il craignait de voir. On approcha. L'enfant chantait une berceuse.
Allait-il donc s'endormir pour toujours?

Tout à coup le chauffeur étendit les bras et ferma les yeux. C'en était
fait.

Un cri retentit aux oreilles du pauvre homme, puis il entendit pleurer
l'enfant. Sombreker, se relevant à moitié, s'accrocha d'une main à la lanterne,
de l'autre il tenait pressé contre lui le petit être ahuri.

Il cria au chauffeur de venir prendre son fardeau d'un ton qui dénotait
l'inconscience modeste du miracle accompli. Léger avait littéralement cueilli
l'enfant avec tant de précaution et d'adresse, avec une telle puissance de
muscles, que celui-ci n'avait fait qu'effleurer la machine [1].

Chaussang emporta le baby en versant des larmes de joie.

Le front rayonnant de plaisir plutôt que d'orgueil, Léger vint reprendre sa

---

[1] Ce miraculeux sauvetage est historique. C'est un mécanicien français qui en est le héros.

place à côté du chauffeur, embrassa tendrement le gamin, puis l'installa, le faisant asseoir sur sa blouse, à l'abri de la colonne d'air.

Enfin, il trouva dans son sac un morceau de pain et du sucre, que l'insouciant, dont les larmes étaient séchées, se mit à grignoter tranquillement. Quelques minutes après, on s'arrêtait à Melun. Le petit imprudent, remis entre les mains du chef de gare, sut dire le nom de son père, à qui on le renvoya.

II

Environ six mois après cet événement, la gare du chemin de fer de Lyon fut mise en émoi par des cris stridents, des imprécations, des injures, qui sortaient de la remise aux machines.

On accourut. Léger Sombreker fut trouvé seul devant la *Durance*, gesticulant avec des sanglots dans la gorge. Chaque mot qu'il parvenait à prononcer était une malédiction ou une menace.

Sous l'empire d'une colère qui touchait aux convulsions, il montrait du regard le flanc de sa locomotive. Une large tache de peinture s'y étalait. Telle était la cause de l'exaspération où on le surprenait.

Était-ce un accident? Était-ce une mauvaise plaisanterie? Nul ne l'a su. On a pourtant penché pour cette dernière hypothèse. La tribu des peintres barbouilleurs a toujours montré une grande inclination pour les farces d'un goût douteux. N'ayant pas la prétention d'être artistes, ils ont celle d'être rapins, et ils le sont toute leur vie.

Un de ces plaisants avait peut-être trouvé drôle de salir la locomotive de Sombreker, précisément parce qu'il savait avec quelle sollicitude le Breton en prenait soin.

Léger appela d'une voix cassante l'ouvrier chargé de nettoyer sa machine et lui montra d'un geste violent la souillure qui l'avait tant irrité. Cet homme si doux, si bon, si humain, presque muet d'ordinaire, laissa échapper un torrent de paroles, se répandit en injures contre le pauvre manœuvre. Il jura, le sang lui monta aux yeux, et sa colère atteignit un tel paroxysme que le malheureux auquel elle s'adressait s'esquiva prudemment.

3

« Le misérable ! criait-il cependant, profaner ainsi ma *Durance !* Que fait donc l'administration ? Le lâche ! je ne le vois plus. Il s'est sauvé, je pense. Il a bien fait : je lui aurais brisé ma pelle sur ses mains maudites. Pauvre *Durance !* »

Une larme jaillit de ses yeux. Jusque-là, personne n'avait été trop surpris. Tout le monde savait jusqu'à quel excès les mécaniciens tiennent à la propreté de leurs machines, pour lesquelles ils ont parfois des attentions paternelles ; mais personne ne se doutait qu'on pût pousser ce sentiment jusqu'à la fureur, jusqu'à la douleur intense.

Aussi chacun regarda-t-il son voisin d'une certaine manière, et lorsqu'on vit des pleurs rouler sur les joues de Sombreker, un sentiment de pitié se peignit sur tous les visages.

Mais ce fut une surprise bien autrement grande quand Léger, sautant d'un seul bond sur sa locomotive, se mit à la fourbir des deux mains avec une ardeur, j'ose dire une tendresse incroyable, accompagnant son travail de mots entrecoupés, de phrases pleines de douceur, d'épithètes caressantes qui s'adressaient à la *Durance.*

A partir de ce moment, Sombreker, qui passait seulement pour un original, fut considéré comme ayant quelque chose de dérangé dans le cerveau.

Les directeurs de la Compagnie en reçurent avis par-dessous main, car il se trouve partout des gens bien intentionnés. Mais Léger avait les meilleures notes du monde, et on fit de ces accusations anonymes le cas qu'elles méritaient.

Quand il eut fini la toilette de sa *Durance,* le mécanicien se releva toujours rouge de la colère qui grondait encore dans sa poitrine ; le front inondé de sueur et les yeux pleins de larmes, il alluma ses feux.

Ce fut alors pour la première fois qu'il sembla craindre de s'être trahi. Il jeta timidement un regard autour de lui, cherchant à lire dans les yeux des personnes présentes si quelqu'un avait surpris son secret. Chacun détourna la tête sous l'acuité de ce regard.

Chaussang arriva. Descendant alors, et comme le chef de gare se promenait seul sur le quai, Léger alla vers lui.

« Monsieur, lui dit-il, je ne veux accuser ni dénoncer personne, mais je viens de trouver ma locomotive dans un état de malpropreté révoltante. Si cela devait se renouveler, je quitterais la Compagnie. J'ai donc l'honneur de vous informer qu'à l'avenir je prendrai soin de ma machine : personne n'y touchera que moi-même, entendez-vous ? ou mon chauffeur. Et encore, mon chauffeur..., » ajouta-t-il à voix basse.

Le chef de gare fut assurément étonné du ton sur lequel ces choses furent dites, du timbre de voix du mécanicien et des éclairs qui jaillissaient de ses yeux. Mais tout cela fut mis sur le compte de l'originalité bien connue de Sombreker. Il fut remarqué seulement que Léger avait parlé bien longtemps contre son habitude, et l'on ajouta que les mécaniciens aussi soigneux étaient rares.

L'homme à la casquette argentée appartenait d'ailleurs à la famille des gens graves.

Le Breton retourna à sa *Durance,* attendit qu'elle fût en état de venir se mettre à la tête du train qui s'emplissait lentement de voyageurs ; puis il la lança sur les deux rubans de fer pour qu'elle accomplît les évolutions préliminaires du départ.

Enfin, elle fut attelée au convoi ; un coup de sonnette retentit ; un sifflet aigu répondit à la sonnette. Le monstre brillant fit entendre sa respiration formidable et entraîna la file des voitures.

C'était en avril. Il faisait merveilleusement beau. Après un mois de giboulées, le printemps venait d'éclater. Le soleil, sans être gênant, était déjà chaud. Lorsqu'il fut en marche, Léger poussa un soupir de soulagement. Il était donc, comme le capitaine à son bord, maître, après Dieu, du train express !

A quoi faut-il attribuer la singulière fantaisie qui s'empara de lui presque immédiatement après le départ ? A sa colère du matin, peut-être ; au développement de son mal, à coup sûr.

Quoi qu'il en soit, les voyageurs que remorquait la *Durance* éprouvèrent ce jour-là une terrible émotion. Sombreker, à peine parti, lança sa locomotive à toute vitesse, comme s'il eût voulu essayer sa force, et, sans s'inquiéter des signaux, du règlement, de son chauffeur qui voulait le calmer, il prit une allure de vingt-cinq lieues à l'heure. Chaussang, hébété, le regardait sans comprendre, en le voyant donner au train une vélocité inaccoutumée.

Mais où sa stupéfaction devint énorme, c'est lorsque le convoi passa avec une rapidité vertigineuse devant le nez du chef de gare de Melun et de tous les employés, qui en laissèrent tomber leurs bras de surprise.

Pendant qu'on dévorait ainsi l'espace, les voyageurs épouvantés crurent qu'un accident les avait privés du mécanicien et du chauffeur. Et c'était tout simplement que Sombreker, une fois parti, avait été grisé par le printemps, par la rapidité foudroyante de sa machine, et qu'un moment il avait perdu la tête.

Sans penser davantage à la Compagnie de Lyon, à sa femme, à son fils, aux voyageurs qu'il traînait avec lui, à sa propre vie, Léger avait lâché la bride au monstre et l'avait lancé sur les rails comme un cavalier fou lance son cheval sur un chemin.

Et là, les yeux ardents, le front illuminé, ses longs cheveux blonds flottants, il avait bu l'espace avec frénésie, ne se souciant ni de Melun, ni de Fontainebleau, ni de leurs habitants.

Heureusement, avant d'arriver à Montereau, le chauffeur tenta un dernier effort pour réveiller Sombreker; mais ce ne fut pas sans peine qu'il y réussit. On arriva dans cette dernière gare avec une avance de vingt minutes sur l'heure réglementaire. Les personnes qui portaient des billets pour les deux villes négligées par le mécanicien firent un bruit infernal de réclamations et de doléances. Plusieurs plaintes furent déposées chez le commissaire du lieu. Léger, vertement tancé par le chef de gare, reprit son sang-froid et acheva son voyage sans incident nouveau.

De retour à Paris, le lendemain, Léger fut mandé près de l'ingénieur en chef, qui lui adressa les plus sévères reproches. Le mécanicien en fut presque surpris.

« Enfin, monsieur, lui dit son chef, pourquoi ne vous êtes-vous pas arrêté à Melun, à Fontainebleau?

— Ne m'y suis-je donc pas arrêté?

— Mais non! » s'écria l'ingénieur stupéfait.

Sombreker réfléchit un instant; puis, haussant imperceptiblement les épaules :

« C'est possible! » murmura-t-il.

Cette réponse était un symptôme grave. Il y a lieu de s'étonner que l'ingénieur en chef n'ait pas entrevu, dès ce moment, les terribles conséquences de l'état du mécanicien. Il crut sans doute que Léger avait eu des raisons pour agir ainsi et qu'il ne voulait pas les révéler. D'ailleurs Sombreker avait les meilleures notes. Il était empressé, fidèle, exact. Son métier, personne ne le connaissait mieux que lui; le renvoyer eût été une maladresse et une injustice.

On se souvenait encore du courage qu'il avait déployé en sauvant l'enfant de Brunoy. Il fallut se contenter de le réprimander vigoureusement, ce que fit l'ingénieur.

En terminant sa mercuriale, celui-ci dit au mécanicien :

« Si cela vous arrivait une seconde fois, nous serions obligés de vous remplacer.

— Quitter ma *Durance!* s'écria Sombreker. Jamais! jamais, monsieur! Cela ne m'arrivera plus. »

III

A partir de ce jour, Léger devint plus sombre et s'enfonça dans l'étude de la mécanique avec un acharnement d'enragé. Uniquement préoccupé de la vapeur et de ses effets, il calculait sans cesse la force de résistance qu'il faudrait donner à une puissance presque illimitée d'atmosphères. Un désir violent l'obsédait sans relâche : c'était de faire reconstruire sa *Durance* sur des modèles fournis par lui.

« Dans ces conditions, disait-il parfois, ma machine pourrait faire cent lieues à l'heure! »

Un matin, il rencontra l'ingénieur en chef et lui soumit ses idées; il lui exprima le désir qu'il avait d'avoir une chaudière nouvelle.

On lui donna peu d'espoir. Une seconde fois il revint à la charge; il éprouva un refus tout net.

Ce fut comme s'il eût reçu une blessure mortelle. Chaque jour, chaque heure, chaque minute, le trouvait plus taciturne dans ses relations avec les employés de la Compagnie, avec ses amis, ses parents, et même avec sa femme et son fils.

En revanche, son affection pour la *Durance* avait pris des proportions telles, que cela devenait peu à peu de la folie. Tout son temps était employé à la toilette de la machine. Il la soignait, la visitait chaque jour avec un scrupule inénarrable. Insensiblement il s'habitua à ne voir rien de plus au monde. Il la spiritualisa, si je puis m'exprimer ainsi.

La belle *Durance* était accablée maintenant de caresses et de tendres soins. Léger lui donnait les noms les plus doux, la flattait de la main et la plaignait tout haut de ce qu'on ne voulût pas lui permettre de la reconstruire à son goût.

Ce fut d'abord avec une timidité d'enfant, avec une tendresse respectueuse qu'il lui parla. Puis il devint audacieux, lui confia ses secrets, se mit à l'interroger, à l'écouter, et je ne suis pas bien sûr qu'il n'ait pas entendu quelquefois ses réponses.

Dans une conversation avec un de ses camarades, instruit et sérieux comme lui, il osa affirmer que sa *Durance* avait une âme. Et comme son interlocuteur souriait, il entra dans une violente colère.

Hélas! il disait presque vrai, le malheureux, car il lui avait donné la moitié de la sienne. Mais le mécanicien auquel il confia cette énormité était un homme de bon sens; il lui céda la place et garda le silence sur ce cas.

Sombreker en devint plus réservé. Il n'adressa plus un mot à personne qu'à sa machine, l'étudiant, la flattant, sondant ses recoins, auscultant ses parois et éprouvant des joies indicibles lorsqu'il était bien certain qu'elle était la plus belle, la meilleure, la plus rapide et la *mieux portante* de la Compagnie.

Que ce dernier mot n'étonne pas le lecteur. Au point où il en était arrivé, Sombreker voyait dans sa locomotive un être vivant, doué d'une force surnaturelle, d'une intelligence certaine, et ce que les autres appelaient son état était pour lui la santé de la *Durance*.

Je n'aurai maintenant pas beaucoup de peine à faire comprendre que ce Breton contemplatif était arrivé au degré de surexcitation cérébrale qui constitue la passion.

A force de s'abîmer dans des silences extatiques, il avait animé sa machine. Comme Pygmalion, il ne l'avait pas pétrie de ses mains, et c'était là son désespoir, mais il l'avait enfantée dans son cerveau, et il l'aimait.

Ce fut à cette époque, vers la fin d'août, que ses allures devinrent suspectes à sa femme. Depuis longtemps déjà il passait peu de temps au domicile conjugal. Mais bientôt il n'y apporta plus que peu ou pas d'argent.

D'un autre côté, il engageait Marie à entreprendre avec son fils, dans le Midi, un voyage auquel il s'était vivement opposé jusque-là.

Mme Sombreker avait désiré longtemps d'aller passer un mois dans sa famille ; mais, dans les circonstances présentes, elle n'y tenait plus beaucoup. Léger, pour la décider, se fit bavard, persuasif, éloquent ; il allégua même des raisons que vingt fois il avait trouvées mauvaises, comme celles-ci : la mère de Marie n'avait jamais vu Yvon... ; ce voyage était le vœu le plus cher de Marie... ; il fallait l'accomplir avant la mauvaise saison... ; les chaleurs n'étaient plus excessives en Provence... ; le beau temps continuait et promettait de durer un grand mois..., et mille autres paroles qui mettaient sa femme en défiance.

C'était, en effet, à ne pas reconnaître le mécanicien. Évidemment ce vif désir de voir partir promptement des êtres qui lui étaient si chers trois mois auparavant aurait inquiété une femme moins ombrageuse que Mme Sombreker.

Aussi chercha-t-elle à savoir. Elle épia son mari, le fit suivre et le suivit elle-même. Inutiles démarches. Il fallut se résoudre à partir sans avoir rien appris qui pût donner l'éveil à son cœur ou justifier le moindre soupçon.

Quant à Léger, il était vraiment joyeux de ce départ. Grâce à une casuistique dont il n'est pas besoin d'analyser les ressorts, son esprit se reposait dans une tranquillité complète. Il aimait ou il croyait aimer sa femme autant que par le passé.

La rage avec laquelle il se passionnait pour sa locomotive ne paraissait pas, à ses yeux, un obstacle à l'amour conjugal. Cependant il s'était bien gardé de révéler à sa femme les délicates tendresses imaginées pour la *Durance*.

Elle ignorait aussi que Sombreker consacrât presque tous ses appointements, bien peu de chose relativement, à réparer sa chaudière en cachette.

Il appliquait par-ci par-là des plaques dont le but était de doubler sa puissance. Il se flattait même de voir le jour où la locomotive, entièrement reconstruite d'après ses plans, pourrait dévorer l'espace sans que la vitesse la plus improbable fût le dernier mot de sa marche. De plus, il la voulait inexplosible et espérait réussir.

Cette concentration de toutes ses forces, de toutes ses facultés vers un même but, vers une même pensée, développa avec une effroyable rapidité les symptômes inquiétants qu'on avait remarqués chez lui. Les yeux constamment fixés à terre, le front plissé, il avait dans la démarche je ne sais quoi de saccadé, quelque chose comme des élans subitement réprimés. Parfois un sourire de bonheur éclairait sa face, et son œil lançait des flammes.

Ce ne fut qu'au moment où Marie lui donna le baiser d'adieu qu'il entrevit au fond de son cœur l'écroulement de son ancien amour.

Désormais il était tout entier à sa machine.

Le démon de la vapeur l'avait conquis, il lui avait vendu son âme.

Sa joie fut immense quand il fut certain qu'il allait être libre de ne plus quitter sa bien-aimée locomotive pendant un grand mois. A ces mouvements de son cœur, il comprit que la *Durance* était la préférée, et peu s'en fallut que Marie et les liens qui l'unissaient à elle ne prissent dans son esprit les proportions d'une chaîne détestée.

Si sa femme et son enfant ne fussent pas partis ce jour-là, Léger n'aurait pu dissimuler un mouvement de haine, tant il s'était promis de bonheur pendant le mois de solitude qui allait commencer.

Comme on le voit, tout dans son état mental indiquait suffisamment qu'il était mûr pour une crise.

Cependant l'antagonisme de Marie et de la *Durance*, qui venait de lui être révélé par de secrets mouvements intérieurs, le préoccupa toute la nuit qui précéda le départ. Il dormit peu.

Les apprêts du voyage l'avaient obligé à rester au logis tout le jour. Un peu distrait de son idée fixe par cent occupations imprévues, il s'abandonna au remords dès qu'il fut couché.

Certainement il se trouva coupable d'avoir été infidèle à Marie; mais les raisonnements captieux reprirent le dessus. Il n'eut qu'à fermer les yeux pour voir sa machine glorieuse. Quel crime avait-il donc commis? Quelle conscience n'aurait pas été calme comme la sienne? Ne fallait-il pas rire aux larmes de ses scrupules? Enfin cela dégénéra en une douce rêverie. Il s'abandonna au fantôme rapide et acheva sa nuit en rêvant aux prodiges qu'il lui ferait accomplir un jour peut-être.

L'heure d'aller à la gare sonna. La *Durance*, luisante, parée, graissée, coquette, attendait son cavalier. Le soleil frappait presque d'aplomb sur ses flancs et l'entourait d'une sorte de gloire. Elle avait pris, ce matin-là, quelque chose des yeux de son amoureux, et les éclairs qui jaillissaient de ses membres d'acier ressemblaient étonnamment aux regards aigus du mécanicien.

Léger, avant de monter sur sa machine, en fit le tour. Il la trouva plus belle aujourd'hui qu'hier. Aussi ne put-il s'empêcher de la caresser en lui murmurant quelque nom bien doux.

Par un hasard étrange, la soupape de sûreté laissa, en ce moment même, échapper un jet de vapeur en produisant un sifflement joyeux. On eût dit que le monstre tressaillait et hennissait sous la main de son maître. Sombreker, lui, n'en douta pas une minute, et ce fut peut-être là ce qui décida de sa perte.

« Où est donc l'imbécile qui prétend qu'elle n'a pas d'âme? » grommela-t-il.

Une véritable surexcitation s'empara du mécanicien, et il avait déjà la fièvre lorsqu'il fit accomplir à la *Durance* les évolutions préparatoires.

La machine exécuta ces marches et contre-marches qui précèdent le départ avec une prestesse, une sûreté, un fini tels, qu'un observateur moins intéressé que Sombreker lui eût accordé aussi l'intelligence.

Quant à Léger, il était radieux.

IV

Mme Sombreker et son fils prirent place dans la première voiture, immédiatement après le fourgon des bagages.

On partit.

Le chauffeur, honnête ouvrier, bien prudent, n'était pas toujours sans inquiétude quand il partait avec Léger. Depuis l'incident de Melun surtout, il manifestait un certain embarras chaque fois qu'il s'embarquait sur la *Durance*.

Mais ce jour-là Chaussang était admirablement tranquille. La femme et l'enfant du mécanicien lui paraissaient des otages suffisants pour garantir le train des entreprises folles de Sombreker.

De plus, le temps merveilleux qu'il faisait aurait rasséréné un hypocondriaque. Tout le monde a observé ce phénomène étrange par lequel un beau temps fait naître et persister en nous toute confiance.

On arrivait sur la gare de Melun. Léger fit le nécessaire, renversa la vapeur, serra les freins. Docile, la *Durance* s'arrêta.

Chaussang aurait accablé de quolibets les compagnies d'assurances sur la vie. Jamais peut-être son mécanicien n'avait été si sage. A Montereau, rien d'extraordinaire, si ce n'est l'éclat des yeux de Sombreker.

« Quelle merveilleuse et pénétrante fraîcheur! » avait-il murmuré seulement lorsque le convoi, dévorant l'espace, doublait la gare de Thomery. Puis il avait ôté sa casquette et livré son front aux furieux baisers de l'air, que la vitesse du train changeait en vent de foudre. A Montereau, pendant les cinq minutes d'arrêt qu'on subit dans cette gare, Léger était descendu pour aller voir sa femme et son fils. Enfin on se remit en marche.

Sept ou huit minutes après, la *Durance* avançait avec une vitesse de vingt lieues à l'heure. Les paysans, étonnés de cette rapidité, levaient les yeux et suivaient les voitures du regard en pronostiquant un malheur.

Tout à coup Sombreker redressa la tête, lança comme un défi à l'espace, secoua sa longue chevelure dont le vent faisait fouetter les boucles derrière lui, et s'écria :

« Mais nous ne marchons pas! »

Le chauffeur se sentit suer. Léger avait pris une pelle et bourrait de charbon la vaste gueule du monstre. Il empila de la houille dans le foyer; il en mit encore, et encore, et tant, qu'à peine s'il put refermer la petite porte de fer.

Dans la plupart des compartiments, et spécialement dans celui des fumeurs, on se regardait avec ce sourire jaune qui s'épanouit seulement dans les trains express, et l'on se disait, d'un ton qui réussissait mal à paraître satisfait :

« Nous allons un train d'enfer! »

Et, selon la coutume, il se trouvait là quelqu'un pour entamer le chapitre des accidents, conversation qui enfante la terreur.

Cependant personne encore, de la première voiture au serre-frein, personne ne pensait que cette vitesse fût anormale. Mais, comme on approchait de Sens, le chauffeur voulut ralentir.

Il s'approcha de Sombreker, qui dirigeait la machine.

« Quoi donc ? interrogea ce dernier en voyant le mouvement de Chaussang.

— Nous arrivons à Sens.

— Eh bien ?

— Il faut arrêter. Il y a peut-être des voyageurs pour cette station. »

A cette réponse, Sombreker partit d'un éclat de rire. Mais ce rire était sec et faisait mal.

« Arrêter ! s'écria-t-il. C'est à peine si nous commençons à marcher ! Arrêter ! Monsieur Chaussang, retenez ceci : nous nous arrêterons quand nous aurons fait le tour du monde ! »

Et ce fut à pleines pelletées qu'il accumula du charbon sur un brasier épouvantable. Le manomètre donnait déjà des indications inquiétantes. La soupape de sûreté laissait échapper des quantités de vapeur.

Chaussang, qui savait le mécanicien honnête homme, voulut, pour le calmer, employer le moyen qui lui avait réussi lors de la première folie de Léger.

Il lui représenta qu'en refusant de toucher à une gare quelconque il pouvait nuire à des intérêts considérables ; que, même en dehors de cette considération, il exposait la Compagnie à des procès dans lesquels elle serait condamnée, par sa faute, à payer des sommes que lui, Sombreker, ne pourrait rembourser, dût-il travailler cent ans. Le mécanicien ne sourcilla pas. Chaussang alla plus loin encore : il lui dit que sa conduite était indigne d'un homme d'honneur.

Cette injure fut inutile comme le reste ; car, au moment où le chauffeur achevait sa harangue, on passa devant la gare de Sens avec tant de rapidité, que Léger se redressa. Un large rire s'épanouit sur sa figure. Il poussa un cri de joie.

« Bravo, la *Durance !* » s'écria-t-il.

En rasant un convoi de marchandises qui s'était garé pour laisser passer le train express, Sombreker venait de calculer mieux qu'il n'aurait fait en rase campagne la foudroyante vélocité de sa machine. Le chauffeur le regarda en face. Certes, pour un autre homme que cet ouvrier et dans toute autre circonstance, l'aspect du mécanicien eût commandé l'admiration.

Ses prunelles jetaient de véritables feux, le grandissant outre mesure, par suite du phénomène dont j'ai parlé. Son front pâle était élargi par la pression de la colonne d'air sur ses cheveux rejetés en arrière. Ses narines dilatées semblaient aspirer l'espace comme un parfum enivrant. Un sourire de bonheur béatisait ses lèvres entr'ouvertes.

Du fond de son gosier sortaient, à de courts intervalles, des cris inarticulés, mais doux en même temps. De toute sa personne s'exhalait un rayonnement étrange qui s'imposait. Il y avait du Prométhée vainqueur dans son attitude, et, plus le train se précipitait comme un cyclone avec une fureur incalculable, plus ce rayonnement approchait de la grandeur absolue.

Cependant, sur le passage du convoi, l'épouvante se répandait. C'était, en effet, pour les villageois, les piétons, les employés des gares qu'on franchissait sans s'arrêter désormais, c'était un spectacle horrible et grandiose.

On devinait que l'insensé qui montait l'hippogriffe voulait à tout prix mesurer la puissance de son vol, sans songer à la centaine d'existences dont il avait pris charge.

A peine si, dans cette affreuse voltige, on pouvait distinguer un voyageur, excepté pourtant lorsque l'un d'eux, au comble de la terreur, se penchait à la portière en agitant sa tête et ses bras désespérés.

Car, — ai-je besoin de le dire? — la peur la plus folle s'était emparée de tous les malheureux que leur mauvaise étoile avait amenés dans ce train. D'abord ç'avaient été des plaisanteries sur la vitesse. Les personnes gaies ou confiantes s'étaient permis de railler leurs compagnons de voyage sur la crainte qu'ils témoignaient déjà. Mais quand on vit que le convoi ne s'arrêtait plus; quand les poteaux télégraphiques, fuyant avec tant de furie, firent l'effet d'une immense barrière destinée à fermer un enclos habité par des êtres gigantesques; lorsqu'on entendit passer un train à côté de l'autre avec le sifflement strident d'un boulet de canon et la rapidité d'un éclair, il fallut bien s'avouer qu'on marchait à toute vapeur vers l'éternité; il fallut bien se dire en tremblant : Nous sommes perdus!

Les scènes les plus affreuses commencèrent alors dans chaque wagon. Le compartiment réservé aux dames seules renfermait trois jeunes femmes. Affolées, elles résolurent de se jeter par la portière. L'une d'elles voulut l'ouvrir, mais elle n'était pas assez grande pour atteindre au loquet qui la scelle par le bas.

D'ailleurs, la colonne d'air qui rasait le train avait acquis une telle puissance, qu'il fallait une vigueur masculine pour seulement passer la tête au vasistas. Alors elles eurent toutes les trois un de ces accès de colère nerveuse si communs chez les femmes lorsqu'elles sont impuissantes.

Elles se ruèrent sur la portière comme pour la briser, et ce fut chez l'une d'elles le commencement d'une attaque de nerfs qui devint contagieuse.

Dans une autre partie du convoi, un jeune homme avait perdu la tête et chantait une longue et mélancolique chanson.

Exaspérés de cette psalmodie intempestive, ses voisins voulurent lui imposer silence et allèrent jusqu'à le frapper. Il ne ralentit ni n'accéléra le mouvement de sa mélopée et ne parut pas s'apercevoir de ce qui se passait.

Toute une famille : quatre jeunes filles, le père, la mère, un fils et une servante, occupait un compartiment réservé. Ils s'embrassèrent les uns les autres sans oser se regarder, et se mirent à prier. Mais l'une des jeunes filles se releva pour se jeter en sanglotant dans les bras de sa mère.

« Je ne veux pas mourir, moi ! » s'écria-t-elle d'un ton qui ne peut pas s'écrire.

Le plus grand nombre des voyageurs blasphémaient. Presque à tour de rôle, ils se penchaient en dehors du train, poussant des cris horribles, de ces cris qui font froid dans les os de ceux qui les entendent et qu'on n'oublie plus jamais. Ils agitaient leurs mouchoirs du côté de la locomotive et tendaient leurs bras suppliants à tous ceux qui les regardaient passer. Les spectateurs, eux, croyaient à un cauchemar et suivaient d'un œil épouvanté le convoi-foudre jusqu'à ce qu'ils l'eussent perdu de vue, ce qui n'était pas long.

Dans toutes les gares, de Paris à Lyon, régnait un mouvement qui jetait les voyageurs dans la stupéfaction et apportait un grand trouble dans le service.

Le télégraphe ne cessait de signaler ce train fou, ordonnant de débarrasser la voie à quelque prix que ce fût. Tous les convois de n'importe quelle nature étaient arrêtés et ne repartaient pour leur destination qu'après le passage de la *Durance*. Toutes les cinq minutes on recevait à Paris des nouvelles.

On apprenait que Sombreker était toujours vivant, mais que la vélocité du train augmentait de seconde en seconde.

Le conseil d'administration, qui siégeait ce jour-là, ne voulut pas lever la séance avant de connaître le dénouement de cette lamentable histoire.

Pendant ce temps, quelques employés indiscrets se répandaient en ville et racontaient la folie de Sombreker en exagérant les faits, sous le prétexte toujours plausible que la Compagnie cachait très probablement la vérité.

Mais on arrivait à Dijon. Le chauffeur, qui avait eu pendant quelque temps une peur indescriptible, s'était peu à peu remis. Et dès que le danger fut devenu absolu, il recouvra toute sa présence d'esprit.

C'était un homme d'action. Aussi considéra-t-il comme un devoir suprême de sauver cette foule que la locomotive traînait après elle. D'abord, il avait essayé par tous les moyens possibles de calmer Sombreker. Après avoir sans succès flatté sa manie, il voulut lui persuader d'aller à l'avant du monstre, comme le jour où Léger sauva l'enfant de Brunoy, essayant de lui prouver que, de là, il saisirait bien mieux la volupté de cette course fulgurante. Mais le mécanicien refusa de quitter sa place.

Chaussang alors se jeta aux genoux du Breton, lui révéla pour ainsi dire de quel crime il se rendait coupable, parla d'honneur, de probité, des voyageurs, de Marie sa femme, et de son fils Yvon. Par trois fois il répéta ce nom : Yvon ! Yvon ! Yvon ! Sombreker parut ébranlé un instant, mais ce ne fut qu'un éclair ; il remit du charbon dans le foyer. Le chauffeur pleura, supplia, baisa les mains de Léger et les inonda de ses larmes. Rien n'y fit.

Chaussang prit, en voyant cette obstination, une résolution désespérée. En ce moment, le train dépassait le disque qui précède la gare de Dijon. Une foule énorme, mise au fait par quelques bavards, était accourue de tous côtés.

Le train passa comme une étincelle électrique ; mais un frisson saisit aux cheveux tous ces gens-là. On eut le temps de distinguer sur la locomotive deux hommes qui se tenaient à bras-le-corps et qui, évidemment, voulaient se débarrasser l'un de l'autre.

Le chauffeur, las de prier, s'était relevé en furie. Il avait bondi sur Sombreker, et comme il était vigoureux autant que le Breton, il essaya de le terrasser.

Ce fut une chose horrible que cette lutte sur cette machine, dans un espace de quatre pieds carrés, à quelques centimètres d'une fournaise et avec deux ouvertures par lesquelles le plus simple haut-le-corps pouvait jeter l'un des deux combattants, tous les deux peut-être, sur la voie.

La vitesse du convoi les rendait haletants, presque sans respiration ; ils s'attaquèrent. Sombreker plia du premier choc. D'abord, il ne s'attendait pas à l'agression de Chaussang; puis il était réellement moins fort que lui. Cependant il se défendit et lutta avec une rage incroyable. Sa folie était arrivée au dernier degré d'intensité; elle décuplait ses forces, et, pour lui, annihilait le danger. Il parvint à se dégager de l'étreinte.

Le chauffeur revint à la charge. Ils se saisirent de nouveau, se tâtèrent,

Le train passa comme une étincelle électrique.

cherchèrent le côté faible; leurs muscles se détendirent. Sombreker mordit Chaussang à la lèvre. Ils tombèrent.

Et la rapidité du train augmentait toujours : il faisait maintenant trente-deux lieues à l'heure.

Couchés l'un sous l'autre, se roidissant et s'épuisant, Sombreker presque vaincu, ils se roulèrent dans la poussière de charbon, aveuglés par elle, presque rôtis par l'insupportable chaleur du foyer.

Le chauffeur n'y put plus tenir et lâcha prise. Il se releva furieux.

Léger fut debout aussitôt que lui, se tenant sur ses gardes, prêt à la riposte, son œil d'acier fixé sur les yeux de Chaussang.

Ce dernier était maintenant dans une colère terrible; sans calculer, il saisit une pince en fer avec laquelle on tisonnait d'ordinaire et en porta un coup au mécanicien. Mais la fureur avait fait dévier le bras du chauffeur. Léger ne fut pas atteint.

Chaussang revint à la charge. Cette fois son adversaire prévenu s'était armé de sa lourde pelle. Il para le second coup très adroitement et riposta avec tant de bonheur que le malheureux ouvrier, atteint à la tête, tomba évanoui, le dos dans le charbon de terre.

Vainqueur, Sombreker dédaigna son ennemi abattu, remit de la houille encore une fois, et fit pousser à sa locomotive des sifflements joyeux. Il sonnait son triomphe et celui de la *Durance*.

On doublait en ce moment la gare de Beaune.

Et dire que depuis une heure et demie cette épouvantable course durait, sans que le train eût rencontré un caillou, un grain de sable sur sa route pour le réduire en miettes !

Au bout de quelques minutes, Chaussang, dont la blessure n'était heureusement pas grave, ouvrit les yeux et revint à lui. Son premier regard se porta machinalement sur Sombreker. Celui-ci, noirci par le charbon dans lequel il avait roulé pendant la lutte, était debout, les yeux démesurément agrandis, aspirant l'air qui lui fouettait la face sans en paraître incommodé, tendant les bras, comme dans une extase, à l'espace qu'il dévorait en mêlant aux sifflements continus de sa locomotive des cris d'encouragement et de triomphe.

« Hop ! hop ! en avant ! hop ! hop ! hop ! la *Durance !* Va toujours, ma belle. Bravo ! nous vaincrons l'électricité même. Hop ! hop ! encore plus vite ! Nous serons les dieux de la vapeur. Va, ma fille, va, je t'aime ! »

Et trouvant sans doute, malgré tout, que son coursier n'allait pas assez rapidement, il choisit dans le tas un gros morceau de charbon de terre, lourd comme un pavé. Chaussang crut qu'il allait le jeter dans le foyer. Non ; ce n'était plus cela qui pouvait redoubler la vitesse. Une terreur indicible s'empara du chauffeur lorsqu'il vit Léger briser la tige de la soupape de sûreté et placer son énorme poids de charbon sur celle-ci afin de donner plus de puissance aux atmosphères.

« C'est donc le diable ! grommela Chaussang. Cette fois, c'est bien fini. »

V

La machine allait sauter. Mais ne restait-il aucune espérance de dégriser cet aliéné ?

Peut-être ! pensa tout à coup le chauffeur.

Se relevant alors doucement, il gagna l'arrière du tender sans éveiller l'attention du mécanicien, et là, prenant mille précautions, — sa vie à lui, dans ce moment, en valait cent autres, — il parvint à se tenir debout et à franchir d'un bond l'espace qui séparait la locomotive du fourgon aux bagages.

Une fois sur cette voiture, il s'accroupit et frappa du pied. Les employés, qui se tiennent ordinairement dans ce fourgon, ne devinèrent pas ce que ce pouvait être. Ils pensèrent que c'était le coup de grâce. On sait combien, dans ces circonstances où la terreur est à son comble, on sait combien le moindre bruit peut produire d'effet sur les imaginations affolées. Ils ne répondirent pas.

Chaussang se mit à plat ventre, et, s'accrochant du mieux qu'il put, avança la tête en dehors du toit, du côté où le fourgon s'ouvrait. Il appela. Le préposé aux bagages leva les yeux et reconnut le chauffeur. Il ne savait rien de la lutte qui venait d'avoir lieu. Il ne s'expliquait même pas cette fuite folle du train.

« Qu'est-ce donc, chauffeur, et où allons-nous ?

— Sombreker, complètement fou, veut faire le tour du monde avec sa *Durance*.

— Vous êtes blessé ?

— Ce n'est rien. Avez-vous par hasard, dans votre fourgon, une corde solide ?

— Oui.

— Passez-la-moi. »

Il tendit péniblement et prudemment la main, prit la corde qu'on lui offrit, l'enroula autour de son corps, et se mit à ramper vers la première voiture des voyageurs, où se trouvaient Marie et son fils.

Il parvint, grâce à son expérience et aussi grâce à un bonheur incroyable, il parvint à atteindre le toit du wagon. Puis, et voici où sa tentative paraissait folle et impraticable, il attacha solidement sa corde à la saillie produite par

4

la cheminée de la lampe qui éclaire chaque compartiment, et, sans autre point d'appui que celui-là, il se laissa glisser le long du wagon, dont il put bientôt ouvrir la portière.

Marie et Yvon étaient là. Marie, tremblante, à genoux, serrant son fils dans ses bras, comprenant seule peut-être ce qui arrivait en ce moment, et devinant la cause des mystérieuses allures de son mari.

Chaussang la salua et lui dit :

« Madame, votre mari vient de perdre la tête. »

Marie cacha sa figure dans ses mains.

« Je ne sais qu'un moyen, reprit Chaussang, de lui rendre la raison, et par conséquent de le sauver, de sauver en même temps tous les voyageurs et les voitures que la locomotive entraîne, de vous sauver vous-même avec votre fils. Je viens de tenter, pour accomplir ce dernier effort, un voyage comme je ne veux plus en faire de ma vie. J'ai sacrifié mon existence. Il faut vous sacrifier aussi. Donnez-moi votre enfant.

— Mon enfant ! s'écria la jeune femme, vous donner mon enfant ! Jamais ! Cet homme est fou, messieurs ; lui donner mon enfant ?

— Il le faut, reprit impérieusement le chauffeur.

— Qu'en voulez-vous faire ?

— Nous n'avons pas de temps à perdre en bavardages. Votre enfant et vous, et tout le monde, ça ne sera qu'une chair à pâté dans une demi-heure, si vous ne voulez pas me le confier. Mourir pour mourir, ne vaut-il pas mieux tenter d'opérer, par sa vue inopinée, sur l'esprit de son père, un effet qui lui fasse comprendre son crime et qui le ramène à la raison ? »

Marie, on le devine, Marie résista. Elle saisissait bien l'idée du chauffeur. Elle s'avouait même qu'il n'avait pas tort. Mais donner son enfant !

« Ne puis-je donc pas y aller à la place de mon fils ? hasarda-t-elle.

— Vous ! répondit le chauffeur avec un haussement d'épaules ; je ne puis pas vous emporter dans mes bras comme cet enfant. Allons, viens, Yvon. »

Yvon se laissa prendre sans étonnement.

Marie alors se cramponna à son fils et ne voulut pas le lâcher. Une scène horrible commença. Le chauffeur tenait à son idée, et il s'exposait à d'assez graves dangers dans son voyage d'aller et de retour pour convaincre les plus entêtés qu'il la trouvait bonne. Il pria donc les trois ou quatre voyageurs placés dans ce compartiment de l'aider à arracher Yvon des bras de Marie, qui devenait lionne.

On sait trop ce que l'instinct de la conservation peut faire naître de férocité dans le cœur de l'homme. Sur un radeau de naufragés, chacun considère son voisin avec des yeux affamés et ne voit en lui, le plus souvent, qu'un aliment qui durera plus ou moins. Dans ce wagon, ces hommes, qui se sentaient à deux doigts de leur perte, virent leur salut dans cet enfant.

Brutalement, sans songer à complimenter le chauffeur sur l'excellence de son projet, sans dire s'ils le trouvaient bon, ils se jetèrent sur Marie comme des loups, et avec cette puissance de muscles que donne quelquefois la peur ils lui arrachèrent son enfant.

Elle cria, ou plutôt elle poussa un rugissement. Ah bien oui! Est-ce qu'on entendait quelque chose au milieu du vacarme produit par la marche du train et par les sifflements aigus que Léger tirait de sa machine? Marie fut terrassée, attachée pieds et mains avec des mouchoirs, et reléguée dans un coin où un homme la maintenait encore.

Pendant ce temps, Yvon, suspendu par le corps, la corde lui passant sous les aisselles, fut laissé dans le wagon pour donner au chauffeur le loisir de remonter dessus sans embarras.

Une fois là, il attira l'enfant. Yvon ne pleurait pas. Ici l'entreprise du chauffeur devint impraticable. La colonne d'air offrait une telle résistance pour avancer dans la direction de la locomotive, qu'à peine si Chaussang pouvait se tenir à genoux.

Yvon avait été mis à plat ventre, toujours attaché à la corde que tenait le chauffeur.

Trois fois celui-ci essaya de passer du wagon sur le fourgon; trois fois il fut obligé d'y renoncer. Tout à coup il se laissa de nouveau glisser sur le marchepied, rentra dans le compartiment où était Marie.

« Mon fils? » s'écria anxieusement la pauvre femme.

Chaussang ne lui répondit même pas.

« Monsieur, dit-il à l'un des voyageurs, vous avez là, à côté de ce fusil, un bâton de houx qui sert de manche à un crochet de fer. Prêtez-le-moi.

— Le voici. »

Il remonta alors sur le wagon, se pencha en avant et planta la pointe du croc de fer dans le bois du fourgon. En rampant, il atteignit le toit de cette voiture. De sa corde, qu'il n'avait pas lâchée, il attira Yvon. Le bel enfant, sans peur, exécutait tout ce qu'on lui disait. Ses grands yeux verts prirent alors cet éclat aigu que Chaussang avait si souvent remarqué chez le père.

En ce moment on arrivait sur un pont. Le chauffeur vit un homme, c'était le conducteur du train, se dresser sur le dernier wagon, tête nue, les yeux hagards, les cheveux hérissés. Éperdu, ne doutant pas sans doute que dans quelques minutes il ne resterait pas un seul être vivant de tous les voyageurs, il prit son élan, et, faisant trois ou quatre tours en l'air, tomba la tête la première dans le fleuve.

Dix barques se détachèrent de la rive. On le sauva. C'était peut-être le seul qui dût rester pour raconter les formidables impressions de ce voyage.

Un instant, le chauffeur regretta presque de n'avoir pas eu la même présence d'esprit. Mais cette idée passa dans sa tête comme un coup de vent, sans laisser de trace. Il s'était dévoué au salut de ses compagnons de route : il voulut aller jusqu'au bout.

Malgré le vent, Yvon et lui se traînèrent jusqu'au bout du fourgon, du côté de la locomotive. On ne peut pas décrire la rapidité avec laquelle tout cela s'engouffrait dans l'espace.

Pour passer du fourgon sur la machine, nouvelle difficulté. Un homme moins patient que le chauffeur en eût fini en se brisant le crâne sur la voie. Le croc ne pouvait mordre sur le fer du tender. Il fallut donc que Chaussang le plantât encore dans le toit du fourgon, mais sur le bord, et de telle façon que le manche pendît verticalement. De cette manière, il pouvait se laisser glisser, car il ne fallait plus songer à sauter sur le tender. Un chat eût été repoussé dans son élan.

Chaussang fut donc obligé de se laisser aller le long de son bâton de houx jusqu'aux tampons, sur l'un desquels il se tenait debout, prêt à monter enfin sur la locomotive, lorsqu'on entra dans un tunnel !

Malgré la vélocité du convoi, qui ne mit pas une minute à franchir cette obscurité, ce fut, je n'ai pas besoin de le dire, un horrible siècle de souffrance pour l'intrépide chauffeur.

Suspendu à son bâton, les pieds à peine appuyés sur une surface ronde à laquelle il n'osait se confier, n'y voyant pas, ne sachant ce que deviendrait

Yvon, son seul espoir, pendant cette cruelle minute, se figurant à chaque bruit insolite que l'enfant était tombé, s'assurant qu'il tenait bien la corde et sentant le sang lui monter peu à peu à la tête et lui battre les tempes, il souffrit tellement que, lorsque, le jour revenu, il parvint enfin sur la *Durance* avec Yvon dans ses bras, Chaussang n'avait plus un seul cheveu noir : un homme de trente ans !

Mais ce n'était pas de cela qu'il pouvait s'apercevoir en un pareil moment. Il fallait agir et agir vite. Par un miracle, tout avait tenu bon jusque-là ; malheureusement, une seconde de retard pouvait causer la catastrophe.

Sombreker était toujours ivre. Que dis-je? son ivresse augmentait avec la rapidité du train. Chaussang lui toucha brusquement l'épaule. Il se retourna, comme s'il eût été attaqué encore; mais au lieu d'un ennemi il entrevit son fils, Yvon, son enfant bien-aimé. Le rayonnement de ses yeux prit de l'intensité. Sa poitrine se souleva comme pour un sanglot. Était-il enfin désarmé?

Tendant sa main au chauffeur, qui croyait avoir réussi, Sombreker lui dit : « Merci, mon ami, vous ne pouviez pas me faire de plus grande joie ! »

Puis il prit Yvon dans ses bras, le baisa au front, et le mit debout sur la locomotive. Dans ses yeux, d'ailleurs, pas une émotion.

Il ne s'était pas aperçu de l'absence du chauffeur; son enfant, survenant ainsi par un miracle qu'à coup sûr il ne s'expliquait pas, ne lui causa aucune surprise. Au contraire, on eût cru qu'il l'attendait pour le faire jouir du triomphe de la *Durance*.

On avait dépassé Tournus, puis Mâcon.

Chaussang s'arrachait les cheveux avec désespoir. Sa dernière espérance était envolée; son illusion suprême venait de s'évanouir. Sombreker n'avait pas été rappelé à la raison par la vue de son enfant.

Yvon, lui, digne fils de son père, souriait au milieu de cet ouragan, et, comme Léger, tendait son front aux fureurs du vent, interrogeait l'espace devant lui et frappait des mains en criant de plaisir.

C'était fini.

Le mécanicien rayonnait. On eût pensé que tout ce qu'il pouvait désirer au monde lui était survenu. Protégeant l'équilibre de son fils d'une main, il faisait de l'autre le nécessaire pour que la *Durance* ne se ralentît pas. Le charbon, presque épuisé, était toujours entassé dans le brasier. Chaussang, vaincu, s'assit en attendant la mort.

Qui dira l'angoisse des voyageurs du premier compartiment? Ils savaient, ceux-là, qu'un effort suprême venait d'être tenté, et ils ignoraient si le chauffeur avait réussi à gagner la locomotive. Ils étaient en droit de tout supposer, jusqu'à la mort de Chaussang et d'Yvon, puisque le train ne s'arrêtait pas.

Qui dira surtout l'état de Marie? A présent, elle luttait contre ses bourreaux pour ouvrir et sauter par la portière.

« Il m'a tué mon fils! disait-elle. Je vous l'avais bien dit. Le convoi marche encore. Et nous sommes tous vivants! Vous, des hommes, des lâches! et moi, sa mère; moi, misérable, qui n'ai pas eu des bras d'acier pour le retenir sur mon cœur! Quelle affreuse torture! C'est dans ce tunnel qu'il l'aura laissé tomber, j'en suis sûre, pour se sauver lui-même, l'infâme! »

Dans les autres wagons, la stupeur était toujours la même, mais elle n'avait pas augmenté. Un peu plus ou un peu moins de vitesse n'était guère sensible à ce degré-là. Quelques-uns même avaient commencé à concevoir des doutes sur la possibilité d'un accident, tant le cœur de l'homme est prompt à l'espérance!

On se disait de temps en temps que puisque cela durait depuis une heure ou deux sans qu'aucune catastrophe fût survenue, cela pouvait finir par un arrêt naturel de la locomotive, lorsqu'elle viendrait à manquer de charbon.

Il était bien entendu que c'étaient les plus braves qui raisonnaient ainsi, et cette vague lueur de salut n'apparaissait qu'à de rares intervalles à l'esprit des moins troublés. La peur horrible, la peur livide régnait encore sur tous les wagons d'un bout à l'autre du convoi.

Chez les trois pauvres femmes seules, un long évanouissement avait succédé aux attaques nerveuses. Plus d'un homme respirait des sels.

Tout à coup Marie s'élança vers un vasistas. Elle fut retenue à temps par sa robe. Mais, dans son élan, le corps à demi penché sur la voie, elle avait pu voir Léger tenant Yvon debout devant lui, et elle avait poussé un cri de joie. Son fils était vivant.

Pour elle, en ce moment, c'était tout. Elle revint à sa place avec des larmes dans les yeux. Elle raconta ce qu'elle avait vu, ne se doutant pas, la malheureuse, que par son récit elle tuait la dernière lueur d'espoir que pouvaient conserver encore ceux qui ne savaient rien de la lutte du chauffeur, de sa tentative désespérée et de son lamentable insuccès.

Aussi une terrible pensée surgit-elle dans l'esprit de l'un de ces voyageurs, celui qui possédait le fusil dont Chaussang avait parlé. Il se leva, prit son arme, y mit une cartouche, et, quelques secondes après, le chauffeur entendit une balle siffler au-dessus de la locomotive. On tirait sur Sombreker.

Mais Marie, cette fois, ne put être maîtrisée par personne. Elle avait deviné la pensée du chasseur : s'élançant vers cet homme, qui se disposait à tirer un second coup sur le mécanicien, elle le saisit par le bras et le secoua avec une telle violence que son fusil lui échappa des mains et roula sous les wagons, où, par un bonheur providentiel, il tomba sans faire dérailler le train.

Chaussang, qui d'abord, ainsi que je l'ai dit, s'était assis, résigné à mourir, Chaussang se révolta bientôt à l'idée de se laisser tuer ainsi sans se défendre.

Recommencer la lutte avec Sombreker, il n'y pensa pas : ce qu'il venait d'accomplir pendant vingt minutes l'avait épuisé. Cependant il songea que s'il n'avait pu seul terrasser le mécanicien, il y parviendrait sûrement avec l'aide d'un et au besoin de deux hommes.

Des cris affreux vinrent interrompre ses combinaisons. A l'arrière du convoi, une des voitures, dont les roues surmenées étaient depuis longtemps privées de graisse, une des voitures venait de s'enflammer.

Un Anglais flegmatique, le seul des voyageurs qui n'eût pas encore poussé un hélas! probablement par amour-propre national, avait le premier senti sous ses pieds le bois s'enflammer.

Il n'y eut pas de flegme possible devant ce nouvel incident; il bondit, poussa un rugissement de terreur et ouvrit la portière, par laquelle il s'élança sur le marchepied. Les autres voyageurs, aveuglés par la fumée, voulurent en faire autant, et l'on vit pendant quelques minutes des grappes humaines, suspendues au flanc de ce wagon enflammé, hésiter à se laisser tomber sur la voie, et emplissant les airs des plus épouvantables cris de désespoir.

Chaussang s'aperçut de ce nouveau malheur et n'hésita plus. Il allait repartir pour chercher dans les wagons deux hommes déterminés, qui l'aidassent à garrotter le mécanicien. Mais au moment où il songeait à quitter le tender, un sifflement particulier de la *Durance*, une crépitation spéciale, vinrent faire tressaillir le chauffeur. Il était trop tard.

La catastrophe finale était proche. Tous ces gens qui criaient derrière lui allaient mourir cette fois, à moins qu'un miracle ne vînt faire cesser cet horrible cauchemar. Chaussang essaya de reprendre son calme en se disant qu'après tout c'était son métier.

Mais son esprit ne voulut pas être tranquille.

En face de cette mort certaine, il se révolta encore une fois. La sueur l'envahit dans tout son corps.

Voici ce qui arrivait : l'eau allait manquer à la chaudière. Si la machine avait subi un coup de feu quelque part, elle devait éclater par là. Si l'on ajoutait de l'eau, l'explosion était encore plus certaine, parce que le liquide arrivant tout à coup sur les plaques rouges produirait une vapeur vingt fois plus considérable que ce que la chaudière en pouvait supporter.

Aussi, quelle que fût la force de la *Durance*, qui avait résisté pendant une heure à la destruction de la soupape de sûreté, elle devait infailliblement éclater.

Sous cette idée, aiguillonné par cette nouvelle terreur, Chaussang conçut un nouveau projet. Il avait senti que la locomotive ralentissait imperceptiblement sa vitesse, et que parfois c'étaient les wagons qui, lancés en avant, poussaient la machine. A l'aide de sa corde, il amarra solidement et avec des nœuds serrés le robinet du réservoir d'eau, que Sombreker, dans son enthousiasme, avait oublié d'ouvrir.

De cette façon, il faudrait au mécanicien le temps de dénouer cette corde, et dans l'intervalle, c'est-à-dire avant que l'explosion ait eu lieu, le chauffeur pourrait mettre à exécution sa nouvelle entreprise.

Une seule chose l'arrêtait. Laisserait-il l'enfant avec son père ou le prendrait-il avec lui? Ce n'était pas le moment d'hésiter. Une seconde était sans prix. Il décida qu'il emmènerait l'enfant; avec le reste de la corde il se l'attacherait solidement au corps.

Le chauffeur se leva. La crépitation dont j'ai parlé venait d'attirer l'attention de Sombreker. Il était temps. Le robinet était enveloppé de cordes; à chaque tour un nœud.

« De l'eau! de l'eau! » s'écria Léger.

Chaussang prit l'enfant sans répondre et le serra sur sa poitrine en l'assujettissant avec sa corde.

« De l'eau, misérable! de l'eau! nous allons nous arrêter! » hurlait Sombreker.

Et il se précipita sur le robinet. Si le mécanicien avait le temps de l'ouvrir

Chaussang était maintenant debout sur le tampon, cramponné d'une main à son bâton de houx et de l'autre soutenant l'enfant de Sombreker.

avant que Chaussang eût exécuté son projet, c'en était fait. Heureusement les nœuds du chauffeur étaient solides. Léger s'exténua en efforts impuissants.

Cependant le chauffeur, l'enfant suspendu à son cou, sauta à l'arrière du tender. Il saisit le bâton de houx dont le croc était resté fixé dans le bois du fourgon. Après quelques hésitations, il parvint à s'accroupir sur un des tampons. Mais ce n'était pas assez. Il ne pouvait commencer sa besogne qu'en s'abandonnant à la grâce de Dieu. Il lâcha donc son bâton de houx, se mit à califourchon sur le tampon, et là, la sueur au front, les lèvres contractées par un rictus épouvantable, à demi entraîné dans l'abîme par le poids de cet enfant qu'il avait voulu sauver, les yeux agrandis par la peur d'arriver trop tard ou de tomber sous le train, il essaya de décrocher la locomotive.

En ce même moment, l'incendie du wagon prenait des proportions sinistres. Les clameurs des malheureux qui se pressaient les uns contre les autres, les cris des autres voyageurs qui hurlaient instinctivement et comme pour augmenter la confusion, tout cela était bien, avec les autres scènes propres à chaque compartiment, le plus infernal spectacle qu'on puisse rêver.

Mais à ces clameurs désespérées un autre cri répondit tout à coup, cri de triomphe, de joie et de salut.

Chaussang avait réussi !

La locomotive essoufflée ayant elle-même été poussée par le train, le chauffeur avait pu dévisser le lien et détacher les chaînes.

Il était maintenant debout sur le tampon, cramponné d'une main à son bâton de houx, de l'autre soutenant l'enfant de Sombreker. La locomotive, dégagée du poids du train, avait pris un nouvel élan, et filait avec la vélocité d'une balle.

Les wagons, par suite de la vitesse acquise, roulèrent longtemps encore, mais en abandonnant bientôt cette rapidité vertigineuse. Les serre-freins, qui virent partir la machine en avant, serrèrent les roues avec fureur, et quelques instants après tout le monde était à terre.

Un seul homme ne quittait pas sa place : c'était Chaussang. Il regardait la *Durance*, qui était déjà à huit cent mètres. Des ongles et des dents, Léger avait fini par dégager le robinet des cordes qui l'enlaçaient. On entendit comme une décharge d'artillerie. On vit des débris s'élever vers le ciel. La *Durance* avait volé en éclats, et le mécanicien Sombreker venait de sauter avec elle en poussant des cris de victoire.

L'ILE DE FEU

I

Le petit fort de Salem, au Brésil, est situé sur la rive droite du fleuve des Amazones, presque en face de Para, à quelques lieues de la mer. C'est bien le plus ennuyeux séjour du monde, si l'on en croit les récits des voyageurs; et dom Luiz Vagaërt devenait le plus spleenétique officier de l'armée brésilienne depuis qu'il en était sous-gouverneur.

La garnison se composait à peine d'une centaine de soldats. Sous les murs de la citadelle végétait un pauvre village abritant une centaine de nègres des deux sexes, auxquels venaient se mêler, de temps à autre, quelques Indiens, naguère anthropophages, qui vendaient là le produit de leurs chasses. Du reste, pas une face intelligente dans toute cette colonie, pas une femme blanche à cinq lieues à la ronde. Le gouverneur en premier était marié, à la vérité; mais c'était un gouverneur platonique, qui administrait de loin, car il habitait Bahia.

Dom Luiz Vagaërt se trouvait donc maître absolu du fort. Il remplissait, outre les fonctions de sous-gouverneur, celles de magistrat, et rendait la justice sans appel. De plus, on le considérait comme officier de l'état civil, et le curé du lieu l'avait prié plus d'une fois de sonner les cloches et de lui servir la messe, ce à quoi il s'était prêté de fort bonne grâce.

Pour combattre l'ennui, dom Luiz avait, dans les premiers jours, consacré tout son temps à la chasse. Quand il eut dans sa chambre à coucher un tapis fait avec la peau de vingt jaguars tués par lui, le pauvre sous-gouverneur dut se déclarer à lui-même que les fauves, morts ou vivants, ne l'amusaient plus. Il s'attaqua aux caïmans. Les caïmans ne parvinrent pas à le désennuyer.

Alors il se figura que la chasse aux serpents lui procurerait les distractions tant désirées, et, s'armant d'un flacon d'ammoniaque, il se mit à la recherche des serpents à sonnettes, des serpents-liane et de tous les reptiles dangereux.

Il en fit une collection superbe. On disait même qu'on pouvait voir dans son cabinet une gracieuse jardinière venue de Paris, dans laquelle une cinquantaine de fleurs spéciales servaient de résidence à cinquante serpents-corail vivants. Le serpent-corail est bien le plus charmant reptile du monde. D'un rouge vif, long tout au plus comme le porteplume que je tiens dans mes doigts, il habite le calice des fleurs, d'où il s'élance volontiers sur les hommes, auxquels sa morsure donne la mort en moins de temps qu'il n'en faut à un savant pour prendre une prise.

Or il arriva qu'un jour Pedro Baçao, simple soldat, et Joao, sergent, formèrent ensemble le projet d'aller s'assurer par eux-mêmes si vraiment ce qu'on disait était exact. Ils entrèrent par la fenêtre dans le fameux cabinet, et, curieusement, cherchèrent des yeux la jardinière. Elle était placée contre la muraille, en face de la porte. Les deux soldats s'approchèrent : Pedro tremblant, Joao agitant d'un air insouciant une petite baguette de liane qu'il tenait à la main. C'était un spectacle admirable que celui qui s'offrit à eux. Presque dans chaque fleur, un serpent-corail était roulé sur lui-même et semblait se nourrir de parfums. Quatre ou cinq oiseaux-mouches voltigeaient autour de la jardinière, et par intervalles l'un des reptiles, fatigué de ce bruissement d'ailes, prenait son élan et bondissait vers l'oiseau, qu'il n'atteignait jamais.

Tout à coup la figure de Joao prit une expression de malice sinistre. Choisissant l'instant où Pedro, un peu rassuré, s'approchait pour mieux voir, le sergent, — par plaisanterie, — glissa sa baguette entre les tiges des plantes sur lesquelles dormaient ces effroyables bêtes, et, par un léger mouvement, il donna à sa flexible liane une impulsion pleine de secousses qui ébranla ce réceptacle de morts subites.

Prompt comme la pensée, Joao alors se sauva par la fenêtre. Cent petits sifflements aigus retentirent aux oreilles de Pedro, qui songea à fuir, lui aussi; mais, à peine arrivé dans la cour, il s'affaissa. Son frère, qui montait la garde à la porte du sous-gouverneur, jeta là son fusil pour lui porter secours. Il n'était plus temps. Cinq ou six reptiles l'avaient mordu. Il devint noir et eut à peine la force de dire ce qui était arrivé.

Alfonso Baçao, le frère du mort, se pencha sur le cadavre, l'embrassa au front, puis, se relevant, il alla ramasser son fusil, l'arma; on entendit un coup de feu, et le sergent Joao tomba foudroyé.

Quelques instants après, le sous-gouverneur, en rentrant au fort, apprit ce qui s'était passé, fit arrêter le soldat Alfonso, et annonça que le lendemain un conseil de guerre jugerait le meurtrier. Celui-ci, en effet, fut amené vingt-quatre heures après devant dom Luiz Vagaërt; et comme le sous-gouverneur s'ennuyait ce jour-là un peu plus que de coutume, il prononça d'un ton parfaitement calme une condamnation à mort.

L'exécution devait avoir lieu le lendemain jeudi, 16 septembre 1857.

II

Depuis que le fort et le village de Salem existaient, aucune condamnation capitale n'avait été prononcée, soit contre un des habitants, soit contre un des soldats de la garnison.

Ce fut donc un événement, et le sous-gouverneur, qui, sans aucun doute, avait jugé Alfonso Baçao en son âme et conscience, ne fut pas éloigné de penser que cela le distrairait un peu. Il y avait foule sur les remparts le jeudi, à neuf heures du matin. Le mot foule est peut-être ambitieux; mais tout est relatif, et puisque la population entière de Salem était là, il serait ridicule de se rappeler que cent hommes chez nous ne font pas un rassemblement.

Toute la garnison était sous les armes. Le sous-gouverneur, à cheval, devait présider à l'exécution, et pendant qu'un piquet de douze soldats allait chercher le condamné, dom Luiz Vagaërt se mit à la tête de sa troupe, qui vint militairement se ranger en carré sur le lieu du supplice.

Neuf heures sonnèrent à la montre du sous-gouverneur. Un frisson parcourut l'assemblée. Cependant le condamné ne paraissait pas encore. Dom Luiz Vagaërt était fort pâle, et ne semblait pas très désireux de connaître les causes d'un retard si peu en harmonie avec les habitudes militaires. Enfin le sergent qui commandait le piquet d'exécution arriva tout essoufflé, et, faisant de grands gestes avant de pouvoir parler, donna à entendre au sous-gouverneur que le prisonnier s'était évadé.

Dom Luiz, à cette nouvelle, reprit ses bonnes couleurs, poussa même un soupir de soulagement, et murmura très bas :

« Cet Alfonso est non seulement un homme de cœur, mais aussi un gaillard intelligent. Son évasion est l'événement le plus inattendu et le plus agréable qui pût se produire; nous allons passer au moins une semaine à le chercher. Ce sont huit jours de tués, et j'espère bien qu'il n'y aura que cela, car nous ne le trouverons pas. Raison de plus, d'ailleurs, pour le poursuivre.

« Camarades! s'écria le sous-gouverneur du haut de son cheval, le coupable s'est soustrait à la rigueur des lois. Notre devoir est de faire tout au monde pour que le nommé Alfonso Baçao, condamné à être fusillé par un tribunal régulier, soit repris et exécuté dans le plus bref délai. En conséquence, nous allons nous mettre en campagne sans différer, et une récompense de vingt douros sera décernée à tout sous-officier ou soldat qui le ramènera mort ou vif. En avant, marche! »

Et, reprenant son monologue, dom Luiz ajouta pour lui seul :

« Il doit avoir de l'avance. J'aurais pu promettre cent mille douros. »

III

Dans la nuit qui devait précéder son exécution, Alfonso Baçao avait reçu la visite du curé de Salem, auquel il s'était confessé de ses péchés. Puis, comme on lui avait demandé s'il désirait une faveur spéciale avant de marcher au supplice, il voulut une bouteille d'eau-de-vie, qui lui fut apportée avec la permission des autorités civiles et militaires, c'est-à-dire de dom Luiz.

La moitié de cette eau-de-vie servit à emplir une gourde que le prisonnier

avait dans son cachot, et le reste fut par lui généreusement offert à la sentinelle chargée de le surveiller. Le soldat fit bien quelques cérémonies; mais
Alfonso insista si gracieusement, que l'autre n'osa pas, en refusant, faire une
dernière injure à un camarade qui allait mourir.

La sentinelle accepta donc par convenance, but par politesse et s'endormit
par ivresse. Baçao prit alors l'ivrogne et le traîna dans sa prison, puis se mit
à monter la garde à sa place. Il était alors deux heures du matin.

Alfonso n'avait pas eu le temps de s'orienter, qu'une patrouille se fit
entendre dans la nuit. On venait relever la sentinelle. Le condamné à mort
se frappa le front avec désespoir. En échangeant le mot d'ordre, on ne pouvait manquer de le reconnaître; il fallait un miracle pour le sauver. Prendre
la fuite n'était pas possible. Baçao attendit.

Le sous-officier qui commandait la patrouille était une sorte de métis venu,
on ne savait pourquoi, de la République Argentine, en laquelle il n'éprouvait
aucun désir de retourner. Fort heureusement cet homme ne parlait pas très
bien le portugais, et Alfonso, en le reconnaissant, jugea qu'il ne serait pas
difficile de le tromper.

En effet, l'échange de sentinelles se fit sans encombre, et Alfonso, suant
de peur, emboîta le pas derrière ses trois ou quatre camarades, pour continuer la patrouille et revenir au corps de garde.

Mais c'était précisément ce retour au corps de garde qui constituait le plus
formidable danger. Jusque-là rien à craindre; les troupiers et le métis dormaient en marchant. Mais si, comme cela arrive toujours, il y avait parmi les
soldats du poste un seul noctambule, tout était perdu.

Alfonso prit une résolution suprême. La patrouille marchait en désordre
sur les remparts. Le fort de Salem, très heureusement pour lui, n'avait jamais
subi de siège, et cependant il existait, à l'est des fortifications, une sorte de
brèche commencée par le soleil et continuée par le temps, cet invincible
ennemi.

Les remparts, faits de terre assujettie par des briques, avaient en cet
endroit subi un léger écroulement, et, quoiqu'il fût difficile de monter par là
dans la citadelle, tant la pente était encore rapide, un homme désespéré pouvait essayer de se laisser rouler jusqu'en bas, au risque de se casser la tête.

Dans toute autre partie du fort, il eût fallu à Alfonso une grosse corde pour descendre du rempart, et ce n'était pas le moment de chercher à s'en procurer. Quant aux portes, elles étaient bien gardées, car dom Luiz Vagaërt avait trop peu de chose à faire à Salem pour n'avoir pas introduit une discipline très sévère dans ce qu'il appelait son armée.

Donc, au moment où la patrouille arriva du côté de la brèche, Alfonso, qui suivait en traînard, s'approcha de l'abîme et se laissa rouler en bas du rempart.

Le métis et ses subordonnés entendirent du bruit, crurent à la survenue de quelque bête féroce, et prirent le pas de course jusqu'au corps de garde, où l'on se compta. Un homme manquait. L'un prétendit avoir vu un jaguar l'emporter par la brèche; l'autre soutint que c'était un caïman; enfin un troisième déclara avoir entendu le cri du boa affamé, ce cri qui ressemble au bruit d'une scie dans du bois pourri. Tout cela suffit pour décider les soldats à barricader le corps de garde, si bien que pas une sentinelle ne fut plus relevée jusqu'au jour.

On sait ce qui se passa ensuite. L'évasion fut connue à neuf heures. Le soldat qu'on avait trouvé dans la prison, cuvant encore son eau-de-vie, fut condamné à un mois de cachot. Le métis devina bien la cause du bruit qu'il avait entendu du côté de la brèche, mais se garda d'en parler, et il fut décidé qu'après la sieste, c'est-à-dire à l'heure où les cervelles humaines peuvent supporter le soleil de l'équateur, quarante à cinquante hommes se mettraient en route, avec armes et bagages, pour explorer la forêt, dans laquelle ils devaient camper pendant toute la durée de l'expédition.

Le fugitif, hâtons-nous de le dire, était déjà loin. Sa chute volontaire s'était accomplie dans d'excellentes conditions : des ronces, de hautes herbes, quelques lianes sans consistance, avaient amorti les chocs; quoiqu'il eût, après avoir roulé quelques instants, senti le vide au-dessous de lui; quoiqu'il fût tombé ainsi d'une hauteur d'environ sept ou huit mètres, il pouvait à peine constater quelques contusions.

L'étourdissement qui suivit cette vertigineuse descente étant passé, Alfonso se releva et marcha vers le nord. Ce n'était point la direction qu'il comptait prendre; mais le village se trouvait à l'est du fort, et il ne voulait être vu de personne qui pût donner la moindre indication sur la direction prise par lui.

IV

Ce que le lecteur vient d'apprendre était nécessaire à l'intelligence du récit; mais l'épouvantable histoire d'Alfonso ne commence réellement que dans les lignes qui vont suivre. En trois jours, cet homme avait vu mourir son frère, foudroyé par le plus terrible venin qui soit au monde. Lui-même, sans avoir eu le temps de le pleurer, s'était entendu condamner à mort; il avait subi toutes les angoisses de la nuit qui devait précéder son supplice; par son sang-froid, au travers de mille alarmes, il s'était soustrait à cette mort ignominieuse. Il était sauvé! Il semblait donc que la mauvaise chance l'abandonnât!

Eh bien, tout cela n'était rien auprès des alarmes, des angoisses, des tortures, que cet homme venait de se préparer en s'évadant.

Le danger d'être repris n'existait pourtant pas en apparence. Il s'était engagé dans la forêt après avoir tourné le village de Salem. Les sentiers des nègres et des Indiens lui étaient familiers jusqu'à une certaine distance. Au jugé, il se dirigea vers l'est. Son intention était d'avancer le plus loin possible du côté de la mer, pour traverser l'Amazone et aborder à Para.

Alfonso savait certainement ce qu'est une forêt vierge de l'équateur, puisque depuis un an il était en garnison à Salem, et, s'il s'aventurait ainsi dans ce désert touffu, c'est qu'il n'avait pas le choix des chemins. Jusqu'au jour il marcha vigoureusement, suivant un sentier qu'il connaissait admirablement. Cependant il fut obligé souvent de s'arrêter et de se blottir dans un fourré ou de monter sur un arbre, pour laisser passer un tigre en chasse ou pour éviter quelque autre fauve.

A sept heures, le soleil apparut sur l'horizon tout à coup. Alfonso jeta un regard autour de lui. La partie de la forêt dans laquelle il se trouvait lui était inconnue, et il avait fait une première étape formidable.

La peur lui avait donné l'agilité et l'instinct des animaux. En somme, il était en sûreté et dans la bonne route, car les rayons du soleil, qui se glissaient deci delà obliquement sous les rameaux épais, lui indiquèrent, par leur direction, qu'il s'était continuellement dirigé vers l'orient.

Cependant il était harassé. Depuis trois jours le sommeil n'avait pas visité ce pauvre diable, et il fallait dormir pour reprendre la force de continuer sa route. Deux cèdres géants s'élevaient dans l'air à une hauteur incroyable et presque côte à côte. A quinze ou vingt mètres du sol, un enchevêtrement de lianes énormes formait comme un pont, ou, si vous préférez, comme un immense hamac allant de l'un à l'autre.

L'entrelacement des branches lui permit de grimper assez facilement jusqu'à ces lianes, et il y trouva une sorte de lit particulièrement embaumé, couvert de fleurs et de feuilles vertes sur lesquelles il s'étendit avec volupté, invisible pour tout autre que les oiseaux ou les écureuils; et, à l'heure où dom Luiz Vagaërt apprenait son évasion, il dormait du plus profond et du plus réparateur des sommeils.

Cependant il s'était avancé déjà bien au delà des parties de la forêt que les soldats de Salem étaient accoutumés de visiter. Alfonso allait entrer en pleine forêt vierge, et cela mérite d'être décrit pour plusieurs raisons : la première, c'est qu'on se fera difficilement une idée des souffrances de cet homme, si l'on ne connaît les obstacles qu'il lui faudra franchir ; la seconde, c'est que ces bois immenses, qui s'étendent des Andes à l'océan Atlantique sur un espace de douze cents lieues, n'ont jamais été dépeints que par des fantaisistes fort entachés de poésie, mais d'une exactitude absolument douteuse.

La véritable forêt vierge, vue de l'Amazone, fait au voyageur l'effet d'une muraille verte. Y pénétrer semble aussi facile que de s'enfoncer dans le granit d'une montagne taillée à pic. La hache, quoi qu'on en ait dit, la hache est radicalement impuissante à tracer un chemin dans cette verdure. Il n'y a qu'un moyen d'ouvrir une voie, c'est le feu. Or le moyen est dangereux, quand il n'est pas impraticable.

Que si, conduit par un Indien, vous pénétrez dans un des sentiers de la forêt, le spectacle qui frappe vos regards est d'abord sublime : des arbres gigantesques, des lianes formidables, des fleurs inconnues, des arbustes odoriférants, des herbes qui atteignent huit pieds de hauteur, et des ronces, et des buissons, et d'énormes cactus.

Au milieu de tout cela, vous sentez qu'il existe là un monde d'êtres bizarres, car chaque plante dont la tige remue, chaque liane qui subit une flexion, chaque feuille qui s'agite, chaque craquement qui se fait entendre, tout mouvement en un mot, est produit par un être vivant, charmant ou hideux, inoffensif ou mortel : reptile, saurien, batracien énorme, oiseau, quadrumane, et toutes les espèces intermédiaires, dont l'aspect seul est souvent une souffrance.

Mais ce spectacle vraiment grandiose et séduisant, vous ne l'avez qu'aux bords des forêts vierges, après avoir marché une heure au plus dans les sentiers fréquentés.

Et, si la nécessité ou le hasard vous conduit plus loin, cela change. La ramure devient alors si touffue, que pour passer on se déchire les mains et la face à des ronces qui grossissent indéfiniment.

Certes, vous marchez encore dans le sentier; mais il faut être jaguar ou Indien pour savoir ramper sur ce chemin.

Les troncs d'arbres s'accumulent parfois en travers de la route à des hauteurs considérables, et entre chaque tronc pousse un vigoureux arbuste.

Peu à peu l'épaisseur du bois prend des proportions épouvantables. « L'impénétrable horreur » des classiques devient une vérité absolue. Ce n'est plus qu'enchevêtrement de lianes, d'arbustes grimpants ou épineux; c'est comme un tissu d'une densité incroyable, et dont parfois des arbres assez gros constitueraient la trame.

La vie de l'intérieur du bois devient alors un grouillement. A droite, à gauche, devant vous, sous vos pas, sur votre tête, tout cela remue, saute, chante, siffle, rugit. Tout cela vit et tout cela tue. Ah! si l'on pouvait voir ce spectacle d'une loge d'avant-scène, quelle merveille! Des myriades d'oiseaux de toutes nuances et de toutes grosseurs se balancent et s'appellent les uns les autres : les aras, les cardinaux, les perruches criardes et mille autres, tandis qu'une armée de singes s'abat sur cinq ou six cacaoyers, sauf cependant celui qu'un jaguar vient d'étendre mort d'un coup de patte.

Le long des arbres, comme des lianes vivantes, glissent silencieusement les reptiles de toute dimension, et un rayon de soleil pénètre par mégarde à travers la feuillée jusqu'au sol, qui miroite étrangement. En effet, ce n'est point la terre qui brille ainsi, c'est l'eau, l'eau courante; car sous ce charpentage de troncs d'arbres vivants, droits, recourbés, tordus, on s'aperçoit qu'un fleuve coule, d'autant mieux que la gueule énorme d'un crocodile vient de paraître à la surface.

Ai-je besoin d'ajouter qu'Alfonso, une fois réveillé, comprit toute l'horreur de sa position! Il avait au moins dix lieues à faire en pareil pays, et il fallait compter largement quatre jours pour cela; car, afin d'avancer sûrement dans cette muraille, il ne devait pas poser son pied sans avoir soigneusement examiné l'objet sur lequel il le mettrait; il ne pouvait franchir un arbre avant de s'être assuré que derrière il n'y avait aucun ennemi, sans compter les Indiens,

La vie de l'intérieur du bois devient alors un grouillement.

dont le goût pour la chair humaine n'était peut-être pas tout à fait disparu.

Il fallait aussi manger. Quoi? Des fruits? Ils n'étaient pas faciles à prendre, et Baçao ne pouvait-il pas se tromper et absorber un poison? Heureusement pour lui, il trouva quelques nids d'oiseaux et en mangea les œufs. Son hamac de lianes portait une douzaine de nids de perruches. Il fit un vrai festin, arrosé de deux ou trois gorgées d'eau-de-vie, car il avait emporté sa gourde.

Cependant sa fatigue n'était pas calmée. Baçao comprit donc que, pour mener à bonne fin son évasion, il lui fallait plus de force qu'il n'en avait encore, et il résolut de passer la nuit sur son lit de fleurs. Il avait là bon gîte, des œufs en quantité, et il était assez loin de Salem pour n'avoir rien à craindre ; c'était donc une idée à laquelle un sage n'eût rien trouvé à redire.

La fin de la journée, il l'employa à explorer les environs, et il trouva, pour le cas où une fuite rapide serait nécessaire, il trouva un passage par lequel, au moyen d'un peu de gymnastique, on pouvait faire un quart de lieue en une demi-heure.

V

Le lendemain matin, Alfonso fut réveillé par un coup de feu.

Il sursauta sans avoir la conscience de ce qu'il faisait. Mais la réflexion vient vite chez un homme pour lequel tout est péril.

Avec des soins infinis, sans donner à son hamac de lianes la plus légère oscillation, il chercha à se retourner pour voir d'où partait ce bruit. Un sauvage n'eût pas mieux opéré cette évolution que lui. Ce fut fait en une minute.

Alors il écarta lentement, sagement, en y mettant mille précautions, il écarta deux ou trois lianes, et vit, à vingt ou vingt-cinq mètres au-dessous de lui, le métis, qui, son arme déchargée à la main, regardait attentivement de tous côtés et prêtait l'oreille au moindre murmure, pendant que la fumée de son coup de fusil montait, capricieuse, dans l'air.

Alfonso ne bougea pas. L'Argentin alors examina attentivement le terrain du sentier et sembla réfléchir un moment. Il regarda du côté des lianes et ne devina rien. A la pantomime de ce démon, il était facile de comprendre ce qu'il faisait là. Le sous-gouverneur de Salem avait eu tort de penser que Baçao était hors de portée et qu'il eût pu promettre cent mille douros de récompense. A l'annonce des vingt douros, l'œil du métis avait pris une expression de sanguinaire avidité, et il s'était dit :

Je les aurai demain.

Il se connaissait probablement en évasions, car il demanda seulement quatre hommes pour l'accompagner, jurant qu'il ne reviendrait pas sans le prisonnier.

Dom Luiz Vagaërt fut sur le point de ne pas accéder à sa demande ; mais il ne fallait point avoir l'air d'entraver l'action de la justice, et d'ailleurs il espérait toujours que Baçao serait hors de portée. Il accorda les quatre hommes à son sous-officier, et partit d'un autre côté avec le reste de sa troupe.

Le métis, lui, alla explorer les sentiers qui conduisaient dans l'est de la forêt, sachant bien par expérience qu'un homme intelligent devait penser à fuir vers la mer.

Après une heure de recherches, il trouva des traces fraîches, l'herbe foulée, de petites branches brisées, et çà et là un buisson dont le feuillage avait été dérangé. C'en était assez, c'en était trop pour cet homme aux instincts de bourreau.

Il entraîna ses quatre soldats dans le sentier qu'avait pris Alfonso. Heureusement la nuit vint, et nos chasseurs d'homme furent obligés de camper.

Avant le lever du soleil, le métis, impatient, partit seul dans la direction indiquée par des traces de plus en plus visibles; car, à mesure que la forêt devenait plus épaisse, Alfonso avait dû, pour passer, briser plus d'arbustes et abattre davantage les hautes herbes.

Emporté par son ardeur, le sous-officier prit une avance énorme sur ses hommes, et arriva à l'endroit où Alfonso s'était arrêté. Ah! s'il avait su que son gibier dormait à vingt mètres au-dessus de sa tête !

Mais le fugitif, pour atteindre son hamac, avait fait environ soixante-quinze à cent mètres sur des troncs d'arbres abattus, à l'écorce desquels il n'avait naturellement pas laissé d'empreintes; en sorte que le métis s'était arrêté à son tour, comme un chien qui a perdu la voie, flairant, écoutant, regardant, et se doutant bien que celui qu'il cherchait devait être blotti à quelques pas de là.

Trop habitué aux forêts vierges et aux ruses de guerre des coureurs des bois pour se donner la peine de chercher la retraite d'Alfonso, qui pouvait être en mille endroits également introuvables, le sous-officier imagina de tirer un coup de fusil en l'air, se disant avec raison que Baçao, fût-il à deux cents pas, le croirait tiré à quelques mètres de lui, à cause de la puissance de réper-cussion des bois. C'était parfaitement conclu, d'autant mieux que le fugitif, encore endormi, fut réveillé en sursaut et pouvait, dans un premier moment d'épouvante, commettre l'imprudence de se montrer.

Mais Baçao avait compris la ruse de ce misérable, et demeurait immobile.

Cependant il fallait prendre un parti. Le métis ne devait pas être seul, et si sa troupe arrivait auprès de lui, ce n'était plus un ennemi qu'il fallait combattre, mais deux, mais dix, mais vingt peut-être, car Alfonso ne pouvait savoir si toute la garnison de Salem n'était pas à ses trousses.

Il pensait à tout cela en observant l'Argentin.

Celui-ci paraissait perdre l'espoir et se décider à attendre, car il s'appuya contre un arbre et fit mine de recharger son fusil.

Ce fut un trait de lumière pour le fugitif. Il avait, lui, un coup de feu à tirer, car il ne s'était pas dessaisi du fusil avec lequel il avait monté sa garde une minute avant son évasion, et le métis, s'il perdait du temps, ne pourrait jamais l'atteindre.

Prenant alors toutes ses précautions, plaçant son arme en bandoulière, après avoir bu une gorgée d'eau-de-vie, Alfonso se suspendit à une forte branche dont le feuillage ombrageait son lit, et avec une agilité de singe il sauta de rameau en rameau jusqu'au passage qu'il avait exploré et préparé la veille.

Cela ne fut pas accompli, on s'en doute bien, sans que le silence des bois eût été troublé, aussi peu que ce soit.

L'oreille du métis saisit un léger froissement de feuillage. Il se redressa sans continuer à charger son fusil, et regarda vivement du côté où le bruit s'était fait entendre. Il vit alors distinctement Alfonso passer d'un arbre à l'autre, puis disparaître derrière une sorte de palissade naturelle formée par d'immenses buissons aux épines géantes.

Il s'élança à la poursuite du fugitif, et pour mieux l'atteindre, en madré sauvage qu'il était, grimpa sur le pont de lianes afin de suivre le même chemin que Baçao, plutôt que d'aller se heurter aux impénétrables buissons qui se dressaient entre lui et son gibier.

Il était agile aussi, ce terrible homme, et en un clin d'œil, avec une sûreté que n'avait pas Alfonso, il eut deviné, pris et parcouru le passage préparé par ce dernier. Mais ici encore il ne trouva plus de traces du fugitif. Seulement il entendait, de temps en temps, et à sa droite, quelques craquements qui indiquaient la situation d'Alfonso. Celui-ci, évidemment, cherchait à se rapprocher du fleuve, pour essayer de fuir à la nage.

Le métis alors eut bientôt pris son parti. Il se résolut à poursuivre Baçao par le haut de la forêt, puisque le bas était impraticable. Rien, en effet,

« Va-t'en », répéta le fugitif.

n'était plus facile que de marcher vers un but en passant d'une branche à l'autre.

Il monta sur un ébénier, de là au sommet d'un chêne gigantesque, et suivant le condamné à mort qu'il ne voyait pas, mais dont il entendait la fuite, cet acharné, sûr désormais du succès, jugea que ce n'était plus pour lui qu'une question de temps.

Alfonso, devenant habile, glissait comme un reptile à travers les arbres, ne passant guère que dans les branches les plus touffues. D'une main il tenait son fusil, maintenant prêt à s'en servir contre le tigre à face humaine qui le chassait.

Tout à coup, Baçao, qui fuyait aussi par le haut de la forêt, poussa malgré lui un cri de désespoir. Il était devant une clairière, étroite à la vérité, mais il y avait solution de rapprochement entre les arbres. Le seul moyen était de tourner l'obstacle. Il prit à gauche, se hâtant le plus possible, lorsqu'il se trouva face à face avec le métis. Celui-ci était à vingt pas, debout, sur un tronc énorme.

A l'aspect du condamné à mort, dont la tête apparut la première dans le feuillage, l'Argentin poussa un éclat de rire sinistre qui ressemblait à un rugissement. Mais cette joie féroce ne fut que de courte durée, car, en voyant Alfonso armé d'un fusil, ce qu'il ne soupçonnait pas, ce drôle, qui avait dans son âme toutes les ignominies d'un tourmenteur, pâlit et se prit à trembler.

Dans sa hâte à poursuivre Baçao, il avait négligé de recharger son arme, et le condamné était maintenant debout sur une branche très large, adossé au tronc et couchant en joue le métis.

Ce dernier fit une prompte retraite et se blottit derrière son arbre. Alfonso eut un mouvement de générosité.

« Gregorio, lui cria-t-il, renonce à me poursuivre. Laisse-moi fuir, et tu vivras; mais si tu ne me donnes pas ici ta parole d'honneur, si tu ne jures pas par la Vierge que tu vas t'en retourner à Salem, je monte en une minute sur le haut de ce chêne, et de là je t'abattrai comme un perroquet aussitôt que tu sortiras de ta retraite. »

Il se fit un silence. Le métis réfléchissait.

« Jures-tu? s'écria d'une voix tremblante le condamné à mort.

— Je le jure! répondit le métis.

— Sur ton honneur ?

— Sur mon honneur !

— Et par la Vierge ?

— Par la Vierge !

— C'est bien, va-t'en, » dit Alfonso d'un ton calme et comme s'il eût été complètement rassuré par ce dernier serment, lequel est rarement faussé par les Brésiliens du peuple.

L'Argentin alors sortit de sa cachette, et se montra à découvert devant Alfonso, dans la parole duquel il savait qu'on pouvait avoir confiance.

Ces deux hommes se regardèrent curieusement sans rien dire, et dans tout autre moment auraient eu de la peine à se reconnaître. La face et les mains déchirées par les ronces, les vêtements en lambeaux, les yeux brillants d'une fièvre atroce, ils étaient hideux.

Alfonso se trouvait presque nu ; on voyait sur sa poitrine des gouttelettes de sang qui perlaient à chaque place où une épine s'était enfoncée. D'horribles moustiques jaunes et rouges, longs comme le petit doigt, bourdonnaient autour de lui et se collaient sur ses plaies vives dont ils décuplaient la souffrance. Sous leurs piqûres, la peau enflait terriblement, et ils ne quittaient la figure du malheureux que pour s'abattre sur ses mains ou sur ses jambes endolories. Ses pieds presque nus, absolument couverts d'insectes, ne formaient qu'une enflure sanglante. Le métis n'était guère mieux partagé que lui. Cependant celui-ci, qui visiblement avait davantage l'habitude des grands bois, paraissait moins ensanglanté.

« Va-t'en ! répéta le fugitif. Va-t'en donc ! insista-t-il en épaulant de nouveau son fusil. »

Gregorio se décida enfin :

« J'exécutais les ordres du sous-gouverneur, dit-il ; mais j'ai juré, tu peux être tranquille ; je pars. »

Et il commença à s'éloigner.

« Ne te cache pas surtout, lui cria Baçao ; j'ai besoin de te voir le plus loin possible. »

Le métis obéit. Il opéra sa retraite, se montrant toujours et se retournant de temps à autre pour jeter sur Alfonso un regard de panthère. Enfin il disparut dans la profondeur du bois.

Jusqu'à ce moment, le condamné à mort, surexcité par la peur, par l'indicible émotion de cette chasse dont il était le gibier, n'avait pas senti l'horrible souffrance de ses blessures et des piqûres de moustiques. Mais lorsqu'il se retrouva seul, quand il tomba ruisselant de sueur et de sang sur l'énorme branche d'où il avait menacé Gregorio, la faim, la soif, une lassitude insurmontable et l'épouvantable cuisson qui dévorait tout son corps devinrent un supplice si affreux, qu'il se repentit de n'avoir pas suivi le métis pour aller mourir à Salem, et même qu'il fut tenté de le rappeler pour se livrer à lui.

VI

Ajoutez à cela qu'il était déjà onze heures. La chaleur insupportable de ces climats était précisément ce jour-là, 21 septembre, plus étouffante que jamais. Baçao sentait monter à lui des bouffées de vent littéralement embrasé. Il pensa qu'il allait mourir.

Une dernière gorgée d'eau-de-vie restait encore dans sa gourde; avidement il y porta ses lèvres. Cela le remit un instant, et il songea à manger. Mais ses blessures, sous cette chaleur, devenaient à chaque instant plus brûlantes. De l'œil il chercha un citronnier. Au pied de l'arbre sur lequel il se trouvait il crut en apercevoir un et descendit. Hélas! c'était une illusion. Pendant plus de cent mètres, le malheureux fut obligé de fouiller le bois de côté et d'autre, se meurtrissant encore, sans trouver cet arbuste si commun sous ces latitudes.

Enfin, au pied d'un acajou, un bouquet d'orangers et de citronniers l'attira par les parfums des fleurs, par l'éclat des fruits. Il mordit à pleines dents une orange, puis deux, puis trois, tant et si bien qu'il finit par se désaltérer. C'était le plus pressé.

Alors seulement il exprima du jus de citron sur sa poitrine, sur ses pieds, ses mains et sa figure. Ce fut pour lui comme un bain. Il se sentit revenir à la vie.

Ainsi que la veille, des œufs enlevés aux nids de perruches lui fournirent son déjeuner, et il se préparait à dormir un peu sous les orangers, lorsqu'il entendit un craquement au-dessus de sa tête.

C'était le métis qui revenait mystérieusement. L'intention de ce monstre, en jurant de s'en retourner à Salem, était de gagner le temps nécessaire à charger son fusil tout à son aise. Cela fait, il s'était remis à la poursuite d'Alfonso.

Ce que le Brésilien sentit s'amasser de colère dans sa tête à l'aspect de Gregorio est inexprimable. Il ramassa son arme, se glissa silencieusement dans les buissons sans perdre de vue son ennemi, et entreprit l'ascension d'un cèdre, de façon à se trouver cette fois et pour la dernière en face du métis. Il fallait en finir.

Cependant la chaleur devenait à chaque minute plus terrible et plus lourde. D'épais nuages noirs rasaient la cime des grands arbres et obscurcissaient la forêt, à ce point qu'on aurait pu croire à une nuit subite. Puis le soleil reparaissait un instant après, plus brûlant.

Sur les épaules de ces deux hommes, l'atmosphère s'appesantissait parfois comme un fardeau de plomb. Alfonso, suant à grosses gouttes, arriva au sommet de son cèdre sans être aperçu du métis, qui fouillait de l'œil tous les arbres voisins.

« Gregorio, lui cria-t-il, je suis ici, ne cherche plus. Tu es un parjure et un lâche. L'un de nous deux va mourir. »

A cette voix, le sous-officier se gara prudemment. Ils étaient donc là l'un et l'autre, à dix pas de distance, protégés par un tronc d'arbre, et attendant une imprudence pour faire feu.

Le condamné à mort avait hâte d'être seul.

Il prit son chapeau de paille, en coiffa le canon de son fusil, et, tâchant d'imiter les mouvements d'une tête prudente, il le fit doucement émerger d'une touffe de feuillage, pendant qu'il restait, lui, parfaitement à l'abri.

Gregorio s'y trompa. Il épaula prestement son fusil, et il fit feu. Le chapeau, percé d'une balle, tomba. Un cri de triomphe sortit du gosier de ce monstre, et il se mit à découvert. Alfonso apparut et lui dit:

« Cette fois, tu vas mourir, fais ta prière. »

Un coup de tonnerre d'une violence inouïe retentit au-dessus de leur tête, et ébranla toute la forêt. Les nuages s'amoncelèrent en moins de temps qu'il n'en faut pour le dire, et l'orage éclata avec une fureur inconcevable. La forêt était retombée dans la nuit. Alfonso comprit que le plus pressé était de fuir, et, sans chercher à accomplir un meurtre de plus, il abandonna le métis pour se diriger le plus rapidement possible vers le grand fleuve, qui ne pouvait pas être bien loin.

De son côté, le métis, croyant qu'Alfonso attendait une éclaircie pour l'abattre, profita de l'obscurité et se sauva aussi dans une direction opposée. Dix minutes après, quoique les nuages fussent encore plus noirs et plus opaques, les deux adversaires auraient pu continuer leur terrible duel, car les décharges électriques se succédaient avec une telle rapidité que des lueurs sanglantes et insupportables remplaçaient sans cesse la lumière du soleil.

Nos orages européens sont de piètres accidents à côté de ces ouragans de l'équateur. On entendait comme un roulement perpétuel d'artillerie accompagné d'éclairs qui se croisaient, qui se renforçaient, qui se décuplaient à chaque nouvelle seconde. C'était d'autant plus dangereux que tous ces nuages passaient rapidement au-dessus des arbres sans crever, et que la foudre tombait dix fois par minutes sur les cèdres les plus élevés.

Le métis, agile comme un jaguar, fuyait avec toute la vitesse dont il était capable. Son expérience des ouragans lui disait qu'en un clin d'œil cette forêt pouvait s'embraser. Il savait aussi, et c'était là ce qui soutenait son courage, que les tempêtes aussi furieuses que celle qui grondait sur sa tête n'étaient pas de longue durée.

Pourtant les éclairs se succédaient avec plus de rage que jamais.

Parfois on entendait un éclat dont le bruit assourdissait; puis c'était un autre roulement plus épouvantable, et un autre encore, et toujours! De toutes parts, de formidables étincelles électriques se précipitaient en cette mer de verdure avec des craquements dans le ciel. La nature semblait être sous le coup d'un écroulement immense.

Autour des fugitifs, les fauves, les serpents s'agitaient et cherchaient leur salut dans la fuite.

VII

Gregorio commençait à perdre sa fermeté. Un écureuil foudroyé venait de tomber à deux pas de lui, et pas une goutte de pluie. Peu à peu, pourtant, les décharges réitérées du tonnerre semblèrent moins accumulées. Le ciel commença à paraître moins noir. Les éclairs devinrent moins fréquents. L'orage diminuait.

Le métis respira. Un nuage vint à crever enfin sur la forêt. Une nappe d'eau se répandit comme dans un déluge. Mais cela ne dura que quelques instants, au bout desquels le soleil reparut. Il pouvait être trois heures de l'après-midi. Un instant le sauvage Gregorio se mit à réfléchir pour agiter dans son âme s'il reprendrait la poursuite d'Alfonso. Mais cette fois la chose était presque impraticable, tant ils avaient dû s'éloigner l'un de l'autre pendant l'orage. Il y renonça et reprit la route de Salem.

Mais il n'avait pas marché dix minutes qu'il entendit un grand bruit au-dessous de lui. C'étaient deux jaguars qui fuyaient de conserve, avec des hurlements plaintifs.

Gregorio n'y prit pas garde. Il continua sa route, rampant au travers des ronces et des arbustes grimpants, se suspendant aux branches flexibles pour franchir l'espace. Il était là dans son élément, et reconnaissait parfaitement son chemin.

Cependant, une bande de chats-tigres, sautant d'arbre en arbre, arriva comme une trombe de son côté. Il se crut perdu. Les félins poussaient des cris effroyables, des miaulements de terreur.

Vers le sol de la forêt, les hautes herbes, les arbustes rabougris s'agitaient maintenant d'une inquiétante façon. C'était un remue-ménage hideux. Les boas gigantesques montraient par instants leurs croupes luisantes et visqueuses, puis disparaissaient vers l'est. D'énormes lézards fuyaient dans la même direction ; les oiseaux passaient par nuées au-dessus de la forêt. Il n'y avait pas jusqu'aux fourmis énormes de ces parages qui ne prissent la même direction. C'était à croire que tous ces monstres se rendaient à quelque horrible sabbat,

Gregorio commençait à s'inquiéter. Les chats-tigres, criant toujours, passèrent affairés au-dessus de sa tête sans le voir ou sans daigner faire attention à lui. C'était étrange. D'autre part, l'émigration des reptiles et de tout ce qui vivait devenait plus compacte.

Les herbes s'affaissaient sur le passage de tant d'individus, et l'on distinguait maintenant les serpents glissant par troupe, avec des sifflements, vers le fleuve; de formidables crapauds, troublés dans leur philosophique apathie, se hâtaient lentement du même côté. Puis ce furent des cerfs, des sangliers, des ours, des tapirs, une interminable caravane de quadrupèdes.

Décidément il y avait quelque chose. Était-ce une inondation? Car on commençait à entendre un bruit sourd venant du nord.

Un crocodile, pressé, fit une trouée dans les branches d'un buisson épineux, et passa rapidement. Ce ne pouvait être une inondation.

Gregorio monta au faîte d'un arbre, n'osant pas se dire encore : C'est donc un incendie !

Il n'eut pas besoin de grimper sur les plus hautes branches pour distinguer une flamme immense qui s'élevait au nord et à l'ouest. La forêt brûlait tout entière. En tombant cinq cents fois peut-être la foudre avait mis le feu aux branches sèches et aux arbustes résineux. L'incendie s'était propagé en peu de temps, et maintenant c'était un cercle enflammé qui allait se rétrécissant toujours, comme pour le cerner et l'anéantir.

Gregorio blasphéma et prit son parti. Il suivit les tigres, les oiseaux, les reptiles, et s'élança vers l'est, ne quittant pas un instant la direction qu'avaient prise les hôtes des forêts, car il savait bien que leur instinct les guidait infailliblement vers le fleuve des Amazones.

Mais on ne pouvait trop se hâter. Le feu, avant d'éclater et de tordre sous ses étreintes les grands arbres, avançait rapidement par le sol de la forêt, où les feuilles mortes, les arbustes inflammables prenaient comme par enchantement; en sorte qu'avant d'avoir l'incendie à craindre, avant de courir le risque d'être brûlé vif, on était menacé d'asphyxie, car la fumée se répandait déjà presque sous les pieds du sous-officier, et montait opaque vers la voûte du bois.

Gregorio, fou de peur, bondissait de branche en branche sans se soucier des déchirures, des piqûres horribles, et laissant à chaque pas un lambeau de ses vêtements ou de sa chair.

6

Une bande de singes affolés passa auprès de lui en jetant des cris de terreur et en faisant les grimaces les plus affreuses. Pendant plus d'un quart d'heure, il lutta d'agilité avec les quadrumanes, et fit autant de chemin qu'eux.

Quelle journée! il fallait que cet homme eût une constitution de fer pour trouver encore la force de fuir après les incalculables fatigues qu'il avait éprouvées depuis douze heures.

Enfin il sentit un peu de fraîcheur dans l'atmosphère : le fleuve ne pouvait pas être loin. En ce moment, cet homme, sanglant, couvert de moustiques de la tête aux pieds, était affreux. Il eût été difficile au plus expert des naturalistes de décider si c'était un homme plutôt qu'un singe. Et cependant il franchissait toujours les obstacles comme si la fatigue lui eût été inconnue. Ses bras et ses jambes se détendaient comme s'il eût eu pour muscles des ressorts d'acier.

Enfin un dernier chêne se trouva devant lui, et il aperçut l'immense fleuve dont le courant entraînait déjà mille animaux fuyards se dirigeant vers l'autre rive. A ses pieds une plage sablonneuse de vingt mètres de large et s'étendant assez loin de l'un et de l'autre côté.

Mais sur cette plage, réunis comme pour une nouvelle arche de Noé, tous les animaux de ces latitudes, affolés, bondissant, se déchirant les uns les autres, hurlant d'une façon lamentable, grattant le sol de leurs griffes, et mettant le nez au vent pour aspirer les symptômes d'incendie. C'était épouvantable!

Descendre là, afin de sauter dans le fleuve, aurait été de la folie. Entre les pattes des jaguars, des singes, de tous ces êtres voués à la mort, on voyait ramper une multitude innombrable de reptiles, depuis le serpent-liane, fin comme une baguette d'osier, jusqu'à l'énorme constrictor. Tout cela grouillait, se tordait, sifflait, tuait, et par intervalles, poussé par la masse des nouveaux arrivants autant que par l'instinct de la conservation, tout cela se jetait à corps perdu dans le fleuve, où les crocodiles faisaient bonne chasse.

Gregorio tremblait de tous ses membres. Autour de lui, les sommets des arbres étaient peuplés de singes, d'écureuils, de scorpions, de serpents et d'oiseaux. Ces derniers, rendus furieux par l'odeur de la fumée qui parvenait déjà jusque-là, faisaient un magnifique massacre de reptiles. Et tout autour une nuée de moustiques, s'épaississant à chaque instant davantage, menaçait d'intercepter la lumière du soleil.

Tout à coup les hurlements redoublèrent, les sifflements devinrent plus aigus, un ébranlement eut lieu dans toute cette masse : les écureuils s'élancèrent dans l'espace sans but, les serpents bondirent de côté et d'autre, les oiseaux s'envolèrent, et la nuée de moustiques s'avança vers le milieu du fleuve. La place était nette. Il n'y avait plus sur la plage que les cadavres des victimes de cet infernal sabbat.

Le fleuve des Amazones fut couvert en un instant de cent mille bêtes diverses, nageant, se noyant, se déchirant encore les unes les autres.

Gregorio se crut sauvé; mais le pied du chêne sur lequel il se trouvait commençait à brûler déjà, et jusqu'au bord du fleuve, où l'eau rougie par les festins des caïmans venait battre le sable, toutes les ronces, toutes les feuilles mortes étaient en ignition.

Le métis, fou de désespoir, aveuglé par la fumée, essaya de résister un instant à l'asphyxie. Si court qu'eût été cet instant, il avait suffi pour que les animaux se fussent éloignés de la rive. Alors, vaincu par la chaleur, il se laissa tomber dans les flammes et courut au fleuve, dans lequel il se jeta sans s'inquiéter du reste. Toute mort d'ailleurs lui devait être douce auprès de celle qu'il voulait éviter.

En plongeant dans cette eau fraîche, le misérable, dont chaque pore était une plaie cuisante, éprouva une merveilleuse sensation de fraîcheur et sentit ses forces renaître. Il nageait comme un requin et sut éviter avec une merveilleuse adresse les plus dangereux de ses compagnons de fuite. De peur des caïmans, il se dirigea vers le milieu du fleuve, dont le courant, unique au monde, pouvait le porter en quelques heures soit à Para, soit dans une île quelconque.

Il ne songea pas à rejoindre la rive opposée pour plusieurs raisons. En cet endroit, l'Amazone avait au moins six kilomètres de large, et il eût fallu lutter pendant une partie de la nuit contre le courant invincible. D'autre part, il y avait tout lieu de penser que les animaux fuyards aborderaient à cette rive opposée, sur laquelle il ne ferait probablement pas bon passer la nuit.

Il se laissa donc aller au courant. A quelques centaines de mètres de là, il se sentit saisir par les cheveux, et quelque chose de velu s'attacha à ses épaules. C'était un pauvre petit singe, très joli, qui était en train de se noyer et qui se raccrochait où il pouvait. Gregorio voulut le chasser et le rejeter dans l'eau. Mais le quadrumane enfonça ses ongles et ses dents dans la chair du métis, et il fallut bien supporter, sauver ce parasite.

Le métis pouvait compter encore sur trois heures de jour. Il se mit à nager vigoureusement, toujours avec son fardeau, qui ne le mordait plus, mais qui s'était cramponné à sa chevelure crépue.

Le fleuve s'élargit tout à coup, et l'Argentin aperçut les fortifications de Para. Hélas! c'était trop loin pour espérer d'y atteindre, d'autant plus que ses forces commençaient définitivement à s'user.

VIII

Gregorio venait de dépasser l'embouchure d'une petite rivière, lorsqu'une pirogue, pagayée par un Indien, entra dans l'Amazone. Au fond de cette embarcation gisait une masse inerte. C'était le pauvre Alfonso, qui, lui aussi, s'était jeté dans la première eau qu'il avait rencontrée, et qui, bonheur providentiel, avait été sauvé par un Indien auquel jadis, à Salem, il avait rendu quelque service.

Mais revenons au métis.

Le courant l'entraînait. Il laissa faire le courant. Dans le lointain apparaissait une île. C'était plus qu'il n'en fallait pour attendre le lendemain et se reposer. En se voyant sauvé ou à peu près, Gregorio repassa dans son esprit les événements de la journée, et ce monstre eut un ricanement infernal en pensant qu'Alfonso était probablement asphyxié et brûlé dans la forêt.

Vers six heures et demie, un quart d'heure avant le coucher du soleil, le misérable Argentin aborda dans la petite île vers laquelle il nageait depuis plus de trois heures. Il était temps. S'il avait eu mille mètres de plus à parcourir, ses forces n'y eussent pas suffi. A peine eut-il mis pied à terre, qu'il prit doucement le singe et l'attira dans ses bras. Celui-ci se laissa faire. Mais, soit férocité, soit prévoyance, l'Argentin saisit le charmant quadrumane par un pied, lui fit faire au-dessus de sa tête quatre ou cinq tours, et avec fureur lui brisa le crâne sur le sol.

La pauvre petite bête râla un moment et ne donna plus signe de vie.

Le soldat, revenu à lui, vit une espèce de démon se tordre dans le feu.

Malgré la chaleur du climat, Gregorio sentit ses membres un peu raidis par le froid. Ce long séjour dans l'eau l'avait glacé. Il se roula alors dans la poussière dont toute la surface de l'île était couverte, et que les rayons du soleil avaient chauffée presque toute la journée. Cela le remit un peu; mais le besoin de sommeil devenait chez lui plus impérieux à chaque instant.

La faim le tourmentait aussi horriblement. Il écorcha son singe des ongles et des dents, lui arracha une cuisse avec une dextérité de cannibale, et prépara quelques branches de bois mort auxquelles il mit le feu pour faire cuire son dîner.

L'île sur laquelle Gregorio avait trouvé le salut était absolument déserte et inculte. C'était fort extraordinaire sous une pareille latitude. A la pointe orientale seulement, un rocher, sur lequel un peu de terre végétale s'était accumulée, était abrité par trois ou quatre petits arbres épineux et touffus. Sur toute la surface de l'îlot, à l'exception de ce rocher, on ne voyait que cette poussière de couleur amadou dans laquelle Gregorio s'était pour ainsi dire baigné en abordant.

Çà et là pourtant surgissait de cette poussière une pariétaire ou un brin d'herbe brûlé par le soleil. Il semblait même que la nature eût essayé de faire valoir ses droits sur ce coin de terre, et il avait dû jadis pousser quelque chose en ce lieu; car à certains endroits on rencontrait des branchages assez élevés, mais sans feuillages et absolument secs. Ce fut même à l'aide d'un de ces bâtons que Gregorio alluma du feu à la façon des sauvages.

Après avoir mis sa cuisse de singe sur les charbons ardents, le métis s'assit en face de son feu, les genoux aux dents, avec l'intention d'attendre que son souper fût prêt. La nuit était venue. Harassé, Gregorio sentait sa paupière alourdie se fermer par intervalles, et, sans le tourment de la faim, il se serait endormi dans cette posture. Un instant même, vaincu par le sommeil, il s'assoupit.

Mais tout à coup il se redressa, comme si un ressort l'eût planté sur ses pieds, et il poussa un cri inénarrable. C'était de la fureur, de la colère, de l'épouvante et du désespoir.

Il regarda autour de lui et se crut le jouet d'un cauchemar provoqué par la fatigue.

De ses poings endoloris il se frotta les yeux fiévreusement. Non, il ne dormait pas.

D'un bond énorme il venait de se diriger vers le fleuve. A ce premier bond en succéda un second, puis un troisième, et il finit par sauter comme un derviche épouvanté, ne sachant où courir, perdant la tête, et s'arrachant les cheveux.

Qu'arrivait-il donc? Quelque chose de très naturel et d'effroyable : l'île brûlait.

Elle se consumait tout entière, et l'on voyait courir dans toute sa longueur des serpentins de feu semblables à ceux qui parcourent des papiers que la flamme a quittés.

L'explication de cet horrible fait est assez simple. La surface sur laquelle Gregorio avait abordé n'était pas une île; c'était un amas de bois mort, troncs de chênes, de cèdres, de sapins, de palmiers, de cocotiers, d'acajoux, que l'Amazone avait portés jusque-là, — qui sait d'où?

Les premiers troncs s'étaient arrêtés contre le rocher où poussaient les quatre arbustes; les autres s'étaient accumulés, enchevêtrés à la suite. Peu à peu de nouveaux arrivants avaient agrandi et exhaussé l'îlot en passant dessous, et, comme cet amoncellement avait mis peut-être trois ans à se faire, les couches supérieures de ce bûcher étaient converties en poussière, et en poussière terriblement inflammable.

Gregorio comprit tout. Il voulut courir vers le rocher, mais la plante de ses pieds écorchés brûlait à vif, et il n'est pas d'être humain qui puisse endurer cette souffrance.

Que faire donc? Rester en place? c'était griller; il sentait déjà l'odeur de sa chair grillée qui lui montait au cerveau.

Il devint fou.

Dans les ténèbres, il distinguait parfaitement tout le sol de l'île qui rougissait avec une effroyable vélocité. On eût dit qu'un soufflet souterrain attisait ce brasier.

Gregorio tomba, mais il se remit sur ses pieds, et, faisant un effort de volonté extraordinaire, il s'élança vers le fleuve. Une nouvelle chute l'arrêta.

En ce moment, la pirogue qui portait Alfonso passait devant l'île. Le soldat, revenu à lui, vit cette espèce de démon se tordre dans le feu et proposa à l'Indien de lui porter secours, sans se douter qu'il parlait de sauver son bourreau : l'Indien secoua la tête et pagaya plus vigoureusement.

Cependant Gregorio rugissait.

Tout son corps était entamé par cette cendre ardente. Se relever, il le put, mais pour retomber de l'autre côté; et bientôt Baçao le vit se tordre au milieu d'un brasier qui devenait de plus en plus intense. Enfonçant ses mains dans la braise, le métis se traîna encore du côté du fleuve en des contorsions de reptile; sa colonne vertébrale un moment se courba comme un arc; puis il retomba, s'agita fébrilement, fit encore un effort et resta immobile. Alors la flamme éclata.

Le lendemain l'îlot n'était plus. Quelques troncs d'arbres noircis, emportés par le courant, allaient flotter en pleine mer.

A bord d'un steamer qui partait pour l'Europe, un homme à la face mâchée et fatiguée suivait de l'œil ces épaves avec quelque intérêt. C'était Alfonso Baçao, qui, arrivé sain et sauf à Para, avait raconté son histoire au capitaine d'un navire en partance, et obtenu son passage gratuit.

LE

CHEVAL FOU

A M. A. Perivier.

LE CLAIN

Lorsqu'on voyage de jour entre Paris et Bordeaux, l'on traverse un modeste pays qui, vu d'un wagon de train express, est particulièrement aimable. Il ne s'agit pas de la Touraine. Qu'on se rassure, nous ne sommes pas de ceux qui découvrent à leur tour la Méditerranée. Nous voulons parler des vingt-cinq ou trente kilomètres que l'on parcourt après avoir dépassé Poitiers.

Le paysage, à vrai dire, n'offre, au premier abord, rien de bien étonnant. Ce sont des coteaux éventrés par la voie ferrée, et des vallons pleins de fraîcheur succédant à ces coteaux. L'attention est surtout attirée par la répétition persistante de ces collines et de ces vallées.

Mais, malgré leur beauté, on ne songerait peut-être pas à les admirer s'il n'y avait là, pour leur donner une physionomie souverainement attrayante, une charmante, fantasque et imperdable petite rivière, qui doit bien venir de quelque part et qui se jette probablement ailleurs, mais à laquelle je ne demande rien de sa source ni de son embouchure.

Les géographes voudront bien m'excuser si je ne tiens à savoir de ce fleuvelet que ce que j'en ai vu.

Ceux qui prendraient sur eux de me donner quelques détails à ce sujet me désobligeraient extrêmement.

Expliquez cela comme vous voudrez : je connais l'état civil de tous les fleuves américains; la vie privée des grands cours d'eaux d'Afrique n'a pour moi que peu de secrets, et j'éprouve une certaine joie à ne connaître de celui-là que son nom. Il s'appelle le Clain; un joli nom, comme vous voyez.

L'express, en quittant Poitiers, s'engouffre tout à coup dans un tunnel. A peine le jour a-t-il reparu qu'on traverse le Clain. Le temps de le perdre de vue, et des deux côtés de la voie s'élèvent à une certaine hauteur deux murailles de granit déchiré.

Est-ce là ce que les classiques appelaient le sein de la terre? Nous n'avons pas le loisir de résoudre cette question, car voici le second coteau dépassé. La plaine verdoie et le Clain miroite.

Un kilomètre à peine, nouvelle colline; les murailles de granit dérobent à nos yeux l'horizon charmant, mais bientôt les pentes s'abaissent : encore le Clain.

Plus loin, le monticule qu'on vient de franchir se termine par des falaises à pic, au pied desquelles les eaux transparentes et paresseuses du Clain se développent comme une immense moire.

Parfois encore on le laisse de ce côté-ci de la colline pour le retrouver de ce côté-là. Cette succession de côtes ressemble aux vagues immenses d'un « océan devenu terre ferme », et après chaque sommet, dans chaque creux de la vague, le Clain chante son clapotis.

On le quitte, il vous revient, pour vous abandonner encore et reparaître toujours au moins une vingtaine de fois, sans que cela vous fatigue. Et quand on a perdu l'espoir de le traverser de nouveau, seulement pour lui dire adieu, il vous reste dans l'esprit comme un regret.

Doit-il voir du pays, lui, le petit Clain, qui va je ne sais où contourner la montagne à droite, doubler le grand bois à gauche, et flâner à travers les vertes prairies dans tous les sens!

Le long de ses rives, des aulnes à l'air mystérieux semblent attendre le crépuscule pour se raconter des légendes; les peupliers de France, d'Italie et de la Caroline, les pieds dans l'eau, tressaillent et tremblent en contemplant sans doute les miroitements perpétuels que produisent les frissons de leurs feuilles.

Elle me ravit, cette rivière, et chaque fois que je la traverse, je lui souris de la lèvre et de l'œil comme à un ami. Vaillant et capricieux Clain! je lui trouve même un air spirituel.

Vous souriez peut-être. Pourquoi? N'avez-vous donc jamais entendu dire d'un fleuve qui coule bourgeoisement entre deux rives plates et sottes : C'est une grande bête de rivière?

Permettez-moi donc de renverser la proposition et de dire : Ce spirituel ruisseau... Car le Clain est presque un ruisseau, et pour moi qui l'ai entendu bavarder aux alentours d'un moulin, il a de l'esprit comme un diable. Je vous assure même qu'il y dit d'adorables petites poésies, — fugitives, bien entendu.

LE CHATEAU FORT

Si, en quittant la voie ferrée et en se dirigeant vers l'est, on prend par la crête de la falaise dont j'ai parlé, on marche une demi-heure dans le serpolet et les genêts, jusqu'à ce que le rocher, coupé perpendiculairement, vous force à vous arrêter pour contempler un spectacle ravissant.

A vos pieds, une prairie, dont les pentes douces commencent au sommet de la côte pour venir mourir dans la vallée. C'est comme la douce inclinaison d'une plage.

Au plus bas du vallon, le Clain repose ses plus dormantes eaux. Au sommet de la colline apparaît un château fort.

La prairie se développe sur une longueur d'un kilomètre devant vous; puis, coupée brusquement par le rocher à pic, elle cède de nouveau l'horizon à la falaise abrupte, au pied de laquelle on voit encore le Clain, qui, bien innocemment, je vous assure, et par la seule ambition de la montagne, devient précipice.

Le château fort a une mine féroce au milieu de cette débauche de fraîcheur et de verdure. Il a bien toutes les apparences de ces repaires de vautours du moyen âge, dont les serres s'étendaient sur le plat pays aussi loin que le permettait la puissance ou le bon plaisir du vautour le plus voisin.

Ce ne sont que hautes murailles crénelées, noircies par le temps, et de ci

de là rongées par lui. Il y a même, en avant de la principale porte, une sorte
d'ouvrage avancé qui tombe en ruine, témoignage irréfutable de la puissance
conservée dans le pays par la féodalité, bien au delà des temps assignés par
l'histoire à la chute des barons quasi indépendants. Cette demi-lune prouve
chez les anciens propriétaires du castel une connaissance un peu plus moderne
de l'art des sièges et des défenses.

Le pont-levis n'existe plus; mais il en reste des traces. En franchissant
l'entrée étroite et basse de la cour d'honneur, on voit que la herse devait
s'abaisser dans la rainure noire de la muraille. Quatre ou cinq tourelles, avec
postes de sentinelles, flanquent les fortifications du château. De tous les côtés,
on n'aperçoit que meurtrières, créneaux, embrasures. Des douves profondes
et sans eau sont pleines de ronces et de lierres, au milieu desquels vivent en
paix les couleuvres et les lézards.

En un mot, le château que l'on a devant les yeux est un modèle admirablement conservé de ces demeures fortifiées où vivaient, tuaient et mouraient
les hauts barons du xiv⁰ et du xv⁰ siècle.

Outre la grande porte d'honneur, qui regarde le vallon, il existe trois
autres entrées au château, sans compter la poterne, bien entendu, sans
compter encore une lourde porte de chêne, cachée par des roseaux et des
plantes grimpantes, sur les bords du Clain, et pratiquée dans le rocher qui
surplombe la rivière.

Cette porte donne accès dans un souterrain qui fait songer aux oubliettes
et à la tour de Nesle. Elle sert d'issue secrète au château. On ne peut y entrer
ou en sortir qu'à l'aide d'un bateau. Comme on le voit, tout cela est suffisamment moyen âge, et le baron de T..., propriétaire du lieu, en est très fier.

Seulement, quand on interroge les gens du pays sur l'antiquité du château,
sur son fondateur, sur les nobles soudards qui l'ont habité, sur les sièges qu'il
a soutenus, les bons paysans se mettent à sourire et vous apprennent que
cette gothique forteresse n'existait pas il y a trente ans. Ils vous disent que
créneaux, mâchicoulis, souterrains, poternes, oubliettes, demi-lunes en ruine,
restes de ponts-levis et de herses, tout cela vient d'être construit par un gentilhomme fantaisiste, de noblesse aussi ancienne que son château.

Les murs ont été noircis par le badigeonneur. Les ronces et le lierre,
semés de main d'homme, ont poussé avec entrain depuis quinze ans. Les

murailles datent d'hier; les vieilles ferrures, les chaînes à demi brisées, ont été expédiées de Paris, en même temps qu'un musée complet de vieilles armures qui ornent la salle des gardes.

En un mot, c'est un château du moyen âge parfaitement imité.

Mais, si le baron de T... a eu la fantaisie de cette demeure rébarbative, nous ne lui en voudrons pas plus qu'il ne convient, car nous savons qu'il est le plus sympathique et le meilleur des hommes. Si quatre chemins créés par lui aboutissent aux quatre portes de son manoir, c'est, nous a-t-on assuré, pour que ceux qui viendraient y demander secours et hospitalité y pussent arriver des quatre points cardinaux.

Du haut des tourelles menaçantes ou du sommet du donjon (qui doit s'appeler la *tour du Nord*), on aperçoit à perte de vue la plaine fertile et les zigzags du Clain, sur les deux rives duquel s'étendent des prairies admirables, où l'on voit bondir, jouer, sauter de magnifiques chevaux de pur sang, dont l'entretien force un peu le châtelain à dépenser les énormes revenus que lui laissa son père, le premier baron de la famille.

MLLE ISOLINE

Le mois de mai allait finir. Un temps merveilleusement beau, comme c'était son devoir dans cette saison, régnait depuis une quinzaine. Quoiqu'il ne fût que dix heures du matin, le salon du château avait un air de solennité peu ordinaire. Le baron venait de recevoir un sportsman de ses amis, jeune homme de trente ans, qui, comme le duc Saint-Simon, aurait pu se dire plus noble que le roi.

Depuis deux ou trois ans, M. de T... persécutait Pierre de Tabannes pour qu'il vînt passer une quinzaine au château. A la suite de quelques incidents qui s'étaient produits durant l'hiver, le jeune gentilhomme avait promis de venir et, comme on le voit, tenu sa promesse.

M. de Tabannes, arrivé depuis dix minutes, essuyait les remerciements de la baronne et les effusions du baron, lorsqu'un pas quelque peu décidé retentit dans le couloir.

Une grande jeune fille brune, tenant à la main une élégante cravache, portant sous son bras la traîne d'une amazone de piqué blanc, parut au seuil du salon. C'était Mᶫˡᵉ Isoline de T...

Le lecteur a déjà deviné qu'avec un père fanatique du moyen âge comme le baron, cette jeune personne devait porter un nom qui eût, dans le château fort, quelque apparence de couleur locale. On avait longtemps hésité entre Bérangère, Isaure, Gaëtane et Yseult. Ce dernier nom surtout tentait la famille; mais il était si improbable vers 1868, qu'on prit un biais, et qu'on adopta Isoline comme plus féminin et plus gracieux.

Mᶫˡᵉ Isoline comptait dix-huit ans. Quoique charmante, elle n'eût pas été remarquable sans la beauté incontestable, absolue, de ses yeux, d'un dessin irréprochable. Lorsqu'elle apparaissait, on ne voyait que son regard, dont la profondeur inspirait de l'effroi comme un abîme.

Elle était svelte, mais on devinait la santé dans l'harmonie et l'aplomb de sa démarche. Sur sa tête éclatait un toquet de plumes feu avec aigrette blanche.

Sa main mignonne, abritée par des gants à retroussis de la même couleur que les plumes de sa coiffure, agitait cavalièrement sa cravache. Son amazone, discrètement relevée, laissait voir le bas de petites bottes en maroquin rouge, dont l'une, la gauche, portait un éperon d'or au talon.

Ainsi faite, elle était séduisante, surtout si on ajoute que le soleil, le grand air, une longue et folle course à cheval, avaient amené sur ses lèvres et ses joues, d'un brun chaud comme celui des Vénitiennes, la pourpre de son sang. Sa figure sérieuse et d'une beauté grave, encadrée par des cheveux qui tombaient en cascades sur ses épaules, sa figure devait frapper celui qui l'eût vue ce jour-là pour la première fois.

Ce n'était probablement pas le cas de M. Pierre de Tabannes, car à son aspect il se leva respectueusement, s'avança vers elle et lui présenta ses hommages.

« Vous êtes bon d'être venu, lui dit Mᶫˡᵉ Isoline en éteignant le feu de son regard; je vous en remercie, monsieur, pour mon père, à qui vous faites plaisir; je vous en remercie pour ma mère, qui est flattée...

— ?... ?... ?... (Nous ne pouvons traduire autrement le regard qu'adressa Pierre à l'amazone.)

— Et je vous remercie aussi pour moi, » ajouta alors Mlle Isoline sans aucun embarras.

En entendant ces derniers mots, M. de Tabannes reprit sa sérénité, un instant troublée.

« Je gage que tu viens encore de monter Hamlet? demanda le baron avec une intention de gronderie.

— Oui, mon père.

— Hamlet? demanda le nouveau venu; est-ce un de vos pur-sang?

— Un magnifique anglais, noir comme la nuit, beau comme l'idéal, rapide comme un météore...

— Une merveille alors?

— Et qui serait en effet une merveille s'il n'était indomptable, ou plutôt, pour dire ce que prétend M. Dick, mon entraîneur, s'il n'était pas fou.

— Fou! répéta M. de Tabannes en riant, je veux bien; mais indomptable!... N'avez-vous pas dit que Mlle Isoline le montait?

— Précisément, elle le monte...

— Tous les jours, interrompit Mlle Isoline.

— Elle le monte tous les jours, pendant plusieurs heures, et il n'est pas un seul de mes jockeys ou de mes grooms qui puisse rester sur son dos plus de vingt-cinq secondes. Mais vous le verrez. Pour le moment, vous permettrez à ma fille de se retirer jusqu'à l'heure du déjeuner, ne fût-ce que pour changer de toilette. Quant à vous, mon hôte, on va vous conduire à votre appartement. La cloche retentira à onze heures précises. »

On se sépara.

Voulez-vous que je sois indiscret tout de suite? Eh bien, M. de Tabannes venait dans le Poitou pour épouser Mlle Isoline. Ne m'en demandez pas davantage pour le moment.

HAMLET

Trois ans et quelques mois avant l'heure où commence cette histoire, — vers la fin d'avril, — M. le baron achevait de dîner en compagnie de la baronne, de M. le chevalier, leur fils, et de Mlle Isoline, lorsque l'entraîneur

du châtelain, maigre et roux personnage de sang anglais, au moins aussi pur
que celui des chevaux confiés à ses soins, se présenta devant son maître pour
lui annoncer que Bohémienne venait de mettre au monde, par Monarque, un
poulain dont toutes les formes présageaient la perfection.

M. Dick, — c'était le nom de l'entraîneur, — avait tout quitté, les premiers
soins donnés au nouveau-né et à sa respectable mère, pour venir annoncer
cette bonne nouvelle et demander à M. le baron quel nom il désirait donner
au poulain, afin qu'on l'envoyât au livre d'or des chevaux et qu'on le fît graver,
en lettres d'ivoire, sur le box du fils de Bohémienne.

C'était là une question importante. Elle fut agitée en conseil de famille
avec tout le sérieux qu'elle méritait.

M. Dick, vu ses longs services et sa qualité, fut autorisé à prendre part aux
délibérations.

Quinze appellations, de tournure naïve, furent proposées par M. le chevalier; la baronne en trouva cinq. Le xiii° et le xiv° siècle fournirent au baron
trente-deux noms de preux ou d'enchanteurs, qui furent discutés, et M. Dick
en imagina une douzaine, tous anglais et plus difficiles à prononcer les uns
que les autres. Mais, chacun tenant à son idée, on ne s'entendit pas.

Enfin Mlle Isoline, qui n'avait pas encore parlé, quoiqu'elle n'eût que quatorze ans et demi, Mlle Isoline, on n'a jamais su pourquoi, donna l'idée de
choisir Hamlet. M. Dick avait de la littérature et ne dédaignait pas de lire les
bons auteurs de son pays entre deux suées; aussi se trouva-t-il personnelle-
ment flatté par la proposition de Mlle Isoline et s'y rallia-t-il incontinent.

Il prouva clair comme le jour que jamais cheval de course n'avait porté le
nom d'Hamlet. M. le baron le crut, considéra cette affirmation comme une
raison péremptoire, et l'avis de Mlle Isoline fut adopté à l'unanimité.

Les écuries étant situées à une certaine distance des remparts, sans doute
pour ne pas gêner la défense, on remit au lendemain la visite qu'on se pro-
posait de faire au nouveau produit.

Le baron de T... avait eu pour installer ses écuries une idée assez ingénieuse, mais qui probablement n'était pas de lui.

En sortant du château, après avoir franchi la pente qui menait au Clain et
traversé cette petite rivière, on marchait pendant trois quarts d'heure dans les
prés pour arriver au point le plus large de la vallée. Là on se trouvait au centre

d'une prairie immense que le Clain, dans ses tours et détours, enveloppait presque complètement.

Une sorte d'isthme donnait accès dans cette presqu'île, qui avait une lieue de long sur quinze à seize cents mètres de large, plus ou moins, suivant les sinuosités de la rivière.

Au milieu de la prairie s'élevaient des constructions en briques rouges et en pierre. C'étaient les écuries, les greniers à foin, les habitations des jockeys, des domestiques et de l'entraîneur. Cette partie de la propriété du baron s'appelait l'Hippopotame, de ποταμός, le Clain, et de ἵππος, les pur-sang. Comme on le voit, le baron savait le grec, ce qui, il faut en convenir, était bien peu moyen âge.

Les chevaux étaient divisés en deux classes : la première, composée des élèves destinés aux courses plates; la seconde, de ceux qui devaient figurer dans les steeple-chases.

Les écuries des premiers avaient accès sur la prairie nue. Les steeple-chasers, au contraire, ne pouvaient sortir sans rencontrer un obstacle.

Toute la plaine, dans la partie réservée à ces derniers, était hérissée de murs, de banquettes irlandaises, de douves sèches, de sauts-de-loup, de barrières fixes et de haies. De plus, la proximité du Clain avait permis d'établir dans tous les sens des rivières artificielles, que les chevaux étaient obligés de franchir lorsque leurs besoins ou leur fantaisie les attiraient d'un compartiment dans un autre.

A l'heure de l'avoine, c'était un spectacle très intéressant : tous les élèves étaient conduits par un palefrenier le plus loin possible; toutes les barrières fermées, toutes les portes closes, tous les ponts enlevés, sur le seuil de l'écurie un garçon poussait un cri d'appel en vannant son avoine.

A ce cri, au mouvement du crible, les sauteurs s'élançaient de tous les côtés de la prairie, bondissant par-dessus les rivières, les haies, les murs, et tous avec une hardiesse et une sûreté incroyables.

Après une pareille éducation, quand l'un des chevaux entraînés par M. Dick se présentait pour une course d'obstacles, il était à peu près sûr que, s'il n'arrivait pas premier, du moins ne restait-il pas en route et ne refusait-il pas de franchir un mur ou une rivière.

Ainsi installées, les écuries ne pouvaient être bien rapprochées du château, et ce ne fut que le lendemain, dans la matinée, que toute la famille se rendit à l'Hippopotame pour voir Hamlet. Celui-ci fut sensible à cette démarche, sans aucun doute, mais il n'y parut pas.

Et pendant cette visite Mlle Isoline fut si câline, si insinuante, si aimable, qu'elle finit par obtenir en toute propriété le produit de Bohémienne. Par une promesse solennelle, M. le baron s'engagea à le lui donner lorsqu'il serait élevé et dompté.

HOROSCOPE

« Si c'est mademoiselle qui l'a baptisé, je gage bien qu'il aura le vertigo, votre Ham..., votre Ham..., enfin, n'importe, votre poulain! »

Ces paroles avaient été prononcées d'un ton d'autorité comique par un vieux palefrenier qui passait dans le pays pour entretenir des relations avec messire Satanas. Aussi la prédiction fut-elle accueillie avec un certain respect.

Mlle Isoline, dont le regard impressionnait vivement, comme nous l'avons dit, passait dans sa famille pour avoir des absences. A certaines heures, ses yeux devenaient fixes, elle répondait de travers à ce qu'on lui disait, souriait à la nouvelle d'un événement prétendu malheureux, ou s'attristait d'une chose gaie en apparence. A son geste saccadé, au mouvement de ses lèvres, on devinait l'influence de ces sortes d'extases, qui préoccupaient vivement M. le baron, quoiqu'il eût l'air de ne pas s'en apercevoir.

Les paysans, qui n'y mettent pas tant de façons, disaient brutalement qu'elle avait un coup de marteau.

Heureusement il n'en était rien. La jeune châtelaine avait passé la moitié de sa vie à la campagne. Sa mère était une insignifiante personne, assez bien élevée pour pouvoir parler dans un salon deux heures d'horloge sans rien dire; mais il ne fallait pas lui en demander davantage. De sa fille elle s'était occupée comme d'une poupée, pendant les premières années de l'enfance, puis l'avait laissée aller à sa fantaisie.

Celle-ci, courant le pays avec son jeune frère, — et même souvent seule, — sur un petit cheval corse qu'elle maniait avec dextérité dès l'âge de dix ans, avait vu beaucoup de choses sur lesquelles son isolement l'avait forcée à réfléchir.

Plus tard, à Paris, pendant l'hiver, les conversations des domestiques, ces plaies de la grande ville, mille autres raisons, devaient mûrir cette intelligence précoce.

Elle pensa beaucoup, trouva par hasard des livres sérieux et les lut. Enfin elle se fit des opinions à elle qui différaient totalement des idées généralement admises.

De là ses sourires intempestifs, ses tristesses inexpliquées. Elle ne prenait pas la peine, d'ailleurs, de modifier l'opinion qu'on avait d'elle, et qu'elle connaissait parfaitement.

Il faut tout dire cependant : Mlle Isoline était susceptible d'enthousiastes joies qu'elle dissimulait avec peine, et surtout elle subissait parfois des exaltations inénarrables.

Cela se produisait même dans l'ordre physique; car une promenade à cheval par une belle matinée de printemps, à travers les campagnes embaumées et sous un ciel d'une pureté absolue, la grisait quelquefois et occasionnait vraiment de courts instants de folie. Dans ces moments-là, on l'avait vue accomplir des tours de force d'équitation capables d'effrayer les plus hardis centaures.

On comprendra donc facilement que la prophétie du prétendu sorcier dût être accueillie par les domestiques et les paysans avec cette crédulité qui fait un si étrange contraste avec la finesse des gens de la campagne.

Et quel ne fut pas l'émoi aux environs quand, deux ans après, il ne fut plus permis de douter que l'horoscope s'était accompli ! Hamlet, ravissant poulain noir, à la tête intelligente, à l'œil éclatant, aux jambes fines, le plus élégant de la prairie, Hamlet avait des lubies incompréhensibles. C'était plus que le vertigo : il était fou, absolument fou.

On le voyait parfois couché, sur les bords du Clain, pendant des heures entières. Il semblait rêver en regardant couler l'eau.

A chaque miroitement, à chaque jeu de lumière, son œil s'animait, ses oreilles tricotaient des poses d'étonnement et d'attention. On avait beau vanner l'avoine et l'appeler, il ne bougeait pas plus qu'un terme.

Mais tout à coup il se relevait comme piqué de la tarentule, prenait un galop effréné, franchissait les obstacles qui le séparaient des pacages réservés aux steeple-chasers, s'arrêtait court, repartait, bondissait avec une légèreté aérienne par-dessus les murs, les barrières, les haies, s'enlevant des quatre pieds pour sauter une rivière, se jetant à plein corps dans une autre, et reprenant sa course folle jusqu'au Clain, au bord duquel il se cabrait et se retournait pour prendre la fuite; puis, revenant à pas de loup, il touchait l'eau de son pied en courbant gracieusement le cou, en allongeant la tête avec toutes les précautions d'une chatte.

D'autres fois, il se lançait au beau milieu du Clain comme s'il eût voulu le franchir, le traversait à la nage et se sauvait en hennissant dans les terres labourées, où l'on avait toutes les peines du monde à le reprendre.

Ajoutez à cela qu'il avait tous les défauts des chevaux vicieux : il ruait, il mordait, il était inabordable, en sorte qu'après ces fugues il devenait extrêmement dangereux.

La réputation du vieux sorcier prit, comme on le pense bien, une extension considérable quand on apprit tout cela dans le pays; mais rien n'empêcha Mlle Isoline d'adorer son beau cheval.

Hamlet, de son côté, choyé sans cesse par la jeune fille, gâté par elle, était, probablement par reconnaissance, d'une docilité complète aux ordres de sa maîtresse. Un petit cri, un mot, parfois même un geste, suffisaient à la capricieuse enfant pour que le rétif s'assouplît tout à coup et reprît sans révolte le chemin de son box ou de son pâturage.

Souvent, il est vrai, Mlle Isoline s'égayait à voir les valets d'écurie courir sans succès après Hamlet, qui leur décochait une ruade quand il ne trouvait pas plaisant d'intervertir les rôles et de se mettre à leur poursuite en faisant mille bizarres gambades, et en laissant voir ses dents blanches, comme dans un rire féroce.

C'est alors que la jeune fille battait des mains et prenait un plaisir extrême, jusqu'à la minute où, le serviteur courant un danger, elle poussait un cri au son duquel Hamlet, obéissant, quittait tout pour venir poser sa tête câline sur l'épaule de l'enfant, et mendier un morceau de sucre qu'on ne lui faisait jamais attendre.

Cependant Mlle Isoline ne pouvait être toujours là. Deux ou trois légers accidents vinrent attrister le château.

Un jour, le poulain échappé s'élança au plus gros d'un troupeau de moutons qui paissaient tranquillement sur le versant du coteau. Malgré les chiens, malgré les bergers, il mit la déroute parmi les timides porte-laine, non sans avoir rué, mordu, piétiné à tort et à travers.

Quand il eut accompli ce bel exploit, six brebis et un bélier furent trouvés morts ou mourants sur le champ de bataille.

En attendant, il grandissait, il se développait et prenait les formes les plus pures qu'on eût jamais vues. Quant à sa vitesse, elle était foudroyante. Il est certain que pas un cheval au monde ne buvait l'espace avec autant de rapidité.

Malheureusement, cette vitesse ne pouvait être suffisamment calculée au point de vue d'une course, car jusqu'alors Hamlet n'avait pas été monté. M. Dick, l'entraîneur, renvoyait toujours le moment où il entreprendrait cette tâche, sachant bien qu'un séjour sur le dos du poulain, quelque court qu'il dût être, ne serait pas une partie de plaisir.

Mlle Isoline raillait souvent l'Anglais à ce sujet. Elle offrait même de monter Hamlet la première. Au fond, M. Dick n'aurait vu aucun inconvénient à accepter cette proposition, mais M. le baron avait formellement interdit à sa fille de faire un essai aussi périlleux.

D'ailleurs, pendant que le poulain avait grandi, l'enfant était devenue jeune fille, et jeune fille sérieuse. Sa seule distraction était encore de longues promenades à cheval, mais les chaumières des pauvres étaient aussi le seul but des courses qu'elle entreprenait ainsi dans la campagne.

STUPÉFACTION DE M. DICK

Le 15 juin, M. Dick présent, un jeune palefrenier insinua frauduleusement un mors dans la bouche du poulain, et, avant qu'il fût revenu de sa surprise, Hamlet dut subir une de ces muselières en gros cuir à l'aide desquelles on corrige les mauvaises dispositions des chevaux aux dents menaçantes. La vaillante, mais dangereuse bête, abasourdie par ce procédé si nouveau pour elle, se laissa conduire sans résistance de l'écurie dans le pré.

Mais à peine arrivé en plein air, le coursier releva la tête, renifla puissamment et battit la terre du pied. Tout à coup il fit un écart, se mit à ruer, se cabra, et se défendit en un mot avec tant d'énergie que les deux paysans qui le retenaient par des longes se regardèrent pâles de peur, en se demandant s'ils ne le lâcheraient pas pour l'envoyer à tous les diables.

« Monter le cheval fou! murmura le palefrenier-sorcier qui avait tiré l'horoscope, monter le cheval fou! monsieur Dick, il ne faut pas jouer avec le démon. »

Heureusement M. Dick n'était pas superstitieux. Il ordonna de tenir bon. On maintint le cheval. La grande difficulté était de lui mettre la selle. On essaya pendant plus d'une heure avec un insuccès notoire. Hamlet, coiffé d'un sac de serge verte, fut aveuglé un moment; rien n'y fit.

L'entraîneur se décida alors à employer les grands moyens. Il procéda de la même manière que les gauchos de l'Amérique du Sud. Les jambes du cheval furent prises dans un nœud coulant; on le renversa et on lui lia les quatre membres, malgré ses violents efforts pour se soustraire à cet outrage.

La selle fut posée avec soin sur son dos. Ses soubresauts ne pouvant plus rien empêcher, les sangles et les doubles courroies se serrèrent sur les flancs du vaillant coursier. Un jeune garçon, cavalier d'une solidité proverbiale, enfourcha la pauvre bête empêchée, et tout en criant:

« Tenez bon! »

M. Dick coupa les liens qui retenaient les jambes du cheval.

Ce fut comme un coup de foudre. A peine Hamlet avait-il eu le temps de se sentir dégagé qu'il se trouva debout, tandis que le pauvre cavalier était étendu sur l'herbe tout meurtri.

Et pourtant le poulain avait à peine bougé, car les deux valets le maintenaient encore par le moyen des longes. L'admirable bête hésitait et frémissait de colère, comme si elle eût encore subi le contact de ce poids inaccoutumé dont elle venait d'être chargée pour la première fois.

Tout à coup, comme un boulet, elle partit en avant. Les deux malheureux paysans, renversés, lâchèrent tout. Puis ce fut comme une vision. Hamlet glissait pour ainsi dire dans la prairie, allant droit au Clain, qu'il traversa sans hésitation.

Arrivé sur l'autre rive, il parut se croire en sûreté et chercha alors à se débarrasser de la selle, de la bride et de la muselière. Mais sa rage redoubla quand il comprit son impuissance. La terre, labourée par ses fers, volait de tous les côtés.

« Hamlet ! » cria une petite voix.

Soumis, dompté, le cheval fou prit un galop joyeux, se dirigeant vers le château, sur le seuil duquel l'attendait Mlle Isoline.

En voyant son beau cheval muselé, la jeune fille fronça le sourcil et se mit en colère.

« Toujours la brutalité ! » dit-elle.

Et de ses blanches mains elle enleva le grillage de cuir qui bâillonnait la pauvre bête. Elle desserra la gourmette. Puis, lui parlant comme pour lui faire comprendre, elle le fit manœuvrer à droite et à gauche avec la bride, lui expliquant qu'il devait porter une selle, et sur cette selle un être humain, elle plus souvent que les autres.

Tout cela fut accompagné de plusieurs morceaux de sucre.

« Joseph ! » appela Mlle Isoline.

Un vieux domestique à qui Hamlet était complètement inconnu se présenta. C'était le valet de chambre du baron, qui, sachant les goûts de la jeune fille, ne fut pas étonné de la trouver en conversation avec un cheval.

« Mademoiselle m'a appelé ?

— Oui, Joseph. Soyez assez bon pour aller chercher ma selle qui est dans la grande remise. »

Si Joseph se fût douté qu'il avait devant les yeux le cheval fou dont on parlait tant dans le pays, il eût présenté quelques observations qu'on eût tolérées, vu son grand âge. Mais n'ayant jamais visité les écuries, le vieux domestique ne pouvait supposer qu'il allait aider la jeune fille à commettre un acte insensé.

Tout en le caressant, en le flattant, Mlle Isoline enleva la première selle au poulain, et la remplaça par la sienne. Hamlet se laissa harnacher avec une complaisance parfaite. La jeune fille sauta à cheval. L'animal, furieux tout à l'heure, ne tressaillit seulement pas et partit au petit trot, obéissant au désir de son amazone.

Mlle Isoline fit un détour par les derrières de la colline, descendit dans la plaine par le chemin qui conduisait à l'isthme dont nous avons parlé, lança le pur-sang au galop, lui fit franchir la muraille qui clôturait les pacages de ce côté-là et arriva droit au-devant de M. Dick, dont la stupéfaction fut telle à cette vue, qu'il laissa par mégarde échapper le plus commun, mais en même temps le plus énergique des jurons anglais.

« M. Dick, dit Mlle Isoline, apprenez donc une chose fort importante dans

« Quel malheur que mademoiselle ne soit pas Anglaise ! »

votre métier : on dompte très peu de chevaux par la brutalité. Regardez un instant ce que je fais de celui-ci par la douceur. »

Hamlet prit le pas, puis le trot, puis il fit deux fois le tour de la prairie avec une rapidité vertigineuse. C'était comme un météore. M. Dick soutint alors qu'à moins d'un malheur, la gloire d'Hamlet serait plus grande sur le turf que la gloire d'Éclipse, le plus étonnant cheval de course dont les annales du sport aient fait mention.

Après cette voltige effrénée, Mlle Isoline calma sa monture, ne cessant

jamais de lui parler, et la ramena lentement à la portée de M. Dick, qui offrit
son poing à la jeune fille avec une physionomie où se lisait autant d'admiration atterrée que de respect.

« Quel malheur, s'écria-t-il quand elle eut tourné les talons, quel malheur
que mademoiselle ne soit pas Anglaise! »

Ayant prononcé ces paroles mystérieuses et qui n'avaient encore de sens
que pour lui, M. Dick, avec son entêtement breton, voulut qu'on remontât
Hamlet. Le succès fut négatif comme la première fois, et l'entraîneur lui-même
fut précipité sur l'herbe sans plus de difficulté que le plus vulgaire des sportsmen de la porte Maillot.

On y renonça. Seule, Mlle Isoline, à partir de ce jour, put galoper quotidiennement deux ou trois heures sur le dos de son favori, qu'elle harnachait
de ses propres mains.

Elle faisait ainsi des courses d'une longueur incroyable, et la vitesse
de son cheval était si peu probable, qu'elle et lui semblaient avoir le don
d'ubiquité. On venait de la voir passer comme une vision sur le sommet du
coteau, et déjà un fermier la rencontrait dans la plaine, à deux lieues de là.

M. Dick affirmait qu'elle était montée à cheval à trois heures précises, et
Tom, le groom, en revenant de Poitiers, l'avait trouvée à moitié route presque
à la même heure.

« Tout cela n'est pas naturel, » murmurait en hochant la tête le vieux
sorcier de malheur.

Les accidents qu'on aurait pu craindre n'étant pas arrivés dans les premiers temps, on finit cependant, au château, par s'habituer à l'idée que
Mlle Isoline avait conquis par sa douceur les calmes allures de son cheval, et
on la laissa faire.

Au reste, quand le pur-sang portait sa maîtresse, il semblait doué de l'intelligence la plus délicate. Au milieu de ses plus furieux élans, il choisissait le
sentier le plus commode, le terrain le moins dur, il évitait avec adresse les
branches qui auraient pu fouetter le visage de l'amazone et lui obéissait sur
un mot.

Seulement, il avait encore de temps à autre des lubies inexplicables et
fort dangereuses. Il n'était pas rare en effet de voir Hamlet, lancé à bride
abattue, s'arrêter net de son propre mouvement, hennir, se cabrer et repartir

comme s'il n'eût pas eu conscience de ce qu'il venait de faire. Une autre fois, il tournait rapidement sur lui-même et revenait sur ses pas du même train.

Mais ces accès de folie avaient le don de plaire à Mlle Isoline, et jamais on ne l'entendit rire d'une voix plus fraîche que lorsque sa monture lui jouait un de ses tours. C'était, on en conviendra, un étrange spectacle que celui de cette jeune fille riant à gorge déployée pendant que son cheval l'emportait avec une vitesse à la tuer sur le coup au moindre faux pas.

Mais aussi, quand M. Dick l'apercevait dans ces moments-là, il était plus étonné que jamais, et répétait sa phrase :

« Ah ! quel malheur que mademoiselle ne soit pas le moins du monde Anglaise ! »

LA BARRIÈRE

Cependant l'été touchait à sa fin. Les premières gelées étaient venues donner le signal du prochain retour à Paris. Mlle Isoline devait faire son entrée dans le monde vers les premiers jours de décembre. La jeune châtelaine partit soucieuse.

Les propos du vieux palefrenier, les contes à dormir debout qu'il avait semés dans la campagne, assombrissaient le front de la jeune fille.

Depuis plusieurs mois, quelques paysans la regardaient avec terreur. Les pauvres secourus par elle recevaient ses bienfaits d'une mine contrainte. Çà et là des menaces furent proférées contre Hamlet, qui passait décidément pour le diable en personne. Elle craignait, en s'éloignant, de ne plus protéger son brillant coursier, de ne plus le retrouver à son retour.

Aussi donna-t-elle les ordres les plus sévères pour que rien n'arrivât au poulain ; et M. Dick, que l'intrépidité de la jeune fille avait rendu fanatique du cheval et de l'amazone, déclara solennellement, et toutes écuries rassemblées, que chacun des valets lui répondrait de la vie d'Hamlet sur sa tête.

Il y eut bien, malgré cela, quelque tentative malveillante ; mais comme les places étaient bonnes chez M. le baron ; que, d'ailleurs, on craignait beaucoup le ressentiment de M. Dick et un peu le diable logé dans le corps du quadrupède, la surveillance incessante des domestiques fit échouer tous les projets méchants.

Mlle Isoline, pendant ce temps-là, montrait pour la première fois, dans les salons de Paris, sa belle tête un peu triste. Son succès de beauté dura peu cependant, car elle n'était pas de la graine des petites échevelées qui babillent de tout et sur tout, avec autant d'aplomb que d'ignorance.

Les messieurs qui dansent beaucoup ne causent généralement pas comme feu Méry, et elle éprouva un grand désappointement à l'audition des niaiseries que des hommes bien constitués ont l'habitude de répéter dans le monde.

La jeune fille laissa voir sa pensée; on la trouva dédaigneuse, et l'on se rejeta sur les demoiselles à caquet facile.

Il y eut cependant un homme qui devina Mlle Isoline. C'était un noble, riche et simple gentilhomme, tout à fait orphelin, dont on disait beaucoup de bien dans le grand monde et encore plus chez le monde des pauvres. Jeune, instruit, il causa, plut, fut invité à venir au château, y vint, comme on l'a vu, demanda la main de Mlle Isoline et l'obtint. Nous en étions, je crois, restés là ou à peu près.

Depuis son retour, et malgré les recommandations de son père, Mlle de T*** avait repris ses habitudes campagnardes et ses longues courses dans le pays avec Hamlet.

Un observateur qui eût pu la suivre aurait découvert chez elle un singulier et nouveau phénomène. La vitesse de son cheval, qui était devenue plus grande en même temps que sa force, la vitesse de son cheval produisait chez l'amazone une sorte d'ivresse. Emportée à travers l'espace, elle perdait le sens, ne connaissait plus d'obstacles, encourageait sa monture à courir plus vite encore, et ne sentait ni le vent qui lui cinglait le visage ni le danger qui se dressait à chaque seconde devant elle.

Cela devenait évidemment un état maladif. Heureusement le produit de Bohémienne possédait une qualité de premier ordre: il n'était pas ombrageux; rien ne pouvait l'effrayer. Quelque surprise qu'on lui ménageât, quelque imprévue que fût une apparition, il ne se troublait jamais; jamais il ne faisait un écart, à condition cependant qu'il portât Mlle Isoline, car aucun cavalier n'avait pu rester sur son dos plus de quarante secondes.

Un jour, la jeune châtelaine galopait, comme à l'ordinaire, de toute la vitesse des jambes de Hamlet, dans un joli chemin creux tout bordé de saules qui suivait les rives capricieuses du Clain, lorsqu'elle se trouva devant un passage à niveau du chemin de fer. Un train arrivait à toute vapeur; les barrières étaient fermées; le cantonnier, armé de son étui à drapeau rouge, se tenait immobile à son poste, se préparant à tendre son bras en forme de potence, Dieu seul sait pourquoi.

Hamlet vit la barrière. Isoline entendit la machine qui ronflait à deux cents mètres. Les deux fous accélérèrent leur allure. Le cheval arriva comme une balle sur l'obstacle, s'enleva des quatre fers, le franchit, continua son galop diabolique, sauta la barrière opposée... et la jeune fille sentit le vent du train dans ses cheveux.

Deux ou trois cris de terreur retentirent. Le mécanicien, livide, murmura une injure. Le cantonnier, dans son émotion, s'affaissa évanoui. Mlle Isoline l'avait parfois secouru et encouragé.

Quant à la téméraire amazone, étrangère à ces émotions, elle continuait son galop insensé. Au loin, déjà on distinguait à travers les rameaux des saules touffus son voile bleu, qui passait vertigineusement comme les ailes d'un oiseau pressé.

A un kilomètre de là elle devait trouver une nouvelle barrière, car les accidents de terrain avaient forcé la voie ferrée à subir une courbe, et par conséquent elle avait moins d'espace à parcourir que le train. Isoline poussa son cheval et rejoignit le passage à niveau, qu'elle atteignit une seconde avant la locomotive.

Le mécanicien, qui la suivait de l'œil à travers les prés, crut qu'elle voulait renouveler son acte de démence, ne soupçonnant pas que le cheval était pour quelque chose dans ce qu'il avait vu. Aussi donna-t-il à sa machine toute la vitesse possible pour gagner le passage avant l'amazone, et lui éviter ainsi le terrible danger vers lequel elle volait pour se jouer.

Il eut beau faire, Hamlet glissait comme une hirondelle à travers les arbres, et il arriva plus tôt que le train. Mais cette fois le cheval s'arrêta court, et Mlle Isoline, qui n'avait rien fait pour cela, jeta un regard railleur sur le mécanicien et envoya au ciel un éclat de rire retentissant. Hamlet y répondit par un hennissement. Le convoi était passé.

On ouvrit les barrières. Mais ni Hamlet ni Mlle Isoline ne pensèrent à continuer leur route. Chose étrange! le cheval et l'écuyère, immobiles tous les deux, la tête penchée à gauche, suivaient des yeux le panache blanc de la locomotive qui s'enfuyait. Mlle Isoline, pensive, ne songea que quelques minutes après à donner au poulain le signal du départ.

Elle entra sur la voie comme pour la traverser, mais elle tourna brusquement à gauche et poussa Hamlet dans la direction du convoi qui venait de passer. Le poulain sembla comprendre qu'il fallait rattraper le train, et s'élança. Mlle Isoline avait consulté sa montre. Malgré les cris des employés, sans souci du danger de rencontrer un autre train allant en sens inverse, elle éperonna le vaillant quadrupède, l'encourageant de la parole pendant près de trois kilomètres, au bout desquels elle vit apparaître à l'horizon les toits d'une gare et tous les employés d'icelle faisant des grands bras et prenant mille précautions à l'aspect du cheval qu'ils supposaient emporté.

Mais, ayant de nouveau consulté sa montre, Mlle Isoline franchit ces petites barrières qui bordent les voies ferrées en France, et s'engagea dans les terres labourées, où Hamlet fit des siennes sans attirer l'attention de sa maîtresse.

Une heure après, la jeune fille rentrait au château. Pendant le repas de famille :

« Mon père, demanda Isoline, quelle est la vitesse moyenne des trains de voyageurs?

— L'express fait, je crois, un kilomètre par minute, les autres un peu moins, par conséquent.

— Merci, mon père.

— Pourquoi?

— Pour rien, pour savoir. »

Et toute la soirée Mlle Isoline resta pensive. Mme la baronne avait souri malignement.

Ce fut le lendemain que M. Pierre de Tabannes arriva au château.

IDÉE FIXE

Après le déjeuner, M. de Tabannes témoigna le désir de voir Hamlet, cet indomptable coursier qui, pour lui, n'était peut-être pas si difficile à monter qu'on le disait. Et à ce sujet, il n'épargnait pas les railleries à son futur beau-père. Le baron, qui devinait sa pensée, souriait modestement.

On arriva à l'Hippopotame. Un jeune gars fut envoyé à la recherche du poulain, et le gentilhomme s'informa auprès de M. Dick des qualités et des défauts d'Hamlet.

Ce que lui en dit l'entraîneur l'étonna; mais il ne voulut pas y croire jusqu'au moment où il en ferait lui-même l'expérience.

En cet instant, on aperçut le garçon, qui était chargé de ramener le pur-sang, aux prises avec lui. Hamlet refusait d'obéir, et, malgré les ruses du palefrenier, il était à trois cents mètres des écuries, dans une attitude de révolte telle, que Mlle Isoline poussa son petit cri ordinaire. Ce ne fut pas long. Presque aussitôt le poulain s'élança vers sa maîtresse, et une minute après il avait posé sa fière tête sur l'épaule de la jeune personne.

M. Pierre de Tabannes désira le monter. On apporta une selle, une bride. Hamlet se laissa harnacher. Le jeune homme sauta en selle pendant que Mlle Isoline parlait à son cheval. Celui-ci ne fit aucune résistance. M. de Tabannes était un hardi et solide cavalier. Hamlet partit au trot, écoutant encore les paroles de la jeune fille. Quelques changements de pied, quelques voltes, un temps de galop, voilà tout ce que fit le futur gendre de M. le baron. Seulement, quand il revint après une course dans la prairie, il était pâle.

« C'est un cheval dangereux, dit-il en descendant.

— Pour tout le monde, excepté pour mademoiselle, » répondit M. Dick.

En effet, on fit monter ensuite un nouveau jockey du baron, récemment arrivé d'Angleterre, et le pauvre garçon alla mesurer le terrain, comme tous ceux qui l'avaient précédé dans cette tentative.

Mais pendant que cette nouvelle expérience avait lieu pour l'édification de M. de Tabannes, l'entraîneur prenait à part M. le baron, et, avec un ton mélangé d'enthousiasme, de regrets et de terreur, il lui révélait le fait de la veille, l'histoire du passage à niveau franchi par Mlle Isoline à deux pas d'un train.

M. le baron eut la chair de poule en entendant ce récit. Il appela sa fille incontinent. Il fit approcher également M. de Tabannes et, devant lui, gronda sérieusement Mlle Isoline. Celle-ci ne répondit rien. Elle se sentait coupable, et n'eut qu'une honte, ce fut d'avoir été admonestée ainsi devant celui qui devait être son seigneur et maître.

Mais Pierre, qui était amoureux, pallia l'importance de la faute, et, après un regard jeté à la jeune fille, promit pour elle qu'elle ne s'exposerait plus à un danger aussi terrible.

Après quoi il lui offrit son bras, lui demanda en confidence si c'était vrai, et, sur sa réponse affirmative, la supplia en grâce de ne plus monter Hamlet.

« Pierre, lui répondit-elle, je ne suis pas comme les autres jeunes filles; cela tient peut-être à ce que je n'ai pas été élevée de la même manière. Je vous aime, vous le savez, et j'ai assez de confiance en moi pour croire que vous m'aimez. Je vous regarde donc, dès à présent, comme celui qui a le droit d'ordonner et d'être obéi. Vous me priez instamment de ne plus monter mon cheval de prédilection; si vous l'exigez, tout est dit. Je ne ferais plus un temps de galop sur son dos de ma vie. Mais laissez-moi, cependant, vous demander une dernière faveur : c'est de le monter une fois, une toute petite fois, demain ou après-demain.

— Ma chère Isoline, répondit M. de Tabannes, vous savez bien que je n'ai pas le droit d'ordonner. Montez donc encore une fois cette indomptable bête, la première qui m'ait fait peur. J'y consens, parce que je viens de voir quelle influence vous avez sur elle, et encore à une condition, c'est que vous me permettrez de vous accompagner.

— Soyez bon tout à fait. M'accompagner n'est pas possible; il n'y a pas de cheval qui puisse suivre Hamlet, et puis je désire revoir seule et en une matinée mes chères collines, mes bois, mon Clain, tout le pays, enfin, qui est pour moi le véritable miroir de mon enfance.

— Vous ne ferez pas de folies?

— Pierre! »

M. de Tabannes consentit.

Le lendemain, à sept heures du matin, Mlle Isoline était en selle. Depuis l'instant où la folie de son coursier lui avait fait courir ce séduisant danger de passer comme une flèche sous la gueule d'une locomotive, la jeune châtelaine avait été obsédée par une idée fixe. Il s'agissait pour elle de savoir s'il y avait sur la terre un moyen de locomotion plus rapide que son cheval. Les

Hamlet partit au trot, écoutant encore
les paroles de la jeune fille.

oiseaux, elle en avait dépassé souvent, mais jamais, jusqu'à l'avant-veille de ce jour, elle n'avait songé qu'un convoi de chemin de fer allât plus vite que Hamlet.

Et encore, se disait-elle en y réfléchissant, c'est une question. Aussi, lorsqu'elle avait sollicité comme une grâce de monter le cheval fou encore une fois, s'était-elle promis de s'assurer du fait.

Sachant que les bavards et les indiscrets ne manqueraient pas de raconter de nouveau à son père ses imprudentes expériences, elle voulut prendre ses

8

précautions. A deux lieues du château, la voie traverse une forêt sur une étendue de cinq ou six kilomètres à peu près.

Là, peu ou pas de passages à niveau. Aussi se proposait-elle d'entrer sur
la voie et de courir en droite ligne l'espace de quatre mille mètres, après
quoi elle serait suffisamment édifiée sur la vitesse de son pur-sang.

Elle partit donc à toute bride vers la forêt. Il faisait un temps admirable.
Les foins, déjà coupés, répandaient dans les prairies leurs parfums enivrants;
le soleil inondait la plaine de ses rayons. Mlle Isoline n'était pas arrivée à la
moitié de sa course, qu'elle était déjà comme grisée par les émanations des
fleurs et par la rapidité de son cheval.

A peine entrée dans le bois, elle poussa hâtivement, nerveusement sa monture dans un chemin de traverse, puis elle prit, dans son impatience, à travers les fourrés et les clairières, et se dirigea vers la voie ferrée, qu'elle rejoignit bientôt.

Hamlet franchit la petite palissade.

On entendit le sifflet aigu d'une locomotive. Malgré le degré d'ivresse nerveuse auquel était montée la jeune fille, sa première pensée fut de laisser
passer le convoi; mais bientôt une idée mortelle germa dans son cerveau avec
une rapidité électrique : se placer devant le train et lutter avec lui de vitesse.

Non, c'était vraiment trop fou. Elle n'eut pas peur, certes! mais elle pensa
aux hôtes du château, à son père, à celui qui l'aimait, et résolut simplement
de lancer Hamlet au petit galop sur la voie où le train n'était pas engagé,
d'attendre là que la locomotive fût à sa hauteur, et de donner à son cheval
toute sa furieuse vitesse. Ce qui fut fait.

On ne le croira pas, mais nous pouvons l'affirmer, Hamlet gagna d'abord
du terrain. C'était une effroyable rapidité à en perdre la respiration. Par malheur, la locomotive avait pour mécanicien une de ces brutes que l'idée de la
jeune fille blessa. Il voulut à son tour la dépasser. Mais au moment même où
le monstre de fer prenait une allure plus rapide, on aperçut à quinze cents
mètres un train venant à la rencontre d'Hamlet.

Ce fut une terrible minute pour les voyageurs qui, penchés à la portière,
suivaient atterrés les péripéties de cette course nouvelle. Mlle Isoline, complé-
tement enivrée par le danger, hallucinée par la vitesse, n'hésita pas un
moment. Profitant de l'avance qu'elle avait sur son adversaire foudroyant,

elle entra sur la voie, devant le train avec lequel elle luttait, et cravacha Hamlet, qui vola.

Les deux convois se croisèrent. Aux sifflements simultanés des locomotives, le poulain dressa les oreilles et redoubla de vitesse. Pendant ce temps, le mécanicien donnait de la vapeur pour atteindre l'amazone.

Cependant les deux ou trois kilomètres étaient dévorés, Mᴵˡᵉ Isoline voulut en faire un quatrième, et le fit. Mais la locomotive gagnait du terrain. En s'apercevant qu'elle était menacée d'être rattrapée, la jeune fille reprit une partie de son sang-froid. Elle parla à Hamlet, et voulut le faire passer sur l'autre voie, afin d'éviter un accident. Malheureusement il était trop tard; le cheval, complètement affolé, courait en droite ligne avec une fureur toujours nouvelle.

Malgré ses cris, malgré la bride, malgré l'éperon, il fut impossible de le dompter, et le train se rapprochait sensiblement de la croupe du cheval. Que serait-elle devenue, la malheureuse, si alors Hamlet, saisi par ses lubies, se fût brusquement arrêté, ou si, chose plus épouvantable encore, il se fût subitement retourné pour courir droit au train?

La peur la saisit aux cheveux. Il lui semblait déjà sentir la chaleur de la locomotive sur ses épaules; elle ne trouva qu'un parti à prendre : exciter encore la pauvre bête. Celle-ci donna alors tout ce qu'elle pouvait donner, mais en faiblissant déjà visiblement.

Par bonheur on aperçut une gare. Le convoi devait s'y arrêter. Il ralentit son allure, et bientôt Hamlet, ayant gagné du terrain et ne sentant plus l'ennemi à ses trousses, devint un peu plus docile. Mᴵˡᵉ Isoline lui fit franchir les barrières d'un passage à niveau, et, folle de terreur, s'élança dans la campagne pour chercher son chemin.

Il ne lui fallut pas longtemps pour s'apercevoir qu'elle était égarée. Pendant deux heures elle parcourut le pays pour se reconnaître, mais en vain. D'un autre côté, Hamlet n'obéissait plus aussi facilement, et vingt fois sa maîtresse eût été précipitée sur le sol, si elle n'avait eu l'habitude quotidienne de monter ce cheval et de le calmer.

Au château, on était dans les transes. Deux heures et demie venaient de sonner. Isoline ne paraissait pas encore. Le baron désolé envoyait dans toutes les directions pour prendre des nouvelles de sa fille; M. de Tabannes se fit seller le plus rapide, après Hamlet, des chevaux de l'Hippopotame, et, fort affecté, se mit en selle.

Au moment où il sortait du château, sans trop savoir de quel côté il se dirigeait, on aperçut sur le sommet de la colline Hamlet qui galopait la bride sur le cou. Son amazone, folle de terreur, la robe déchirée, les cheveux au vent, cramponnée à la selle, faisait des efforts surhumains pour ne pas tomber.

Le jeune gentilhomme piqua des deux. Sur le seuil du château, le baron désespéré fermait les yeux de temps à autre, pour ne pas voir tuer sa fille. Hamlet, en effet, se dirigeait vers les falaises qui dominaient le Clain. S'il y arrivait avant de s'abattre, c'en était fait d'Isoline et de sa monture. Le danger était horrible.

M. de Tabannes coupa court et se dirigea à angle droit sur Hamlet pour l'arrêter. Mais le cheval fou l'évita et continua sa route vers le gouffre. Heureusement qu'il était terriblement fatigué. Le fiancé d'Isoline se lança à sa poursuite; deux cents mètres les séparaient du précipice. Il éperonna son cheval.

Hamlet parut vouloir accélérer sa vitesse, mais ce ne fut pas long. Cependant il se rapprochait du bord de la falaise. Encore cinquante mètres, et c'en était fait du cheval fou et de sa maîtresse.

Enfin, par un effort désespéré, Pierre de Tabannes finit par galoper aux côtés d'Isoline, se pencha haletant, et, avec une force décuplée par le danger, saisissant la jeune fille par la taille, il l'enleva de sa selle, et... Hamlet alla tomber sur la rive du Clain, d'une hauteur de cent pieds.

. . . .

« Quel malheur! s'écria M. Dick en apprenant cela; quoique mademoiselle ne soit pas Anglaise, je l'aurais peut-être décidée à courir un steeple-chase. Et quelle gloire! »

Hamlet alla tomber sur la rive du Clain d'une hauteur de cent pieds.

HISTOIRE

D'UN

TREMBLEMENT DE TERRE

Le 18 novembre 1834, à sept heures trente-cinq minutes du matin, les navires qui tenaient la mer dans l'océan Pacifique, par le travers du Chili, éprouvèrent un violent soubresaut. Quelque chose comme un terrible frisson parcourut leurs carènes d'un bout à l'autre, fit craquer leurs membrures et gémir les mâts ; puis, après cinq ou six secondes d'arrêt ils reprirent leur marche sans qu'on pût savoir à quoi attribuer cet étrange phénomène. On apprit plus tard que cette secousse était simplement le contre-coup du tremblement de terre de Talcahuano, contre-coup ressenti à plus de trois cents lieues en mer.

Les marins qui relâchèrent dans la baie de Conception, à quelques jours de là, ne trouvèrent plus de ville, et apprirent que les navires à l'ancre dans la rade avaient presque tous péri.

La baie de Conception est un des plus vastes et des plus splendides ports de l'Amérique du Sud, sur le Pacifique. Elle a cinq lieues d'étendue du nord au sud, et plus de quinze kilomètres de l'est à l'ouest.

Vue du mouillage, elle paraît immense. A peine si à l'œil nu, par un beau temps, on peut distinguer les côtes de l'est et du nord, presque continuellement voilées par une légère brume qui prête un charme mystérieux à l'horizon.

Talcahuano est une petite ville aux maisons blanches, assise d'une façon assez désordonnée sur une presqu'île au sud-est de la baie.

Derrière Talcahuano, les mamelons des Cordillères se dressent immédiatement, recouverts d'une végétation luxuriante et peuplés de troupeaux innombrables. A l'ouest, la principale colline de la ville s'affaisse pour aller mourir dans une vaste plaine naguère occupée par la mer, et s'étendant entre deux montagnes assez avant dans l'intérieur, jusqu'à la ville de Conception, qui est le chef-lieu de la province.

Talcahuano ne compte plus les tremblements de terre. Depuis sa fondation, qui est due, par parenthèse, à des navigateurs français, cette pauvre petite ville a été détruite une quinzaine de fois au moins. Aussi ses maisons sont-elles construites en prévision des secousses fréquentes qu'elle subit.

Il y a bien quelques habitations en pierres ou en briques, mais en général ce sont des cases plus ou moins spacieuses, bâties en torchis et en bois souple. Pas de fondations ; le plancher repose sur d'énormes rouleaux en bois, et les maisons peuvent par conséquent se mouvoir en avant et en arrière sans être endommagées.

L'expérience a démontré que cette combinaison était la plus favorable en cas de commotions volcaniques. Mais au point de vue de la voierie et de l'alignement des rues, ce mode de construction offre des inconvénients dont le moindre est de faire enrager l'alcade.

Chaque habitant possède, en effet, un jardin derrière sa maison. Lorsque les besoins de la culture lui font sentir la nécessité d'agrandir son jardin, le propriétaire se contente de pousser son logis, qui glisse sur les rouleaux et s'avance ainsi de un, deux ou trois mètres vers le milieu de la rue. Son jardin s'agrandit donc de tout ce que sa façade dérobe à la voie publique.

Cette opération, renouvelée à diverses époques, et selon les besoins, par chaque propriétaire, finit par produire des rues d'une largeur microscopique et dont les contours biscornus feraient trouver rectilignes les plus tortueuses rues flamandes.

Seulement, lorsque le mal atteint des proportions telles que la rue court le danger d'être remplacée par un mur mitoyen, l'alcade intervient et fait savoir, à son de trompe, aux habitants, qu'il leur donne vingt-quatre heures pour remettre leurs domiciles à l'alignement... Et. une paire de bœufs attelée à chaque maison suffit pour exécuter les ordres de l'alcade.

Les secousses terrestres ne sont pas choses rares au Pérou, et surtout au Chili. Valparaiso subit une quinzaine de tremblements de terre par an. Mais si des faits inquiétants ne se sont pas préalablement produits dans les volcans des Cordillères, les habitants se contentent de sortir de chez eux afin de ne pas être écrasés par la chute des plafonds.

A Copiapo, petite ville du nord, célèbre par ses mines de cuivre et d'argent, et particulièrement par la mine d'argent de la famille Gallos, au fond de laquelle on descend par un escalier taillé dans l'argent massif, à Copiapo, dis-je, la terre tremble toujours. Les oscillations ne sont pas très sensibles, mais il suffit de s'appuyer contre la muraille d'une case pour sentir immédiatement la trépidation perpétuelle du sol.

Donc il existe au Chili des gens qui ont été secoués par cent, cent cinquante et jusqu'à deux cents tremblements de terre.

Pour ceux-là, il est des signes non équivoques auxquels on doit d'avance reconnaître l'intensité du terrible événement : atmosphère d'une lourdeur écrasante, ciel voilé par des vapeurs chaudes, inquiétudes nerveuses qui se graduent en progression ascendante, de l'homme à la femme, de la femme aux animaux, et chez ceux-ci d'espèce en espèce jusqu'aux chiens, aux mules et aux chevaux, qui sont les plus sensibles à la perturbation. Ainsi, on a peu d'exemples d'une mule ou d'un cheval ayant continué à marcher pendant les cinq ou six secondes qui précèdent le bruit souterrain et la trépidation de la terre.

Eh bien, malgré les prodromes, malgré l'habitude, malgré tout, il n'est pas de Chilien qui n'ait une terreur indicible du tremblement de terre.

Et, chose étrange, plus on vieillit, c'est-à-dire plus on ressent de secousses volcaniques, plus on en a peur. Je ne cherche pas à expliquer cela, je le constate.

Or, vers la fin du mois d'octobre 1834, deux volcans situés sur le territoire d'Araucanie, et qu'on croyait éteints depuis un demi-siècle, vomirent de la flamme et une certaine quantité de lave. D'autre part, on avait appris qu'à San Carlos de Chiloë, dans l'archipel de ce nom, trois ou quatre oscillations ayant un caractère particulier avaient été ressenties.

On s'attendait donc d'heure en heure à quelque catastrophe. Chaque jour on entendait dans la montagne de sourdes détonations suivies de longs roulements, comme si le tonnerre eût grondé. Et le lendemain on apprenait par des *vaqueros,* ou par des habitants de Conception, que des blocs de granit se détachaient des sommets pour rouler avec fracas dans les précipices.

Les vieillards qui avaient échappé à deux ou trois destructions de leur ville se sentaient pris de peur et ne dormaient plus que d'un œil, prêts à réveiller leurs familles. Pénétrés de foi comme tous les Chiliens, ils imploraient l'infinie miséricorde de Dieu et ne trouvaient que dans la prière l'apaisement dont ils étaient altérés.

Cependant la terreur, qui avait été en augmentant depuis le commencement du mois, tendit à se calmer dès le 12 novembre. Les nouvelles alarmantes se faisaient rares, et l'on pensa que cette fois encore on en serait quitte pour une alerte.

Talcahuano est une ville essentiellement joyeuse. On pourrait y élever un temple au plaisir. Il n'est peut-être pas de pays au monde, sans oublier l'Italie et l'Espagne, où il se fasse une plus grande dépense de folies, de festins, de danses effrénées, d'airs de guitare, et de punchs aux œufs. Ils semblent que ces pauvres Chiliens et que ces aimables Chiliennes veuillent se hâter de savourer le fruit de la vie, et que le lendemain soit pour eux la date improbable d'un avenir inespéré.

Empédocle, je crois, reprochait aux habitants d'Agrigente de *galoper* la vie comme s'ils devaient mourir le lendemain, et de bâtir leurs maisons comme s'ils devaient vivre toujours.

On aurait pu faire le même reproche aux Chiliens de Talcahuano, sauf cependant pour la construction des maisons, car demeures et habitants avaient l'air d'attendre la fin du monde avec une philosophie beaucoup plus chrétienne que toutes les réflexions du vaniteux rhéteur sicilien.

A compter de l'instant où les habitants de Talcahuano crurent que tout danger s'était évanoui, les joies et les fêtes se hâtèrent de reconquérir leur empire sur cette ville légère.

Quelques *tertullias,* — c'est le nom des sauteries données dans ce pays-là par des gens d'une certaine importance, — quelques *tertullias* eurent lieu dans la soirée du 12. Et comme aucune mauvaise nouvelle ne vint attiédir la ville dans la journée du lendemain, il y eut une grande fête chez un des principaux fournisseurs de la marine.

Naturellement, presque tous les capitaines et les officiers des navires en relâche à Talcahuano furent invités.

Cela fit une assez aimable olla-podrida de nationalités, quelque chose comme une réduction de la tour de Babel dans les salons du négociant. Ce qui n'empêcha point les jeunes Chiliennes d'être fort aimables, et tout le monde d'être enchanté.

Les capitaines de la plupart des navires se concertèrent alors pour offrir à leur tour une fête aussi brillante que possible à leurs divers amphitryons, et la date de cette *tertullia* maritime fut fixée au 17 novembre.

Un magnifique et spacieux baleinier américain, mâté en goélette, fut choisi d'un commun accord par les marins comme le moins huileux et le plus élégant salon qu'on pût présenter à la haute société de Talcahuano.

Tous les matelots furent de corvée à tour de rôle pour *astiquer* proprement le pont qui devait servir de salle de danse, et l'entrepont, où furent aménagés des salons de jeu, des boudoirs et ce que tout marin appelle une *cambuse soignée*.

Des fleurs furent embarquées pour entourer et adorner les bas mâts. La plus délicate oreille de la rade fut choisie et expédiée en reconnaissance à Conception pour en ramener les meilleurs gratteurs de guitare de la ville. On découvrit même un piano, bientôt hissé à bord et copieusement désaccordé par la même occasion.

Enfin, les préparatifs une fois terminés, c'était si beau que les marins n'osaient plus se promener dans leurs salons.

Le grand jour arriva. Les chaloupes et baleinières de tous les navires, gracieusement pavoisées, se rangèrent presque à la même heure devant ce qu'on appelle le môle de Talcahuano. Les invités s'embarquèrent successivement et se rendirent à bord de l'*Ocean Queen,* où la fête commença incontinent.

Ah! le beau bal! la magnifique et pittoresque *tertullia!* Parmi les marins, pas d'habits noirs, mais de ces longues redingotes que les matelots appellent des *grand'voiles*. Tous des gants, par exemple, mais dans leurs poches ou serrés dans la main gauche, pour faire voir qu'on savait son monde.

Du côté des Chiliens, grande tenue européenne. Quant aux dames, c'était un débordement de soie, de marabouts, de velours, de plumes d'autruche et de crêpes de Chine. On dansa ; on dansa même longtemps et de tout : la gigue anglaise, le bolero, la tarentelle, la valse, le menuet, le quadrille lui-même, sans oublier surtout la *zamajueque* chilienne et la *refaloza* péruvienne.

Vers minuit, on descendit dans l'entrepont pour souper. Quelques enfants qui s'endormaient furent couchés dans les cabines des officiers, et la fête recommença plus folle et plus bruyante que jamais.

Les matelots, qui écarquillaient leurs yeux et qui ne s'étaient jamais trouvés à pareil branle-bas, exécutèrent sur le pont pendant cet entr'acte toutes les danses de leur connaissance, avec d'autant plus d'entrain que pendant le souper de la société on avait mis un baril de rhum en perce à l'avant de l'*Ocean Queen*.

Ah ! le souper des invités fut une vraie fête. Les hommes chargés du service à table avaient beaucoup de peine à satisfaire aux désirs des senoritas qui les priaient d'aller porter à tel ou tel heureux officier le verre pétillant dans lequel elles avaient préalablement trempé leurs lèvres rouges : coutume gracieuse de ce pays aux libres allures.

Bref, vers trois heures du matin, la *cambuse* étant épuisée, et les groupes éprouvant le besoin d'aller livrer aux caresses du grand air leurs fronts moites, on quitta la table pour recommencer les danses. Mais, en arrivant sur le pont, on s'aperçut que la mer était devenue houleuse. Le navire *roulait* un peu, et, chose étrange, peu ou pas de vent.

Il était donc très difficile de danser. Cependant quelqu'un qui eût proposé de finir la fête en ce moment se fût fait un mauvais parti. Qu'imaginer alors ? Les pieds des jeunes filles frémissaient d'impatience.

Un négociant offrit d'aller à terre continuer la soirée chez lui et de mettre sa cave à sec. Un hourra d'enthousiasme accueillit sa motion.

On s'embarqua *en double*, et vingt minutes après l'*Ocean Queen* était redevenu le plus silencieux des baleiniers. Il n'y restait plus que des matelots qui soupaient, deux ou trois officiers fatigués que les splendeurs du monde ne séduisaient plus, et dans les couchettes de la chambre trois ou quatre enfants dont les mères, affamées de danses, n'avaient pas voulu s'embarrasser. Elles les avaient confiés à la garde du capitaine en second, au moment où celui-ci prenait le quart de quatre heures.

Dans presque toutes les villes de l'Amérique du Sud, et particulièrement sur la côte du Pacifique, il existe encore des gardes de nuit dont les fonctions, outre la police nocturne, consistent toutes les trente minutes à crier l'heure qu'il est et le temps qu'il fait.

Pour les Européens, cette coutume a quelque chose de primitif qui amène le sourire aux lèvres; mais dans un pays où, malgré le luxe et les fêtes, la plupart des indigènes suent la misère, cette façon de remplacer l'horlogerie par des chrétiens témoigne d'une certaine sollicitude originale pour les besoins des habitants.

Donc, presque à chaque instant, ces gardes, qu'on appelle des *serenos*, et qui font leur service à cheval, glapissent en même temps:

« *Son las tres*; ou *cuatro! son las quatro y media!* »

Et ils ajoutent *lluvia*, pluie, ou *sereno*, beau temps, ou tout autre mot, suivant les circonstances. Enfin, lorsque sonnent cinq heures, ils l'annoncent et chantent ensuite une prière qui commence ainsi: *Ave, Maria, purissima, castissima, inviolatissima*, etc., touchante façon de terminer leur fatigante besogne, par des actions de grâce, pieusement adressées à la Mère du Sauveur. Ils vont ensuite se coucher après avoir été relevés de leur service par des gardes de jour nommés *vigilantes*.

Or ce matin-là, et déjà bien avant que les invités de la *tertullia* maritime décidassent qu'ils iraient finir la fête à terre, les *serenos* de Talcahuano échangeaient, en se croisant dans les rues, des paroles inquiètes. L'atmosphère était d'une pesanteur étouffante, et l'on entendait la mer mugir d'une façon lugubre, malgré l'absence de brise.

Dans la montagne, et par cinq ou six fois, les chiens avaient poussé ce hurlement plaintif qui fait froid dans les os. Un de ces écroulements de roche dont j'ai parlé avait lancé sa détonation aux échos des précipices; en un mot, pour les gens expérimentés, on pouvait craindre une catastrophe prochaine, et le mieux était de se mettre prudemment à l'abri.

Un vieux *sereno*, qui entendit sonner cinq heures au moment de passer devant la maison où le bal avait repris de plus belle, jeta son cri, marmotta sa prière, et ne craignit pas d'ajouter ensuite, pour caractériser le temps qu'il faisait, le terrible mot: *Temblor*, tremblement de terre.

Les autres *serenos* le répétèrent. Pas un des fous qui dansaient à deux pas n'entendit cette menace, mais les autres habitants se levèrent en sursaut, comme si ce mot fatal eût été poussé au-dessus de la ville par la poitrine d'airain d'un géant plus haut que la montagne.

A six heures, tous les habitants de Talcahuano étaient dans les rues, au milieu des places, délibérant sur le parti qu'il y avait à prendre. Une légère secousse avait eu lieu déjà. Le vieux *sereno* ne s'était pas trop avancé.

On interrogeait les vieillards ; on courait chez soi prendre ce que l'on avait de plus précieux ; on mettait les enfants et les femmes en sûreté.

Cependant le bal continuait. Trop préoccupés de leur propre salut, les fuyards n'avaient pas songé à prévenir les danseurs. Un *vigilante* pourtant, qui passait devant la maison du négociant où l'on se gorgeait de plaisir avec tant d'insouciance, un *vigilante* frappa à la fenêtre, à travers les vitres de laquelle on voyait bondir les couples languissants, et quand on lui eut ouvert cette fenêtre, il laissa tomber de ces lèvres cette effroyable parole : « *Temblor !* »

Prononcée par l'homme de police, elle produisit l'effet du *Mané, Thécel, Pharès.* Les guitares s'arrêtèrent net, comme si elles eussent été déjà englouties ; le verre tomba des mains de ceux qui complétaient leur ivresse et qui furent dégrisés du même coup. Une pâleur livide passa comme un brouillard sur tous ces visages rougis par la fatigue et la veille l'instant d'auparavant. Ce fut un silence redoutable pendant quelques minutes.

Alors une voix cria : « *Fuera !* » (dehors !)

Le *sereno*, que ce spectacle avait arrêté un instant, voulut reprendre sa course, mais son cheval refusait de marcher et, comme si ses quatre pieds eussent été plantés en terre, commençait à trembler de tous ses membres. Au loin et déjà hors de la ville on voyait la procession des habitants de Talcahuano se diriger en toute hâte vers les hauteurs du cap Estero, point culminant de la presqu'île qui sépare la baie de Conception de la baie Saint-Vincent.

A peine ce mot *fuera* eut-il été prononcé, que par les fenêtres, les portes et toutes les issues, la foule des danseuses et des danseurs se précipita comme une trombe. Les Chiliens, affolés par la peur, n'avaient plus conscience de leur dignité ni de la faiblesse des femmes et des enfants. Ils écrasaient et piétinaient une masse renversée pour sortir plus vite.

Il faut le dire à la louange des marins, pas un de ces rudes baleiniers, pas un de ces coureurs de mer ne fit mine de bouger avant que les femmes et les enfants fussent sains et saufs.

Mais il était déjà trop tard. A peine une vingtaine de personnes étaient-elles parvenues dans la rue, qu'on entendit un effroyable bruit souterrain, et qu'une première secousse se fit sentir.

La maison chancela ; ce furent des craquements épouvantables, la ville entière se trouva enveloppée de poussière... ou de fumée... qui l'a jamais su ? Chacun fuyait de toutes ses forces...

Puis, tout à coup, la montagne se mit à mugir avec violence ; une seconde secousse, à laquelle rien ne résista, fut annoncée par un grondement souterrain d'une puissance indicible.

Ordinairement, les oscillations des tremblements de terre sont horizontales, et vont du nord au sud ou de l'est à l'ouest. Ce jour-là, il était sept heures moins quelques minutes, les oscillations se produisirent verticalement, c'est-à-dire de bas en haut. Ce fut comme si une puissance souterraine eût voulu soulever la croûte terrestre en la frappant à coups précipités. Les maisons, secouées de cette terrible façon, ne résistèrent pas longtemps, comme on le pense, et toute la ville fut en un moment un monceau de ruines. D'abominables et nouveaux nuages de poussière partirent de cet amas de décombres et menacèrent d'asphyxier les fugitifs et ceux qui se trouvaient sous les débris des maisons écroulées.

A chaque instant, la foule amassée sur le cap Estero voyait sortir de cette poudre des fuyards épouvantés qui venaient se joindre à elle, et une quinzaine de minutes après, quand on se compta, il manquait vraiment peu de personnes à l'appel.

Par une espèce de miracle, presque tout le monde s'était sauvé. Les maisons sont construites si légèrement que leur chute avait à peine causé par-ci par-là quelques malheurs, et encore espérait-on retrouver une partie des absents contusionnés, blessés peut-être, mais non pas morts.

Dans la baie, la mer était houleuse, sans être menaçante. Tous les navires à l'ancre se balançaient doucement, et parmi les malheureux qui venaient d'assister à la destruction de leurs foyers, les jeunes femmes en costume de fête, les charmantes mères dont les bambins étaient restés endormis à bord de l'*Ocean Queen*, se réjouissaient de l'heureux hasard qui avait providentiellement gardé à l'abri du terrible danger leurs enfants chéris ; et elles pleuraient de joie, avec délices, sur leurs fils miraculeusement préservés.

Une demi-heure s'était écoulée depuis la dernière et terrible secousse qui avait abattu la ville, un raz de marée assez bénin en était venu lécher les premiers débris après avoir franchi le môle, puis tout était rentré dans l'ordre habituel.

A l'horizon, vers l'ouest, les nuages déchirés laissaient voir une large nappe d'azur ; les flots de poussière qui s'étaient élevés vers le ciel au moment de la catastrophe retombaient maintenant avec lenteur, et en prenant des formes bizarres, sur les décombres gisants à la place où Talcahuano existait une heure auparavant.

Les malheureux réfugiés sur le cap Estero regardaient tout cela d'un œil morne et désespéré ; mais, comme la perte de leurs petites maisons était, après tout, le seul malheur qu'ils eussent à déplorer, comme les marchandises et les objets d'une certaine valeur devaient être retrouvés après le déblayement, quelques hommes mieux trempés que le reste de la population commencèrent à secouer leur torpeur.

D'un autre côté, les marins qui se trouvaient mêlés à la foule prononcèrent des paroles fortifiantes ; on s'encouragea les uns les autres.

Dans un pays ou de pareils dangers sont constamment suspendus sur vos têtes, il n'y a pas de longues heures à consacrer au désespoir ; bref, il y eut un *sursum corda,* et ces cinq ou six mille malheureux ébauchèrent un mouvement vers leur ville écroulée.

Mais ce qui venait d'avoir lieu n'était qu'une préface. Le drame allait être terrible, sanglant, irrémédiable, et l'inénarrable terreur qu'éprouvèrent les témoins de cet épouvantement fut telle que plusieurs d'entre eux se trouvèrent changés en vieillards en quelques minutes. Deux où trois jeunes filles virent leurs cheveux blanchir en une heure.

Au moment où cette caravane désolée s'ébranlait pour aller reprendre possession des lieux qui avaient été la maison, le domaine, la fortune, les chiens se remirent à hurler avec fureur, et le ciel se couvrit subitement de vapeurs épaisses.

Du côté des montagnes un bruit de déchirement retentit. Quel bruit cela dut être ! Un déchirement de rochers !

Et la terre, secouée encore une fois d'une façon désordonnée, se mit à trembler sous les pieds des pauvres Chiliens, qui tombèrent à genoux et se frappèrent la poitrine en confessant leurs péchés.

Un épais mamelon venait de se fendre en deux.

Les *padres* mêlés à cette cohue affolée, la face pâle, les mains tremblantes, à genoux eux aussi, distribuaient leurs bénédictions et murmuraient des absolutions qu'on devinait plutôt qu'on ne les entendait à travers leurs lèvres blêmies et leurs dents entre-choquées.

Tout à coup, un homme, les yeux horriblement agrandis par la peur, se dressa de toute sa taille, et, sans avoir conscience de ce qu'il faisait, étendit les bras dans la direction des montagnes. Tous les regards suivirent l'indication, et l'on aperçut une chose que peu de personnes au monde peuvent se vanter d'avoir vue. Un épais mamelon situé à droite de cette plaine dont il a été parlé, et au fond de laquelle se trouvait Conception, un épais mamelon, dis-je, venait d'être fendu en deux, et c'était là le déchirement qu'on avait entendu. Un précipice s'était ouvert, d'une profondeur encore incalculable... A droite et à gauche, des murailles de granit; au fond, une vallée nouvelle peut-être.

Les *padres*, les hommes, les femmes, les marins, tout le monde crut que c'en était fait, et qu'avant cinq minutes ils seraient engloutis à jamais dans quelque épouvantable fournaise. Et pourtant ce n'était pas là le plus horrible.

Un bruit inusité se produisit vers le milieu de la baie, puis ce bruit devint du vacarme et força l'attention des quelques misérables qui avaient encore la force de regarder et d'entendre. Ceux-là assistèrent dans l'espace de dix minutes au plus grandiose et en même temps au plus infernal spectacle qui se puisse rêver.

On ne le croirait pas s'il n'y avait encore, au moment où ces lignes sont tracées, des gens qui ont été les témoins oculaires de ce que je raconte. Une crevasse s'était produite dans la mer, au milieu de la baie. La force de dislocation qui venait d'agir dans la montagne exerçait maintenant sa puissance sans limites sur le fond de roche de la mer, et tout à coup, avec une rapidité vertigineuse, la baie entière se vida comme par enchantement.

La stupeur qui s'empara des pauvres réfugiés du cap Estero, je renonce à la décrire; mais du milieu de cette foule atterrée, partirent soudain trois ou quatre cris suraigus.

Que dis-je?

Ce furent des hurlements de lionnes plutôt que des cris. Rien d'humain; des éclats de voix sauvages.

Et l'on vit aussitôt des femmes richement vêtues de soie et de velours, les pieds chaussés de bottines élégantes, prendre leur élan vers le rivage, tendre leurs bras désespérés et les tordre, puis tomber sur le sol, inanimées, soit que la force leur eût manqué, soit qu'elles eussent été retenues par leurs compagnons d'infortune.

Ces femmes étaient les jeunes mères qui tout à l'heure se réjouissaient de l'idée qu'elles avaient eue de laisser leurs enfants endormis à bord de l'*Ocean Queen.*

Quel horrible spectacle maintenant! Les eaux, en se retirant, avaient entraîné avec elles la plupart des navires à l'ancre dans la rade. Ceux qui n'avaient pu résister au terrible courant d'une mer qui semblait prendre la fuite avaient été traînés sur les bas-fonds aigus et mis en pièces avant qu'on eût pu savoir s'ils entraînaient beaucoup d'hommes dans leur perte.

Au centre de la baie, un tourbillon formidable, horrible comme le Maëlstrom, s'était formé en un clin d'œil et engloutissait impitoyablement tout ce que le retrait des eaux attirait dans son entonnoir.

On voyait des navires de grande dimension entrer dans le rayon giratoire du tourbillon, et, lancés comme des flèches, faire cinq à six tours à l'embouchure du gouffre, pour aller se briser au fond sur les pointes aiguës des rochers.

Dans la mâture ou sur le pont, quelques hommes, cramponnés aux cordages, attendaient un miracle. De loin, on devinait qu'ils poussaient des rugissements ou des sanglots de désespoir.

Cependant cette masse d'eau de vingt lieues carrées de superficie s'écoula presque tout entière. La baie était vide. Une dizaine de navires, et parmi eux l'*Ocean Queen,* solidement mouillés sur quatre ancres, avaient résisté à la catastrophe. Renversés sur des fonds de sable ou de vase, ils gisaient à moitié désemparés, car la plupart, en touchant sur des pointes rocheuses, avaient perdu une partie de leurs mâtures par suite de la violence du choc.

Les masses d'eau achevaient de s'engouffrer dans le fond de la baie, lorsqu'on vit sur les navires sauvés apparaître des hommes épouvantés. Leur seul désir, aiguillonné par la folie de la peur, leur seul désir, on le devinait facilement, était de se réfugier à terre.

Mais par où? mais comment?

Traverser les vases ou les bas-fonds encore pleins d'eau semblait impossible, et d'ailleurs le plus proche de ces malheureux bâtiments était à une distance d'au moins douze cents mètres du cap Estero.

Quelques-uns parurent se résigner et attendre; mais simultanément, de la dunette de deux navires, l'un anglais, l'autre français, on vit des marins se laisser glisser par les mâts brisés et par les cordages qui pendaient le long du bord. Ils avaient entrepris de traverser cette mer desséchée, sans songer que, même dans le cas où l'Océan ne reprendrait pas ses droits, il valait mieux attendre le résultat final du tremblement de terre.

Ces fous s'aventurèrent donc dans le lit de la baie, fuyant avec précipitation leurs navires échoués, et donnant ainsi un funeste exemple qui fut suivi presque immédiatement par les plus effrayés des autres équipages. Cela se passait au moment où quelques nouvelles secousses, beaucoup moins violentes, venaient faire présager les dernières convulsions du sol.

Mais, comme on le comprend bien, la masse d'eau de l'océan Pacifique, refoulée un instant par les commotions volcaniques, arrêtée par je ne sais quelle puissance inconnue, la masse d'eau de l'Océan se précipita bientôt dans cette rade, qui semblait avoir voulu échapper à son empire.

La baie de Conception est, pour ainsi dire, fermée à l'ouest par une île, Quiriquina, à droite et à gauche de laquelle sont les deux passes par où les navires entrent dans le port.

Avec un bruit effroyable, deux montagnes liquides se ruèrent par l'une et l'autre issue vers la baie desséchée. Après avoir dépassé Quiriquina, ces deux montagnes se rejoignirent et formèrent une masse écumante d'une telle élévation que les réfugiés du cap Estero, dont la hauteur au-dessus du niveau de la mer est de plus de deux cents mètres, crurent qu'ils seraient atteints, renversés et entraînés.

Mais où le drame prenait des proportions gigantesques, c'était à l'endroit même où les navires échoués attendaient leur sort; c'était sur les rochers où les marins réunis pour gagner la terre voyaient s'avancer, avec une rapidité vertigineuse, cette muraille formidable sous le poids de laquelle ils allaient être broyés.

En ce moment suprême, ils éprouvèrent une telle épouvante que, pour jeter vers le ciel un dernier cri de désespoir, la puissance de leurs poumons se décupla; car, malgré le terrible grondement de la lame immense, on entendit une clameur.

Quelques-uns se couchèrent en silence, d'autres se tournèrent intrépidement vers le flot et l'attendirent en se croisant les bras, puis tout fut dit.

Lorsque le capitaine en second de l'*Ocean Queen* avait pu prévoir les atteintes de ce ras de marée unique, son premier soin avait été de renfermer dans les cabines les enfants confiés à sa garde; après quoi, il se mit en devoir de faire tout ce qui serait humainement possible pour les sauver, et lui avec eux.

Marin consommé, naviguant depuis près de vingt ans dans ces parages et familiarisé avec les accidents maritimes qui sont la conséquence ordinaire des tremblements de terre, il avait bien pensé que le plus grand danger n'était pas passé, et que le retour offensif des flots serait le moment solennel de vie ou de mort.

En quelques paroles trop imagées, trop techniques et surtout trop pimentées pour que nous songions à les rapporter ici, il avait démontré aux quelques hommes restés à bord avec lui après la fête, que fuir à travers les bas-fonds de la baie, c'était courir positivement à la mort.

La mer devant revenir avec une violence incalculable, s'il y avait un moyen de salut, un seul, il était dans l'abandon absolu du navire au caprice de la montagne liquide qui s'avançait.

En conséquence, les quatre chaînes qui retenaient les ancres furent filées, et quand l'*Ocean Queen*, qui, du reste, n'avait pas trop souffert, fut complètement dégagé de ce qui pouvait offrir une résistance à la trombe, on attendit. D'autres navires imitèrent cette manœuvre. Quelques-uns préférèrent se confier à la puissance de leurs ancres et de leurs chaînes, et consolidèrent au contraire leurs amarres.

Cependant, lorsque ces braves hommes de mer, en qui certes on eût trouvé le triple airain du poète, virent accourir du fond de la baie cette épouvantable, cette géante muraille d'eau toute blanche d'écume et déjà chargée d'épaves et de cadavres, pas un qui ne perdît complètement espoir.

Le second conservait encore sa présence d'esprit : il ordonna à tous les hommes de descendre dans la chambre; on ferma les panneaux précipitamment, et tout le monde se coucha, en cherchant un point d'appui pour ne pas être lancé sur les murailles du cadre.

Qui saura jamais quel monde de pensées, quel poème de terreur, de désespoir, ou, qui sait? d'espérance, se déroula dans le crâne de ces quelques hommes pendant cette minute solennelle?

Pas un ne prononça une parole; seul le mousse respirait bruyamment en s'enroulant à la hâte dans le matelas du capitaine, selon le conseil que lui avait donné le maître d'équipage. Dans les cabines fermées à clef, un enfant pleurait et appelait sa mère.

Le bruit redoubla tout à coup, devint horrible à faire saigner les oreilles; une sueur froide ruissela sur le front de tous ces hommes, et cependant on entendit distinctement le mot : « Attention ! » C'était encore le second, dont le sang-froid ne se démentait pas.

Que se passa-t-il alors? L'*Ocean Queen* sembla être écrasé; un horrible craquement se fit entendre; ce qui restait des mâts fut évidemment emporté; le pied du mât d'artimon, qui s'appuyait dans la chambre, se fendit en deux; un éclat de bois frappa le maître d'équipage et le tua net.

C'était un bourdonnement épouvantable, c'était un ruissellement indicible; ce beau navire, manié par la mer comme un joujou, était roulé sens dessus dessous plus de vingt fois; les malheureux marins, précipités vers le plafond ou sur le plancher de la chambre, recevaient à chaque minute une contusion, une blessure ou la mort. Cependant un juron, un soupir, un cri, annonçaient de temps à autre que tout n'était pas fini.

Mais ceux qui vivaient encore ignoraient ce qu'ils allaient devenir. De tous les côtés on entendait toujours le bouillonnement de la mer; heureusement on sentait aussi que l'*Ocean Queen*, quoique roulé par les flots comme une énorme boule lancée à toute vitesse, on sentait, dis-je, que l'*Ocean Queen* n'était plus dans les bas-fonds. D'ailleurs, il ne s'était heurté à aucun obstacle, depuis le moment où une lame sous-marine, parfaitement appréciable, l'avait arraché du milieu des roches sur lesquelles il gisait.

Ceux qui pouvaient encore faire ces réflexions n'attendirent pas longtemps. Un horrible choc eut lieu, le navire s'entr'ouvrit, plusieurs râles furent distinctement perçus dans la chambre, et tout bruit cessa.

. . . .

D'un autre côté, la splendeur et l'horreur du spectacle avaient été inénarrables pour les pauvres Chiliens réfugiés sur les hauteurs du cap Estero. A l'aspect de la mer immense se précipitant vers les navires échoués et vers les imprudents matelots qui s'étaient aventurés dans le lit de la baie, un horrible frisson s'était emparé des spectateurs épouvantés de ce lugubre drame. A la clameur poussée par les marins qui allaient être engloutis, une clameur plus compacte, plus sonore répondit. Chacun avait étendu les bras vers ces malheureux et lancé un cri qui était un adieu.

Mais, presque au même instant, tout l'intérêt des réfugiés s'était porté sur les navires épargnés jusqu'à ce moment par les fureurs de la nature.

D'abord, il y avait beaucoup de marins parmi cette foule du cap Estero, et spécialement presque tous les capitaines à l'association desquels on avait dû la *tertullia* maritime de la veille. Au milieu d'eux, on remarquait un jeune homme blond, à la physionomie distinguée : c'était le capitaine de l'*Ocean Queen*.

Après avoir examiné attentivement les diverses manœuvres ou précautions prises par les bateaux menacés pour échapper au terrible danger d'un écrasement, le jeune marin parut content de ce qui avait été fait à bord de son navire et s'avança vers le groupe où, folles de douleur et d'effroi, se tenaient les jeunes mères dont les enfants étaient à bord.

D'une voix calme il chercha à les rassurer, leur affirmant que son second était le seul homme qui pût sauver un navire dans ces circonstances. Il leur expliqua ce qui avait été entrepris, et comment il était présumable qu'on n'aurait à regretter que des malheurs sans importance. Les bambins étant placés dans les couchettes et retenus par les planches à roulis, il fallait, à son avis, beaucoup espérer.

Les pauvres mères ne demandaient pas mieux que de le croire. L'une d'elles lui jeta un regard de reconnaissance désespérée, dans lequel on pouvait lire un remerciement pour sa bonté, mais en même temps une incrédulité absolue dans sa parole. Il se retourna pour cacher le sentiment qui se peignait sur son visage, car il croyait moins que personne à la possibilité de soustraire une proie quelconque à l'Océan qui s'avançait.

La montagne liquide et mouvante, que chacun suivait des yeux avec un horrible serrement de cœur, se trouva bientôt à quelques mètres du premier navire. Ce fut une minute d'épouvante, pendant laquelle personne ne respira.

Le pauvre bâtiment disparut englouti.

L'immense écroulement de lames s'abattit successivement sur chaque navire.

Le tour de l'*Ocean Queen* arriva aussi. Le baleinier fut abîmé dans les flots.

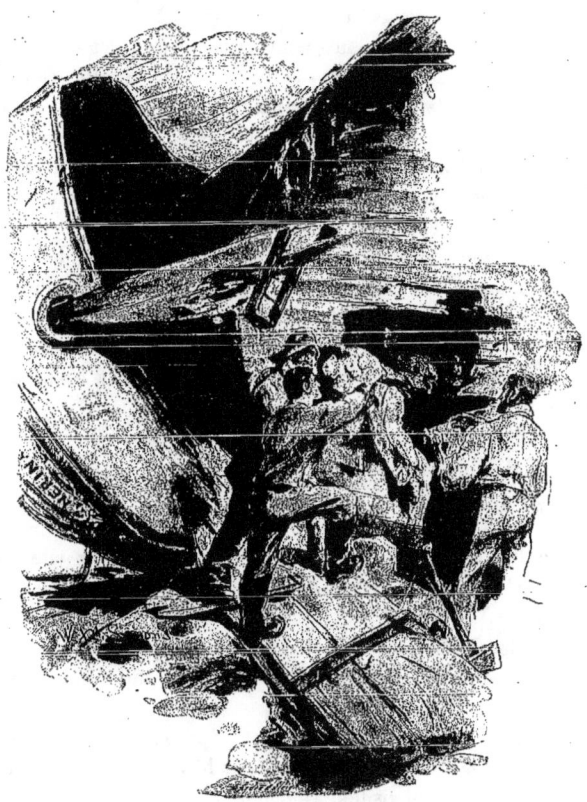

De main en main on le fit passer à sa mère.

Puis, continuant sa marche effroyable vers le rivage, la lame gigantesque, qui semblait grandir à chaque pas, menaça la côte, la dépassa, continua sa route comme si elle dût couvrir maintenant cette terre qui avait voulu lui disputer son empire; enfin elle s'éleva si haut, que les malheureux du cap Estero,

la voyant monter vers eux, oublièrent une seconde Talcahuano, l'*Ocean Queen*
et tout, pour opérer un mouvement de retraite rapide.

Mais c'était le dernier effort de la mer, qui vint se briser à leurs pieds, et
qui commença de se retirer lentement. Du côté de Talcahuano, la vague avait
passé rapide, furieuse, bruyante sur les débris de la ville, renversant partout
devant elle ce que la rage du tremblement de terre avait respecté; et dans
son élan elle s'était portée sur les flancs de la montagne bien au delà de la
ville, à une telle hauteur, que les voyageurs auxquels on le raconte maintenant ne voudraient pas y croire, si un témoignage irréfutable ne venait leur
prouver la véracité du fait.

Un cri de douleur, une nouvelle clameur de désespoir s'échappèrent de
toutes les bouches à l'aspect de cette irrémédiable catastrophe.

Talcahuano cette fois était bien détruite, et tout ce que pouvait contenir la
malheureuse ville était bien perdu, sans compter la vie des pauvres gens qui
n'avaient pas pu fuir ou qui étaient restés engagés sous les décombres de leurs
maisons. Horrible mort! horrible ruine!

Soudain une exclamation de joie timide retentit au milieu de la stupeur
générale. Le capitaine de l'*Ocean Queen* s'écria :

« Regardez! regardez! »

Et du doigt il montrait le flanc de la montagne, sur laquelle la mer s'était
enfin arrêtée et qu'elle abandonnait maintenant assez vite. La coque d'un
navire entr'ouvert était fichée dans la terre, et l'œil du marin avait reconnu
l'*Ocean Queen*.

Oui, l'élan de la mer avait été si puissant, que par-dessus la ville, et bien
au delà, ce bâtiment était transporté à mi-côte du premier mamelon des Cordillères.

Je l'ai dit, on n'y croirait pas si cette épave extraordinaire n'existait encore
à l'heure où j'écris ces lignes, et n'était le but des promenades curieuses de
tous les voyageurs qui visitent Talcahuano.

Sans se demander si elle était au bout de ses malheurs, la foule se précipita du côté de l'*Ocean Queen*. Il fallait savoir ce qu'étaient devenus les hommes
qu'on y avait vus quelques instants auparavant. Sentant renaître dans leurs
cœurs un peu d'espérance, les jeunes mères marchaient devant, et si vite,
que le capitaine lui-même avait de la peine à les suivre.

Enfin on arriva. Au moment où le commandant examinait par où il serait facile de monter sur le pont et comment il pourrait s'y tenir, car le navire était complètement sur le flanc, on distingua quelque chose comme un effort intérieur fait pour ouvrir le panneau de la chambre.

Ce fut une émotion indicible. Le capitaine, agile comme un chat, bondit jusqu'au panneau, et, par un mouvement d'impatiente violence, le fit céder.

Un homme ensanglanté, la tête à demi fracassée, apparut alors et tomba dans les bras du jeune marin, qui l'embrassa avec transport sans pouvoir comprimer les sanglots de joie qui lui déchiraient la poitrine. Cet homme, c'était le second, vivant, quoique cruellement blessé, mais vivant. La Providence lui devait bien cela.

« Les autres? interrogea le capitaine.

— Morts! » répondit le pauvre homme en perdant connaissance.

Heureusement il se trompait; car l'émotion, la joie et la crainte prirent des proportions surhumaines lorsqu'on entendit pleurer un enfant. En deux bonds, le capitaine fut dans la chambre, ouvrit la cabine d'où partaient les cris, et enleva dans ses bras un baby rose, qui n'avait pas une égratignure.

De main en main on le fit passer à sa mère, qui s'enfuit avec lui comme une lionne blessée, tandis que les autres jeunes femmes jetaient sur elle des regards de haine. Les autres cabines fouillées, on trouva un autre enfant blessé, mourant. Les deux autres étaient morts. La mère de l'un d'eux, subitement atteinte de folie, alla droit à la mer et se laissa tomber dans les flots du haut d'un rocher.

« Je ne vois pas le mousse! » dit le capitaine.

Effaré, les cheveux hérissés, les yeux agrandis, un enfant de douze ans apparut à son tour, et, se voyant sauvé, fut pris d'une crise de nerfs épouvantable.

Pendant que tout ceci se passait, la mer s'était retirée et n'avait laissé à la place où Talcahuano existait le matin qu'une plage sablonneuse, sur laquelle on pouvait voir quelques épaves et déjà deux ou trois cadavres.

Quand les victimes de ce désastre reportèrent leurs regards vers la baie, ils aperçurent quelques navires qui avaient résisté au puissant effort de la mer. Deux ou trois de ceux qui s'étaient fiés à la solidité de leurs chaînes et de leurs ancres luttaient encore contre les dernières convulsions de l'Océan.

D'autres, qu'on avait crus perdus dès le commencement du tremblement de terre, se montrèrent à l'horizon, et vinrent reprendre leur mouillage.

En résumé, malgré la grandeur du désastre, il y avait plus de bâtiments sauvés qu'on n'eût osé l'espérer.

L'*Ocean Queen* resta sur la montagne comme un témoignage du tremblement de terre du 18 novembre. Pendant quelque temps, les pauvres de Talcahuano allèrent le dépecer pour faire leur provision de bois de chauffage et pour en retirer les ferrures, qui se vendaient fort bien; mais un arrêté de l'alcade, affiché vers 1844, édicta des peines contre ceux qui continueraient à toucher au navire échoué. On planta une croix à sa poupe, et l'*Ocean Queen* fut considéré comme une sorte de monument historique.

Pour les personnes naturellement disposées à l'incrédulité, nous nous contenterons de rappeler que, dans un tremblement de terre au Pérou, plusieurs navires ont éprouvé le sort de l'*Ocean Queen*.

Une corvette de guerre péruvienne fut lancée à terre assez avant, et un grand nombre d'hommes périrent. Mais le plus extraordinaire, c'est un vapeur américain qui a été porté par la mer à huit cents mètres au delà de la plage.

Enfin, un fait bien plus étonnant s'est produit à Calcutta pendant le cyclone qui coûta si cher aux Anglais, il y a trois ans environ. Un magnifique navire de trois mille tonneaux fut saisi par le vent, par le vent, vous avez bien lu, et lancé à cent mètres dans les terres, où il s'enfonça jusqu'aux platsbords. Celui-là aussi existe encore. On en a fait un hôpital.

Du reste, tous les détails que nous venons d'offrir au lecteur nous ont été donnés par don Pedro D..., habitant de Conception. Don Pedro n'est autre que le mousse de l'*Ocean Queen* qui refusa de se laisser rapatrier, car, après la peur qu'il avait eue, il ne consentit que bien plus tard à remettre le pied sur un navire.

Novembre 1868.

MASTER GO-AHEAD

Le récit qu'on va lire a pour théâtre le pays de la témérité, je veux dire l'Amérique du Nord. Cette simple phrase, en répondant à bien des étonnements, éclaircira beaucoup d'invraisemblances.

La guerre de la Sécession était commencée depuis quatorze mois environ. Quoique les armées du Sud eussent, jusqu'à ce moment, remporté des victoires fameuses sous le commandement de Beauregard et de Lee, il s'était trouvé quelques généraux unionistes assez heureux.

De ce nombre étaient Curtis et Siegel, qui opéraient dans l'Arkansas.

A l'heure où commence cette histoire, ils chassaient devant eux un corps considérable de séparatistes commandés par Ben Mac Culloch, petit-fils authentique de Fra Diavolo.

En consentant à s'attarder quelques minutes avec moi, le lecteur saura le secret de cette singulière généalogie.

Michel Pozza, plus connu sous le nom de Fra Diavolo, était né à Itri, dans la terre de Labour. Nous n'apprendrons rien à personne en ajoutant qu'il devint le chef d'une formidable bande de brigands calabrais dont les exploits sont restés célèbres.

On sait aussi qu'il voulut un jour se mêler de politique et soulever le royaume de Naples pendant la domination française. Brigand, on ne s'en inquiétait guère ; conspirateur, il fut pourchassé très activement, pris et finalement pendu en 1806. Ses prétentions au patriotisme eurent pour résultat de lui faire expier ses crimes de bandit. Sa conscience a dû faire un monologue bien particulier à l'heure du supplice.

Fra Diavolo laissait un fils qu'il adorait ;

Car pour être brigand on n'en est pas moins père.

Et l'on dit que ce fut sur les avis transmis secrètement de la prison par le chef de bande que ce fils quitta l'Italie et émigra en Angleterre, où il prit le nom de Mac Culloch.

Ayant entendu parler, un jour, de la vie toute semée d'aventures que menaient les pionniers aux États-Unis, il partit et alla se fixer dans le Tennessee.

De son mariage avec une jeune fille que les Indiens avaient enlevée dans une ferme isolée et qu'il leur ravit à son tour, naquit Ben Mac Culloch vers 1814. Celui-ci grandit au milieu des périls les plus graves, luttant un jour contre les Indiens, se trouvant le lendemain leur allié, et devint ainsi le plus intrépide pionnier qui fût à cent lieues à la ronde.

Quand la guerre éclata, il rassembla un corps de Texiens et d'Indiens avec lequel il répandit la terreur dans l'Ouest.

Au moment où, poursuivi par Curtis, il attendait une occasion de reprendre l'offensive, Mac Culloch avait déjà livré onze combats et remporté une victoire éclatante à Sprenfield.

Nous nous devions, en narrateur exact, d'entrer dans ces quelques détails, qui ont au moins un côté curieux, sinon intéressant, et, sans plus tarder, nous commençons.

II

Rien n'est plus pittoresque et plus splendide en même temps que la région si prodigieusement accidentée qui sépare Fayettown de Bentonville. Mais aussi rien n'est moins propice à l'établissement des voies ferrées.

Qu'on se figure un plateau tourmenté, déchiré, raviné, comme si vingt tremblements de terre l'avaient défiguré, secoué, entr'ouvert. Les précipices s'y comptent par centaines. De temps à autre un roc à pic, barrière de granit, se dresse tout à coup, solennel et formidable, et plus loin c'est une étroite vallée pleine de fleurs et de gaieté, mais soudainement enveloppée par les replis et les chaînons d'une montagne; enfin, sur tout le pays, des forêts impénétrables.

Des Européens eussent peut-être hésité devant ces obstacles. Mais allez donc empêcher les Américains de construire un chemin de fer lorsque leur intérêt le réclame! Aussi le railway avait-il été mené à bonne fin. Il fonctionnait et même gagnait de l'argent. Que pouvait-on lui demander de plus?

Il est vrai qu'après avoir fait sauter de lourdes roches qui leur barraient le chemin, les ingénieurs, gens économes mais surtout impatients, avaient eu soin d'éviter les précipices et les montagnes, ce qui les dispensait de tunnels et de viaducs.

Ils s'étaient contentés de décrire un long circuit et de gagner ainsi les bords assez plats d'une petite rivière, sur les rives de laquelle s'asseyait la jeune cité de Bentonville.

En certains endroits, il est vrai, la montagne tombait d'aplomb dans le cours d'eau, ce qui, en tout autre pays, eût nécessité le jeu de la mine ou le creusement du roc. Mais on n'a pas le loisir de s'arrêter à ces bagatelles sur la terre classique de la vie galopante.

On s'était donc contenté de planter des pieux tout neufs dans le lit du fleuve; sur ces pieux reliés par des traverses on avait posé des rails, et... pfff, pfff, pfff, pfff... locomotives et wagons passaient là-dessus, en contournant l'obstacle, avec une vitesse de vingt lieues à l'heure. Est-ce qu'on a le temps d'avoir le temps?

À la vérité, quand les pieux seront pourris, ils se briseront sous le poids d'un train. Cinquante, cent, cent cinquante voyageurs seront broyés, noyés, amputés, estropiés; mais, si on s'arrêtait à de pareilles considérations, on ne ferait jamais rien, et ce serait comme dans l'Europe caduque... N'est-ce pas, frère Jonathan?

. . . .

L'avant-veille seulement, l'arrière-garde de l'armée du Nord avait quitté Fayettown, et déjà plusieurs courriers étaient venus annoncer, — les télégraphes étant coupés, — que les confédérés, fuyant devant leurs ennemis, laissaient les routes, les rivières, les canaux et les chemins de fer complètement libres.

Cela devait suffire, dans ce pays où toute perte de temps est considérée comme un sacrilège, pour décider les directeurs de la ligne à rétablir la circulation des voyageurs et des marchandises sans attendre une minute.

Il était cinq heures du soir. Le premier train attendait le signal du départ, lorsque le vent du sud-ouest apporta comme le bruit lointain d'une canonnade. Alors, malgré l'impatience de ceux qui n'hésitaient pas à s'embarquer, dans leur intérêt même, s'il fallait en croire un des administrateurs, mais surtout dans l'intérêt du matériel, on crut agir avec prudence en retardant ce départ jusqu'au lendemain.

Donc, le 22 février 1862, à six heures du matin, par un temps frais et clair, le train n° 83 partit de Fayettown. Il se composait de quatre wagons de voyageurs, d'une voiture-buffet et de deux fourgons de marchandises. Il sortit de la gare quelques minutes avant le jour, et glissa bientôt sur ses ornières de fer avec la vertigineuse rapidité qui distingue les locomotives américaines.

Après avoir piqué droit à l'ouest pour rejoindre la petite rivière dont nous avons parlé, le train 83 devait reprendre ensuite, grâce à une immense courbe, la direction du sud.

Le mécanicien qui dirigeait la superbe locomotive, le maître après Dieu du train 83, était un Yankee téméraire venu on ne sait d'où, qui n'avait jamais eu, dans le pays, d'autre nom que celui de *master Go-Ahead* ou *Go-Ahead* tout court, mot essentiellement américain qui signifie « marche en avant », ou simplement « en avant ».

On savait aussi que, dans l'intimité, on l'appelait John. Mais, à part sa femme et son beau-père, — car ce singulier personnage s'était marié sous le nom de Go-Ahead, et le magistrat qui avait célébré cette union ne lui en avait pas demandé davantage; — à part, dis-je, sa femme et son beau-père, personne ne l'appelait autrement que M. En Avant, joli nom, il faut l'avouer, pour un mécanicien.

Et, du Canada au golfe du Mexique, il n'était pas un homme qui méritât mieux que lui ce flatteur sobriquet.

Ce que John avait accompli d'actes audacieux dans sa vie ne se pouvait plus compter. Jamais rien ni personne ne l'avait fait reculer. Il suffisait même de supposer qu'il fût incapable de tenter une folie pour la lui voir accomplir sur l'heure.

Un jour, il paria une bouteille de wisky, — rien de plus, — qu'il sauterait de sa locomotive en marche sur la machine du premier train qu'on rencontrerait.

Ceux à qui il proposa cet étrange pari ne voulurent point tenir la gageure,

Sur ces pieux, reliés par des traverses, on avait posé des rails.

sachant bien que c'était là un suicide. John, persuadé qu'on ne l'en croyait pas capable, déclara alors qu'il le ferait pour rien, pour le plaisir.

On voulut le dissuader de cette entreprise insensée, on le supplia d'y renoncer. Tout fut inutile. Il donna plus de vitesse à sa machine et attendit.

Le panache blanc d'une locomotive se montra à l'horizon. Les spectateurs de cette scène se sentirent trembler jusque dans leurs entrailles. Les deux convois se rapprochaient, et avec quelle foudroyante rapidité! Fort heureusement la rencontre eut lieu sur un pont. La rivière qui coulait là était assez large. Go-Ahead prit son élan et sauta.

Mais on prend mal ses mesures avec de semblables vitesses. Go-Ahead, au lieu de tomber sur la machine de l'autre train, où il se serait broyé, fut lancé par l'impulsion acquise sur la toiture d'un wagon, et de là dans la rivière, où d'ailleurs on le repêcha.

Ce fait suffit sans doute pour donner une idée du mécanicien qui menait le train 83. J'en pourrais citer des centaines d'autres; mais pourquoi s'attarder?

Il y avait une heure environ que le convoi filait à toute vapeur sur la voie parallèle à la rivière, lorsqu'il bifurqua pour entrer dans une espèce de défilé fort étroit, tranchée qui semblait creusée là par la nature tout exprès pour l'usage qu'en avaient fait les ingénieurs.

En ce moment le chauffeur, personnage fort taciturne de son naturel, qui, plein de mélancolie et d'indolence, venait de jeter quelques pelletées de charbon dans le foyer, eut un sursaut et se planta l'index dans l'oreille droite en imprimant à son doigt un vif mouvement oscillatoire, selon la coutume des gens qui ont des bourdonnements et qui croient ainsi les faire cesser.

« Go-Ahead! s'écria-t-il tout à coup.

— Quoi donc, mon ami? répondit John.

— N'avez-vous entendu rien d'extraordinaire?

— Rien du tout, mon bon Joë. »

Après cette réponse, M. En Avant fit siffler sa locomotive, laissa glisser sur ses lèvres le sourire qu'on lui connaissait aux heures où il méditait quelque trait infernal, et fredonna l'air de *Yankee Doodle*.

Mais tout à coup un long roulement de tonnerre retentit dans la gorge où le train 83 s'était engagé. Chaque rocher, chaque crevasse, se renvoyèrent le sinistre écho.

« Mille diables! c'est le canon! clama le chauffeur Joë Smith.

— Selon toute apparence, » appuya tranquillement John Go-Ahead.

Cette fois, en effet, il n'était plus permis d'en douter. De minute en minute le bruit de l'artillerie arrivait plus distinct; on entendait même de temps à autre comme une clameur immense.

« Voilà, reprit le mécanicien, les deux armées de Siegel et de Mac Culloch qui commencent à danser une gigue des plus vénérables. Ce doit être un curieux spectacle.

— Oh! oh! murmura le chauffeur d'un air de doute.

— Très curieux, Smith, très curieux, je vous assure; car le petit-fils de Fra Diavolo a dû tendre un piège à cet Allemand lourdaud de Siegel, qui n'a pas manqué d'y tomber. Et puis on prétend que les Indiens Cherekoes sont avec les gens du Sud, ce qui ajoutera certainement au pittoresque de la bataille et surtout à l'intensité du massacre. »

Le chauffeur ne partageait pas cet enthousiasme; il était d'ailleurs peu friand de pareilles émotions.

« Malheureusement, se hâta d'ajouter le mécanicien, la bataille a lieu de l'autre côté de la montagne, et nous aurons le regret de ne rien voir du tout.

— C'est vraiment bien fâcheux, » grommela Joë Smith évidemment rassuré.

Un épouvantable vacarme vint interrompre la conversation.

La terre, ébranlée sous une terrible décharge d'artillerie, trembla de tous côtés, et, quelques instants après, le vent apporta jusqu'au front de la locomotive quelques flocons de fumée blanchâtre qui se mêlèrent à la vapeur de la machine.

Une odeur de poudre passa en même temps sur le convoi, et Go-Ahead, relevant la tête, renifla bruyamment comme un cheval de bataille.

C'étaient les confédérés qui venaient d'engager définitivement l'action en lançant une volée de boulets du haut des falaises de Pea Ridge, où leurs batteries étaient massées.

« Décidément je crois que nous serons assez près pour tout voir, » reprit tranquillement Go-Ahead.

Le mécanicien avait raison. Le spectacle allait être d'un intérêt tel, que le plus exigeant des curieux n'en vit jamais de plus émouvant.

Tout à coup la voie décrivit un arc de cercle assez raide, et le train, sortant comme à l'improviste de ce long couloir dans lequel il venait de faire de sept à huit lieues, le train déboucha dans la vallée.

Quarante mille hommes étaient là qui commençaient à se massacrer. A perte de vue, on n'apercevait que l'épaisse fumée de la poudre enveloppant lentement le champ de bataille.

A travers les coups de tonnerre de la canonnade, on distinguait les pétillements de la fusillade et parfois les clameurs des blessés.

La locomotive était lancée à toute vitesse; on comptait presque les combattants s'agitant, masses confuses, à quelque mille mètres, et le train, avant qu'il fût possible de l'arrêter, allait se trouver au cœur même de la mêlée.

Le mécanicien laissa monter à ses yeux et à ses lèvres son fantastique sourire, et cria de toutes ses forces :

« En avant! en avant! *Go ahead! go ahead!* »

Cet homme venait de concevoir un projet de fou furieux.

D'un seul coup d'œil il s'était rendu compte de la position des deux armées.

« Voyez-vous bien, Smith, dit-il à son chauffeur, voyez-vous bien comment le combat s'est engagé?

— Moi, s'écria le pauvre Joë, je ne vois que de la fumée.

— Eh bien, précisément! Étudiez cette fumée. A notre droite, sur la hauteur, sont les canons des séparatistes, qui font depuis une heure leur aimable besogne et leur vacarme d'enfer. Cela indique suffisamment que les forces de Mac Culloch sont massées sur la crête du coteau.

— C'est bien possible.

— Dans la plaine, en face des mamelons occupés par les sudistes, vous pouvez deviner les fédéraux, au bruit de la fusillade qui parvient jusqu'à nous. »

Joë Smith n'était pas habitué à contredire M. En Avant. Il trouvait seulement que le moment était assez mal choisi pour entamer une leçon de stratégie. Aussi crut-il être dans son droit en interrompant le mécanicien.

« Mais, pardon, master Go-Ahead, dit-il; le plus pressé, ce me semble, serait de renverser la vapeur, d'arrêter le train, s'il en est temps encore, et d'assister ici au spectacle qui vous intéresse si fort. Nous serons fort bien placés, trop bien peut-être, pour voir la bataille dans tous ses détails, et vous pourrez continuer alors tranquillement vos études sur l'art de la guerre.

— Smith, mon ami, vous êtes dans une erreur profonde. Si vous ne m'aviez pas interrompu, vous sauriez déjà que le train ne s'arrêtera pas. »

Et, regardant le chauffeur avec son éternel et terrible sourire, Go-Ahead sembla vouloir juger de l'effet qu'une pareille décision allait produire sur Joë.

« Comment! s'écria Smith, le train ne s'arrêtera pas!

— Pas une minute.

— Est-ce que vous auriez l'intention de passer à travers la bataille?

— C'est vous qui l'avez dit, Smith; je me propose de passer sur le ventre aux deux armées, et, si vous voulez m'écouter trois minutes, vous verrez que mon projet est excessivement sérieux, je dirai plus, extrêmement logique. »

Il est fou! pensa le chauffeur.

« Donc les confédérés sont sur la hauteur, les unionistes dans la plaine. Or la voie longe continuellement les rochers taillés à pic qui sont sur notre droite, et nous n'avons rien à craindre de l'artillerie séparatiste, dont les boulets nous passeront par-dessus la tête pour aller se perdre dans la plaine ou dans les rangs des fédéraux.

— Bien; mais les balles et les boulets de l'armée du Nord? interrogea le chauffeur.

— Je connais vos opinions politiques, Joë; vous êtes partisan du Nord, et votre patriotisme bien connu vous empêchera de jamais croire que les soldats de Curtis soient assez maladroits pour ne pas tirer fort habilement sur les troupes du Sud. Ces balles et ces boulets, mon cher ami, passeront également à quelques yards au-dessus du train. »

Il est fou, fou complètement, irrémédiablement fou! se disait Smith.

« Nous ne courons donc aucun danger en traversant cette bagarre. Et pensez quelle gloire sera la nôtre, lorsqu'on saura qu'un pareil tour de force a été accompli par vous et par moi!

— Mais...

— D'ailleurs, Smith, reprit le mécanicien d'un ton qui n'admettait pas de réplique, notre devoir est d'arriver à Bentonville à l'heure réglementaire, et je m'appelle En Avant! »

Cela dit, il fit retentir l'air de trois ou quatre joyeux coups de sifflet, et, prenant la pelle des mains du chauffeur ébahi, il bourra le foyer de charbon.

Joë Smith n'était pas un foudre de guerre; mais ce n'était pas non plus une pusillanime personne. Il appartenait à cette classe d'hommes, si nombreuse aux États-Unis, qui considère la mort comme la chose la plus commune et contre laquelle ce n'est vraiment pas la peine de dépenser trop de résistance. Il n'insista pas.

Le convoi filait toujours.

III

Au moment où le chauffeur Smith avait relevé la tête en entendant pour la première fois le bruit du canon, tous les voyageurs qu'emportait le train 83 étaient rassemblés dans le wagon-buffet et déjeunaient avec un appétit... de l'Arkansas, ce qui n'est pas peu dire !

Grâce au très commode système des chemins de fer américains, qui n'ont pas de wagons isolés, mais dont les voitures, au contraire, communiquent les unes avec les autres par des corridors intérieurs et même par une espèce de balcon externe, chacun avait pu quitter son compartiment pour aller procéder à sa réfection corporelle.

Peu de monde, au reste : une vingtaine de personnes tout au plus.

Il est facile de comprendre cette disette de voyageurs. Le pays est occupé par deux armées. L'une d'elles, c'est vrai, bat en retraite, mais n'est point désorganisée. On dit même que Mac Culloch, qui la commande, compte sur un renfort de cinq mille Indiens Cherekoes, comme nous l'a déjà fait pressentir master Go-Ahead, pour faire face à son adversaire et reprendre l'offensive.

On ajoute que ces mêmes Indiens, commandés par un chef implacable, Fanandar Clown (le taureau puissant), viennent d'entrer dans la région, dévastant, pillant, scalpant le plus possible, et faisant ainsi servir à l'assouvissement de leurs instincts sanguinaires la querelle du Nord et du Sud.

On conviendra que ces raisons sont suffisantes pour excuser tous ceux qui, tentés d'entreprendre un voyage d'agrément, avaient pris la résolution bien arrêtée de l'ajourner.

Il n'y avait donc dans le wagon-buffet que des fermiers ou des commerçants poussés à voyager par de sérieux et légitimes motifs. L'un d'eux surtout, M. Georges Graveson, semblait très pressé de conduire à destination un des deux fourgons de marchandises qu'emportait le train et qui était, disait-il, entièrement chargé de tabac.

Transporter du tabac dans l'Arkansas, à cette époque et par fourgons entiers, cela paraîtra particulièrement bizarre à des Européens; mais comme l'expéditeur voyageait avec sa marchandise, que, de plus, aux questions des officiers chargés de surveiller la contrebande de guerre il avait répondu que son maryland, son virginie et ses cigares étaient destinés aux soldats de Curtis, on le laissa partir.

Les autres voyageurs étaient insignifiants, sauf cependant deux jeunes gens : elle, seize ans; lui, vingt-quatre. Ann-Mary, c'était la jeune fille, était fraîche et rouge comme une cerise. James, l'amoureux, avait déjà la puissance et l'ampleur d'un jeune chêne.

On devait se marier à Bentonville le lendemain. Fallait-il donc attendre le bonheur un jour de plus, un siècle, parce que les marchands du Nord n'étaient pas d'accord avec les planteurs du Sud? Ah! bien oui.

Lorsque la canonnade furieuse des séparatistes retentit tout à coup aux oreilles de Joë Smith et des voyageurs, ceux-ci se regardèrent épouvantés et sortirent pour voir la manœuvre en arrière qu'à leur avis le mécanicien ne pouvait manquer d'exécuter.

Comme nous le savons, Master Go-Ahead était loin de songer à s'arrêter. Le train filait plus rapidement que jamais.

Déjà le chasse-pierres de la locomotive avait heurté à droite et à gauche les corps de cinq ou six soldats morts ou blessés : sous les hurlements affreux des canons, la terre entrait en trépidation; on entendait même de temps à autre les commandements de quelques officiers. Encore une minute, et le train 83 allait se trouver au-dessous de Pea Ridge, au plus fort de la bataille.

Le mécanicien rayonnait. Il était d'ailleurs vraiment beau à voir. Tête nue, il se tenait fièrement planté sur l'arrière du tender. Depuis longtemps il avait laissé pousser, à la manière américaine, toute sa barbe, moustaches exceptées, bien entendu. Son visage était donc encadré par une forêt touffue de poils fauves qui lui tombaient jusqu'au milieu de la poitrine. Sa chevelure, longue et très fournie également, semblait ne faire qu'un tout avec cette toison.

Le vent, qui lui fouettait la face, avait divisé en deux cette longue barbe et chassait derrière sa tête ses cheveux épais et ses favoris. Tout cela lui donnait bien l'air fantastique d'un démon... qu'il était.

« J'ai eu là une idée superbe, dit-il. Smith, surveillez la machine. Moi, je vais examiner attentivement la bataille, et ce soir nous en écrirons le compte rendu pour le *Little Times* de Bentonville. »

Mais pendant que John Go-Ahead prononçait cette phrase mémorable, les voyageurs affolés commençaient à pousser des cris d'épouvante.

Ils s'étaient bien vite aperçus que le mécanicien ne faisait pas la manœuvre nécessaire pour arrêter le train; et lorsqu'ils constatèrent que la vitesse au lieu de diminuer ne faisait qu'aller en augmentant, et que l'insensé qui les conduisait semblait avoir formé le projet de les mener à la boucherie, ils se rapprochèrent autant que possible de la locomotive et enjoignirent à Go-Ahead de rebrousser chemin.

« *Ladies et gentlemen*, répondit M. En-Avant, retourner eu arrière est maintenant chose impossible. Regardez les soldats de Curtis qui nous enveloppent. Le seul moyen de salut, c'est de forcer de vapeur et de briser tout, — excepté le train, ajouta-t-il avec son sourire, — pour passer.

Ce léger discours n'ayant pas réussi à satisfaire les voyageurs, qui faisaient mine de sauter sur la machine pour forcer Go-Ahead ou le chauffeur à exécuter leurs ordres, le tenace mécanicien s'arma d'un énorme tisonnier qu'il brandit avec une surprenante facilité, et menaça d'étendre raide mort le premier qui s'approcherait de lui.

Et sur ces vingt personnes se sentant perdues, quelques-unes conçurent peut-être l'espoir de traverser la mêlée sans encombre. Mais il en était qui ne se faisaient aucune illusion.

Comment dépeindre les sensations de ces dernières, entraînées malgré elles dans le tourbillon d'une sanglante bataille au milieu de laquelle une mort certaine les attendait, soit que le train vînt à dérailler, ce qui était l'événement le plus probable, soit que les boulets missent en pièces les wagons et la machine elle-même? James et Ann-Mary s'étaient aperçus du danger et regardaient devant eux d'un air hébété. Par intervalle la jeune fille, fermant les yeux, laissait entendre des sanglots étouffés.

La plupart des autres voyageurs poussaient des cris de rage et lançaient des malédictions sur le mécanicien enragé.

Celui dont la fureur avait atteint le paroxysme était le négociant au fourgon de tabac. Après avoir vainement sommé Go-Ahead de s'arrêter, il l'avait menacé de lui brûler la cervelle, mais celui-ci s'était contenté de sourire.

Tout à coup, comme le train dépassait un petit bois d'érables, une fusillade bien nourrie éclata devant la locomotive. Le pauvre Joë Smith poussa un grand cri, étendit les deux bras vers le ciel, fit un tour sur lui-même; on vit le sang lui monter aux lèvres, et il tomba lourdement sur la voie, presque sous les roues des voitures, qui durent le broyer.

IV

Go-Ahead, en voyant tomber le chauffeur, se sentit envahi par une douloureuse commisération. Dans l'âme de cet homme, il se forma comme un embryon de remords, et, sans qu'il s'en rendît bien compte lui-même, la mort de son compagnon lui pesa aussitôt sur le cœur.

Cet événement, qu'il n'avait seulement pas prévu, comme il ne prévoyait pas davantage ce qui pouvait lui arriver, amena un résultat inattendu. John renversa la vapeur et se mit en devoir de revenir en arrière pour relever au moins le corps de son compagnon et le rapporter quelque part où on pût lui donner une sépulture convenable.

Quand le train 83 eut commencé sa marche rétrograde, Go-Ahead se prit à réfléchir et pensa pour la première fois aux voyageurs. Il se demanda, — question extraordinaire pour un pareil fou, — de quel droit il les menait ainsi à la mort.

« Non, murmura-t-il, ce serait mal. »

En peu de temps le convoi se trouva revenu à l'endroit même où Joë était tombé. La fusillade, plus vive que jamais, retentissait sans interruption. Go-Ahead arrêta la locomotive, et, sans se soucier des balles qui criblaient l'air autour de lui, il descendit, trouva le cadavre de son chauffeur et le porta pieusement sur la machine, où il l'étendit en laissant échapper une larme.

Puis, résigné, il reprit sa marche en arrière, abandonnant à contre-cœur le champ de bataille. On ne peut dépeindre la joie des voyageurs lorsqu'ils s'aperçurent de cette manœuvre.

Cependant Go-Ahead avait senti de bien près l'odeur de la poudre. Les âcres émanations du sang des blessés lui étaient montées aussi à la tête, et cet amoureux fanatique du danger éprouvait comme un déchirement à fuir l'épouvantable mêlée qui l'attirait comme son élément.

Ce regret, cette douleur pour mieux dire, qui avait germé imperceptible-ment dans son esprit se développa peu à peu, et, comme un refrain, revenait à sa pensée toutes les minutes, toutes les secondes. Il la chassa énergique-ment dès l'abord : elle se fit persistante ; il résista toujours : l'idée devint per-sécution. John lutta courageusement, et, quoique son train se retirât lente-ment, il se retirait néanmoins. Pourtant la bataille continuait, pleine d'achar-nement, et de ses mille voix terribles semblait l'appeler ou lui reprocher sa fuite.

C'est vrai, se disait-il en lui-même, voici la première fois que je recule devant un danger.

L'artillerie tonnait, les feux de mousqueterie retentissaient à intervalles inégaux, les combattants criaient ; toute cette musique infernale frappait son oreille comme une pure harmonie, et il aurait juré que des amis inconnus lui criaient : Viens, viens.

Deux fois il avança la main pour reprendre le chemin de la bataille, deux fois il eut le courage de résister encore. Il n'était pas loin de se considérer comme un véritable martyr.

Les voyageurs cependant s'étaient rassurés, et, au risque d'attraper une balle perdue, plusieurs d'entre eux s'étaient installés sur le balcon accroché au flanc du premier wagon.

Comme des gens qui viennent d'échapper à un grand péril, ils commen-çaient à se dérider et à se rattraper, par des plaisanteries jaunes, de la terreur qu'ils avaient eue. Malheureusement l'un d'eux fut imprudent.

« Master Go-Ahead a eu peur tout de même, » dit-il tout haut.

John regarda cet homme et sentit le sang lui monter aux yeux. Puis soudain, sans réflexion, il arrêta le train, et, avant qu'on pût se douter de rien, il le relança en avant vers la bataille, en criant :

« Ah ! John a eu peur ! *Ahead ! ahead !* En avant ! en avant ! »

Sa physionomie reprit l'expression d'audace furieuse qui lui était familière.

En quelques instants, il était revenu au milieu d'une petite prairie parse-mée de buissons, où la rage de tuer avait atteint son maximum d'intensité.

C'était un spectacle horrible, épouvantable, hideux, sinistre, mais par-dessus tout grandiose et saisissant.

Après les premières canonnades, les deux armées, comme des sœurs ennemies, s'étaient ruées l'une sur l'autre avec une furie inimaginable. On s'était pris corps à corps, et, pendant que les batteries continuaient à vomir des monceaux de fer, le bruit crépitant des coups de carabine ressemblait au roulement perpétuel d'un gigantesque tambour fêlé.

Quel vacarme! quelle trépidation! quelle rage folle! La terre, secouée par les soubresauts des canons, semblait prête à se dérober sous les pas des combattants. La fumée de la poudre, pleine de sonorités déchirantes, enveloppait tout le champ de bataille, obscurcissait le ciel et fouettait la crête des coteaux, cachant les soldats à leurs ennemis, recélant des cris de douleur et de mort arrachés à des poitrines trouées. Çà et là des groupes se heurtant, se brisant les uns les autres, et de temps en temps les hurlements gutturaux des Indiens, qui, à demi nus, rouges de peau et de sang, semblables à des démons, tuaient, tuaient avec des éclats de joie et des cris de triomphe.

La terre, couverte de débris affreux! l'air, plein de clameurs inconnues! on commençait à marcher dans une boue dégouttante de sang. Devant vous, derrière, à vos côtés, le paroxysme de la haine, de la rage, du meurtre, élevait son diapason de minute en minute. L'odeur du carnage décuplait à chaque instant ce délire gigantesque et soûlait les acteurs de ce drame atroce.

Et toujours, et sans cesse, les assourdissantes volées des canons formaient comme la basse continue de ce lugubre et infernal concert.

V

C'était sur la voie du chemin de fer que le combat venait de recommencer, et au moment même où, rapide comme un ouragan, le train arrivait sur cette masse exaspérée.

Go-Ahead, enveloppé par cette fournaise, sentait l'ivresse de la bataille l'envahir. Déjà il ne pensait plus à Joë Smith, et sa seule préoccupation était de faire une entrée convenable au milieu des combattants.

Un cri de terreur, cri déchirant, s'échappa tout à coup des wagons des voyageurs. Un boulet venait de traverser les deux cloisons d'une voiture, et,

quoique personne n'eût été blessé, l'épouvante avait arraché de toutes les poitrines une clameur d'angoisse.

Go-Ahead avait entendu ce cri, mais il n'était plus permis de réfléchir
maintenant. Il fallait aller... aller en avant et toujours. C'était le seul moyen
de salut, en supposant qu'il fût possible de se sauver.

A travers une éclaircie de fumée, le mécanicien vit à quelques centaines
de pas une cohue désordonnée et furieuse. On se battait là corps à corps avec
un acharnement indicible. Pas un soldat ne reculait d'une semelle; pas un
parti ne cédait une parcelle de terrain. C'était un coin de l'enfer.

« Enfin! s'écria Go-Ahead, enfin, je vais livrer bataille, moi aussi ! »

Et sans s'inquiéter d'un déraillement, sans se préoccuper du Nord ni du
Sud, il accéléra encore la vitesse de sa machine.

La lourde locomotive sembla prendre son vol et, comme une trombe,
arriva au milieu de la mêlée.

« Nous allons les séparer! » cria M. En-Avant aux voyageurs atterrés.

Et, en effet, l'effroyable monstre s'abattit sur tout ce monde, fit une
trouée horrible et sanglante, puis, malgré quelques sursauts, continua sa
route.

Quelle horreur! En moins de quelques secondes, le nouvel engin de guerre
venait de broyer plus de cinquante hommes de tous les pays : Américains,
Irlandais, Allemands, Français, Indiens, Africains; cinquante hommes de
toutes couleurs : blonds, bruns, nègres, mulâtres et Peaux-Rouges.

Mais les plus nombreux parmi les morts que venait de faire Go-Ahead
étaient, sans contredit, ces terribles Cherokoes, les plus acharnés et les plus
redoutables comparses de cette lutte.

La locomotive passa par un miracle, repoussant à droite, à gauche et
devant elle des monceaux de morts; les roues des voitures étaient inondées de
sang et les wagons souillés de débris humains.

Parmi les combattants qui ne furent pas atteints, il y eut un moment de
stupeur. Mais, revenus à eux, ils crurent que l'infernale machine avait reçu
des ordres pour se précipiter ainsi au milieu du carnage, et les deux partis,
pensant avoir affaire à une invention nouvelle de l'ennemi, se mirent à tirer
sur le train 83.

Grâce à sa vitesse, le convoi évita cet assaut et continua sa route. Mais ce n'était pas fini, et à chaque instant on allait rencontrer des régiments entiers montant à l'assaut des coteaux de Pea Ridge. Il ne fallait pas espérer de trouer ces lignes profondes de soldats sans dérailler.

D'un autre côté, songer à arrêter le train eût été de la folie, et d'ailleurs ne valait-il pas mieux sauter que de rester exposé aux projectiles qui se croisaient dans tous les sens et qui ne pouvaient manquer de réduire machines et wagons en miettes ?

. . . .

Go-Ahead poussa son appel de prédilection et remit philosophiquement de la houille dans le brasier.

Cependant la plupart des voyageurs réunis dans la même voiture étaient mourants de peur. L'homme au chargement de tabac surtout se répandait en injures inénarrables contre le mécanicien. Il bondissait à chaque coup de canon, s'arrachait les cheveux et menaçait le ciel.

Cette épilepsie perpétuelle finit par fatiguer ses compagnons de voyage, qui lui enjoignirent de se tenir plus tranquille ou d'aller pousser ses cris inarticulés dans un autre compartiment.

« Notre vie vaut bien la vôtre, lui dit un fermier, et qui sait si Go-Ahead ne sera pas assez heureux pour passer ?

— Impossible !

— Une idée ! s'écria une troisième personne. Si on capitonnait l'intérieur de notre wagon avec le tabac qu'emporte le train ?

— C'est cela ! c'est cela ! » appuyèrent cinq ou six voix.

Georges Graveson devint livide.

Et comme trois ou quatre voyageurs se levaient pour aller chercher les paquets de tabac, il se planta devant la porte et avec explosion s'écria :

« Du tabac ! malheureux, c'est de la poudre ! »

. . . .

En entendant cette terrible révélation, les infortunés, que leur mauvaise destinée avait conduits dans ce train maudit, laissèrent échapper un cri de rage. Sans s'être concertés une minute, ils se précipitèrent vers l'homme au chargement en vociférant qu'ils allaient le lyncher.

Rien pourtant n'était plus américain que ce qu'avait fait cet homme.

Georges Graveson habitait ordinairement New-York. Comme les neuf

dixièmes des Yankees, il avait fait mille métiers, déposé la plupart de ses
bilans et dévoré trois ou quatre fortunes.

Lorsque la guerre entre le Nord et le Sud éclata, il venait encore une fois
de faire faillite ; mais ce n'était pas une banqueroute de plus ou de moins qui
pouvait troubler la sérénité d'âme d'un négociant de cette force. La querelle
entre les fédéraux et les confédérés devait produire des besoins nouveaux, des
nécessités imprévues, et conséquemment des opérations bien faites pour
enrichir les audacieux. Or, en fait d'audace, Graveson ne le cédait à personne.

Comme ses opinions politiques, qu'il n'avait jamais cachées, l'attachaient
à la cause abolitionniste, il songea d'abord à se faire général et même général
en chef.

« On ne sait pas, se disait-il, si je n'ai pas le génie d'un stratégiste. En tout
cas, on peut essayer. Et lorsque je vois Andrews Johnson, ancien garçon
tailleur, vice-président de l'Union, pourquoi moi, qui ai exercé toutes les pro-
fessions, depuis portefaix jusqu'à candidat au Congrès, ne serai-je pas apte
à conduire nos phalanges sur le chemin de la victoire ? »

Il allait donc se faire, de son chef, grand capitaine, lorsqu'un partisan du
Sud vint lui proposer une opération commerciale dont les résultats pouvaient
être considérables.

Tous les ports des États confédérés étaient bloqués par la marine du Nord.
Les séparatistes voyaient déjà arriver le moment où la poudre allait devenir
rare, et il y avait des sommes énormes à gagner en introduisant des muni-
tions soit à Charlestown, soit à la Nouvelle-Orléans. Il suffisait pour cela
de trouver trois ou quatre navires dont les capitaines fussent assez braves et
assez habiles pour forcer le blocus sous pavillon étranger.

L'opération était tentante ; Graveson n'hésita pas. En deux jours, il eut
trouvé à New-York même des sommes considérables pour entamer l'entreprise, et une semaine ne s'était pas écoulée que trois navires partaient pour
aller acheter à Cuba des chargements de poudre qui devaient être revendus
au Sud, avec quatre, cinq, six cents pour cent de bénéfice.

Cette fois, la fortune souriait à Graveson.

Cet étrange et téméraire commerce réussit au delà de toute espérance, et,
sur dix bâtiments expédiés, un seul eut la mauvaise chance d'être bombardé

et de sauter. Encore était-il assuré, car, — chose que les Français comprendront difficilement, — on trouvait des assureurs pour ces navires volcans.

Les gens imbus des idées arriérées du vieux monde se demanderont certainement si Graveson n'avait aucun remords, — étant unioniste, — de servir ainsi la cause de ses adversaires politiques en leur fournissant les moyens de combattre, et qui sait? de vaincre le Nord.

A cela, tous les Américains nous répondront qu'il ne faut pas confondre le commerce avec les sentiments ; qu'on peut être excellent patriote et avoir besoin de faire fortune ; qu'en somme le Nord n'avait qu'à se défendre, qu'

A vaincre sans péril on triomphe sans gloire,

et qu'il est beau d'être un ennemi généreux.

Graveson, au fond, n'avait pas pensé à tout cela. Il faisait une affaire, et ça lui suffisait. Il eût fait beau voir quelqu'un se scandaliser d'une entreprise de négoce.

D'ailleurs, le commerçant avait trois fils, et tous les trois étaient, depuis le début de la guerre, enrôlés dans les rangs des fédéraux, où ils faisaient leur devoir. Il payait donc sa dette à sa cause et à sa patrie dans la personne de ses enfants.

Toujours avec notre logique d'Européens, nous nous étonnerions peut-être de cela ; car enfin cette poudre que Graveson vendait au Sud pouvait, si ce n'était déjà fait, servir à tuer ses trois enfants ou tout au moins l'un d'eux. Mais on est Américain ou on ne l'est pas.

A l'heure où se déroule notre récit, le négociant en poudre de guerre était déjà à la tête d'une immense fortune. Peu à peu, les chargements s'étaient multipliés, et Graveson était devenu le seul fournisseur important du gouvernement de Richmond.

Mais le théâtre de la guerre s'était déplacé. La Nouvelle-Orléans et plusieurs autres villes du littoral étaient tombées dans les mains des fédéraux. L'effort de la lutte se portait dans les États du Centre et même dans ceux de l'extrême Ouest.

Pour faire pénétrer la contrebande de guerre chez les confédérés, il fallait maintenant agir de ruse et la transporter par les voies ferrées de l'Union, ou, ce qui était beaucoup plus long, la livrer sur la frontière du Mexique.

Graveson, devant opérer une livraison dans un court délai, avait pris le parti d'envelopper sa poudre dans des paquets simulant parfaitement des colis de tabac, et, à la grâce de Dieu, il s'était mis en route lui-même pour livrer sa marchandise.

Déjà huit wagons de ce dangereux chargement avaient été échangés contre de l'or. Il en restait quatre encore, et c'est l'un de ces derniers que le Yankee accompagnait à Bentonville, où les agents du Sud devaient se charger de le faire parvenir à sa destination.

C'était déplorablement échouer au port.

Il est probable que la poudre dont se servaient les séparatistes dans la bataille au milieu de laquelle le train 83 s'était engagé, provenait des magasins de Graveson ; et cette fois ce n'était plus ses fils, c'était lui-même qui courait le risque d'être tué net par sa propre fourniture.

Quoiqu'il ne fût ni un timide ni un lâche, le marchand de poudre n'avait pu se contenir lorsque le mécanicien Go-Ahead s'était embarqué dans la mêlée. Il n'était pas préoccupé le moins du monde par la peur de mourir, mais il se sentait désolé de perdre une notable quantité de marchandises et par conséquent de ne pouvoir la livrer, ce qui constituait un cas fort grave pour un négociant américain.

Aussi était-ce presque involontairement qu'il avait laissé échapper l'exclamation qui pouvait lui coûter si cher.

Mais revenons aux voyageurs dont l'exaspération touchait au délire. Ils s'étaient élancés en furieux sur Georges Graveson en proférant des cris de mort qui ne devaient lui laisser aucun doute sur le sort qu'on lui réservait.

Mais le brave New-Yorkais n'était pas homme à perdre la tête dans ces circonstances difficiles. Il opéra une prudente retraite vers l'un des coins du wagon, et là, ayant tous ses ennemis en face, il tira de ses poches deux revolvers qu'il braqua fort tranquillement sur le groupe menaçant des voyageurs.

« *Ladies et gentlemen*, dit-il ensuite comme s'il commençait à porter un toast, je comprends votre colère. Mais veuillez réfléchir. D'abord, si nous devons sauter, mon trépas prématuré ne vous sauvera pas de cet accident. »

Deux ou trois cris: « A mort! à mort! » répondirent à ce commencement de speech.

Georges Graveson n'y prêta pas attention.

« En second lieu... » reprit-il.

Mais au même instant le train éprouva une secousse terrible. Tout le monde se crut perdu. Néanmoins il n'y eut pas encore d'accident.

« En second lieu, continua Graveson sur un ton très calme, si quelqu'un mérite d'être pendu haut et court sans forme de procès, je crois que c'est le mécanicien Go-Ahead, qui nous a fourrés de gaieté de cœur dans cette bagarre. »

Une décharge d'artillerie interrompit le négociant. Le sifflet joyeux, provoquant, de la locomotive répondit aux hurlements des canons.

« Enfin, ajouta l'imperturbable Yankee qui paraissait décidé à se retrouver debout sur toutes les ruines possibles, je suis armé de deux revolvers excellents, dont le tir, — j'ai eu l'occasion de m'en assurer plusieurs fois, — est d'une justesse parfaite. Accordez-moi la faveur de remarquer que vous êtes tout au plus une vingtaine contre moi. Si vous insistez, je serai obligé de me servir de mes armes, et je réponds que huit ou dix d'entre vous tomberont sous mes balles. »

Les voyageurs parurent trouver cette partie du raisonnement à peu près indiscutable, d'autant plus que par un singulier hasard pas un d'eux n'était armé, et ils cessèrent de crier pour écouter la fin du discours.

« Lorsque dix d'entre vous seront hors de combat, j'aurai donc encore autant d'adversaires en face de moi. Mais j'ai oublié de vous dire, *ladies et gentlemen*, que je possède une autre paire de pistolets. Et, pour les douze coups qui me resteront, je compte bien être aussi adroit que pour les premiers.

« Maintenant, si vous désirez connaître mon humble opinion sur le cas qui nous préoccupe tous, et moi principalement, je vous dirai que mourir de ma main ne vaut pas mieux pour vous que d'attendre les résultats du terrible acte de folie commis par notre mécanicien. Je ne sais même pas pourquoi nous ne nous en tirerions pas à présent. »

Cela dit, Georges Graveson, tenant toujours ses deux revolvers braqués sur ses compagnons de voyage, attendit leur décision.

Mais ceux-ci en étaient arrivés au paroxysme de la fureur. Le sang-froid du New-Yorkais les avait exaspérés encore davantage, et ils se reprirent à proférer des cris de mort tout en s'excitant les uns les autres contre le marchand de poudre.

Le train continuait toujours rapidement son chemin.

Cependant la fureur de la bataille augmentait encore. Il semblait que l'artillerie redoublât la violence de son tir. Pour se faire une idée exacte de la situation du train 83, il faudrait que le lecteur se figurât entendre cinquante coups de fusil et dix coups de canon à chaque mot qui passe sous ses yeux.

Les hurlements sauvages des Indiens, les cris d'angoisse des mourants, les acclamations de rage ou de triomphe des combattants, tout cela prenait les proportions d'une épilepsie universelle.

Go-Ahead était maintenant absolument grisé par la vitesse, par la poudre, par le bruit et par les émanations du sang dont la terre était imprégnée.

VI

Par un bonheur extraordinaire, la foule des combattants s'était déplacée, et la voie était à peu près libre sur un espace relativement considérable.

Nous avons le malheur de raconter, sans pouvoir les abréger suffisamment, des événements qui s'accomplissaient avec une rapidité vertigineuse. En effet, depuis le moment où Go-Ahead était entré dans l'axe de la bataille, vingt à vingt-cinq minutes ne s'étaient pas écoulées, et, chose assez curieuse, les péripéties du combat avaient continuellement poussé les deux armées vers la région où tendait le train 83.

Cependant les troupes du Sud faiblissaient. Les Cherekoes, malgré leur indomptable courage, avaient d'abord plié devant les soldats de Curtis, et, refoulés contre la falaise, ils avaient été massacrés en grand nombre.

Le « Taureau » n'avait pourtant pas renoncé à la victoire. Il rassembla ses guerriers, et, se mettant à leur tête, il s'élança pour faire une trouée dans les rangs pressés des fédéraux. C'était, il faut l'avouer, admirable à voir. Entouré des plus braves parmi ceux de sa tribu, ce géant, tout chamarré d'or et couvert de sang, commandait à un bataillon sacré inaccessible à la crainte et à la douleur.

Ils tombaient par douzaines autour de lui, ces farouches Indiens, ils tombaient le sourire aux lèvres et le dédain de la mort dans les yeux. Le groupe impavide s'affaiblissait à chaque pas, mais il continuait sa trouée lentement. Le nombre seul pouvait en avoir raison.

Aussi Curtis, sentant que là était le nœud de l'affaire, envoya-t-il bataillon sur bataillon pour les achever.

Le « Taureau puissant » (*Fanandar Clown*) abattait tout autour de lui. Son épée s'était brisée depuis longtemps ; mais l'ayant saisie par un tronçon de lame, il frappait avec le pommeau, tandis que de l'autre main il brandissait son tomahawk qui ne retombait pas une seule fois sans abattre un ennemi.

A ses côtés, deux de ses fils, presque aussi beaux que lui, se battaient comme des lions.

Enfin il fallut céder au nombre ; de tous ces guerriers, dont le plus humble avait cent traits d'audace ou de témérité dans son passé, de tous ces guerriers, il n'en restait plus que sept autour de leur chef, lorsque celui-ci reçut en plein front une balle qui l'ébranla sans l'abattre.

Aveuglé, la face ensanglantée, le « Taureau » poussa son cri de guerre et s'élança sur son ennemi. Mais un autre coup de feu lui fracassa la poitrine et l'envoya rouler sur les cadavres de ses derniers soldats. Il était mort, tué par un lieutenant-colonel de cavalerie, qui, du reste, tomba de son côté, criblé de blessures.

C'en était fait, le Sud était à demi vaincu.

Ben Mac Culloch, en apprenant le sort de ses alliés Cherekoes, rallia toute son infanterie, et, la lançant sur les fédéraux, tenta l'effort décisif de la journée. Toute cette troupe, en descendant des hauteurs de Pea-Ridge, passa comme une avalanche à quelques centaines de mètres en avant du train 83.

VII

En une minute, Go-Ahead arriva sur la masse noire des soldats de Mac Culloch et recommença le carnage. Mais les bataillons étaient trop épais, et désormais la locomotive éprouvait une résistance lente et continue au milieu des cadavres et des débris de toute sorte qui encombraient le champ de bataille. Elle sursautait à chaque instant, la lourde machine, et rien ne semblait pouvoir la soustraire à un déraillement.

D'ailleurs, le mécanicien, les amoureux, le wagon de poudre et son propriétaire ne s'étaient pas encore trouvés, depuis le matin, dans une position aussi critique.

A gauche, les canons des fédéraux qui s'étaient rapprochés faisaient rage. A droite, les tirailleurs séparatistes entretenaient un feu plongeant sur leurs ennemis déjà vainqueurs. Il ne restait plus d'espoir, et c'était un miracle qu'un boulet ne fût pas venu encore faire sauter le chargement de Georges Graveson et réduire en poussière le convoi tout entier.

Cependant on pouvait se demander si, par une de ces faveurs de la Providence uniquement réservées aux fous, ces malheureux ne sortiraient pas saufs de cette bagarre. Après les dangers qu'ils avaient courus, tout était possible, même le salut. D'ailleurs, la bataille touchait à sa fin, et l'on n'était plus qu'à quelques lieues de Bentonville.

Mais tout à coup la plus épouvantable décharge d'artillerie retentit. Des cris aigus se firent entendre dans le wagon des voyageurs; sur la locomotive, un gémissement suivi de blasphèmes répondit à tout ce vacarme.

D'un côté, la canonnade venait d'enlever la toiture du compartiment où se trouvaient réunis tous les malheureux passagers de ce convoi infernal; de l'autre, un boulet avait passé en sifflant devant les yeux du mécanicien, pour lequel la nuit se fit subitement.

« En avant! en avant! cria une dernière fois l'indomptable John; mais ce n'était plus que de la forfanterie. Go-Ahead attendit en vain que ses yeux pussent distinguer quelque chose. Au bout d'un instant, il se sentit incapable de conduire sa machine.

Il ne se résigna pourtant pas. Familiarisé avec sa locomotive, il voulut continuer à la servir à tâtons. Mais le temps qu'il était obligé de perdre pour trouver ce qu'il cherchait retarda la vitesse, et il dut se contenter de laisser le monstre essoufflé continuer seul, dans sa force aveugle, la route commencée.

En quelques instants le train se trouva porté au centre même des dernières fureurs de ce combat. Dix minutes après l'accident qui avait privé la machine des services du trop impétueux Go-Ahead, le train n'avançait plus que lentement, lentement, au milieu des mille obstacles dont la voie était jonchée.

Autour de lui la bataille avait pris une intensité furibonde. Les deux armées, comme affolées, ne pensaient même peut-être plus à vaincre. De chaque côté, une seule rage : celle de tuer et de tuer encore. C'était hideux.

Et le train marchait toujours, par saccades, par soubresauts, il est vrai, mais enfin il avançait.

Les voyageurs, en entendant craquer leur wagon sous l'effort du boulet qni venait d'en emporter la toiture, n'avaient pas même eu l'idée de se sauver dans une autre voiture. La mort était certaine ; autant l'attendre là qu'ailleurs.

Quant à M. En-Avant, revenu de l'étonnement et de la douleur que lui causait la perte de ses yeux, il s'était assis tranquillement sur un sac de charbon et attendait flegmatiquement qu'une des balles qui sifflaient autour de lui vînt mettre fin à l'aventure.

Cependant la locomotive roulait de plus en plus péniblement. Le charbon s'éteignait à la longue dans le foyer, et la vapeur faisait plus lentement son devoir.

Un obstacle plus puissant que les autres se dressa devant le train : c'était un amas de chevaux morts. Le chasse-pierre traîna quelque temps devant la lourde machine cette épave de la bataille, puis le train s'arrêta ou à peu près.

La locomotive, en effet, râlait encore. De temps à autre, ce corps sans âme semblait vouloir revivre : la cheminée reprenait sa fantastique respiration, toussait trois ou quatre fois ; le convoi essayait de ressaisir son élan ; mais après deux ou trois tours de roue, la file des wagons demeurait immobile au milieu de la fumée et des dernières convulsions de la lutte.

Ils se trouvaient en ce moment au pied d'une roche perpendiculaire, du sommet de laquelle les derniers canons du Sud ripostaient encore aux formidables volées de l'artillerie fédérale.

Cette fois, le danger était absolu. Pris entre deux feux, il fallait que tout cela vînt à être écharpé, troué, détruit de fond en comble. Les voyageurs se demandaient pourquoi ils étaient vivants. Georges Graveson, qui en avait pris son parti, se promenait de long en large sans plus songer à ses fournitures.

Pour comble d'horreur, un régiment du Nord, s'étant rapproché de la falaise, commença à tirer sur les artilleurs séparatistes pendant que l'artillerie de Curtis faisait rage.

C'était le suprême effort. Un quart d'heure encore, et l'on saurait le nom du vainqueur.

Mais un danger nouveau vint s'ajouter à ceux qui menaçaient depuis si longtemps le malheureux convoi. Les boulets fédéraux, qui ne dépassaient pas la crête du rocher, entamaient lentement la pierre dure, et les quartiers de roche commencèrent à se détacher, puis à rouler avec fracas dans le précipice au fond duquel le train immobile semblait attendre la catastrophe définitive.

Et la fusillade redoublait autour des malheureux passagers.

« Ah! si j'avais mes yeux... et un fusil, disait par instants le pauvre Go-Ahead, je ne me laisserais pas tuer ainsi comme un bison. »

Georges Graveson en pensait tout autant; mais ce qui ne lui permettait pas d'être aussi affirmatif, c'est qu'il ne savait à quel parti au juste il se déciderait à prêter le concours de son bras.

Ses opinions le faisaient pencher vers le Nord, mais l'instinct commercial le rapprochait du Sud, et il se disait avec amertume : « Si Mac Culloch est battu, je perds ma livraison de poudre. » Dans sa perplexité, il fit comme le philosophe, il s'abstint.

Mais soudain le fracas des canons prit du côté des unionnistes les proportions d'un tonnerre perpétuel. La terre se remit à trembler sans cesse; la fumée de la poudre devint si épaisse que dans le wagon même on ne se voyait plus à trois pas. En parlant à l'oreille de son voisin on ne serait parvenu à se faire ni entendre, ni comprendre.

Cela devint si terrible que, la peur agissant sur ces malheureux dont les nerfs étaient surexcités depuis si longtemps, ils se mirent à pousser de véritables hurlements de terreur et de colère.

Un seul était calme : toujours Georges Graveson. De temps à autre il avançait la tête par le vasistas du compartiment, au risque de se faire trouer le crâne, et il essayait de distinguer à travers une éclaircie de fumée la situation respective des deux armées.

Il s'habituait même à cette idée que le Nord allait être vainqueur, et dût-il ne pouvoir vendre son dangereux chargement, il se croyait assez payé en recouvrant l'espoir de ne pas sauter.

Il n'y a au monde que les négociants yankees pour avoir l'espérance aussi tenace.

« Ce serait bien drôle de revoir New-York, » pensa-t-il en souriant.

Il n'eut pas le temps de s'appesantir sur cette idée consolante. Une décharge d'artillerie plus stridente que les autres vint dominer le bruit de la bataille, et l'on entendit contre les rochers un bruit semblable à celui que produiraient un million de coups de marteau sur une immense plaque de fer; puis un déchirement affreux précéda une seconde de silence, et la cloison du wagon où étaient les voyageurs, frappée verticalement par une roche énorme, disparut comme un fétu. Avec la cloison, trois ou quatre malheureux furent broyés. Les roues et les ressorts même de la voiture se brisèrent.

Le résultat de ce nouveau malheur fut que Georges Graveson, James et leurs compagnons de supplice étaient désormais exposés sans défense aux balles qui pleuvaient comme grêle de tous côtés.

Le marchand de poudre n'attendit pas longtemps. Il ressentit comme un coup de casse-tête dans l'avant-bras gauche, et constata qu'un projectile venait de lui briser le poignet.

Au cri involontaire que lui arracha la douleur, tous les voyageurs se retournèrent et comprirent. Quelques-uns laissèrent échapper un sourire de joie cruelle. Mais l'Américain se remit bientôt, banda sa blessure et continua sa promenade d'un pas uniforme.

Une sourde agitation nerveuse s'emparait pourtant de lui, et une idée incessante, aiguë, lancinante, envahissant son cerveau se mit à l'obséder :

« Comment se faisait-il que le wagon de poudre n'eût pas encore sauté et broyé tout? »

Cependant, on eût pu entendre, de temps à autre, un cri, un sanglot, un gémissement qui s'échappait de ce wagon maudit. Une balle, par-ci par-là, faisait sa besogne mortelle.

VIII

Les confédérés étaient définitivement vaincus.

Ben Mac Culloch, après des efforts désespérés, après des prodiges de vaillance, venait d'être tué à son tour, et les débris de son armée s'enfuyaient précipitamment, sans même esquisser un semblant de retraite.

Les généraux du Nord ne se donnèrent pas la peine de lancer de la cavalerie à leur poursuite. Ils se contentèrent de faire parvenir aux canonniers l'ordre de tirer sur les fuyards jusqu'à ce qu'ils fussent hors de portée.

Par un bonheur providentiel, par une de ces chances qui ne sont réservées qu'aux insensés, le train 83 était encore debout; il allait se trouver dégagé peut-être. Et qui sait s'il n'arriverait pas à Bentonville dans la journée même ? Georges Graveson se sentait déjà ranimé par l'espérance. Go-Ahead, n'entendant plus que de rares coups de fusil et de minute en minute un coup de canon isolé, se relevait déjà et se disposait à appeler à son aide un de ceux qui lui avaient confié leur vie le matin, confiance qu'il avait d'ailleurs si étrangement justifiée, lorsque tout à coup la plus horrible des explosions vint terminer ce drame lugubre.

Ce fut d'abord un déchirement. Puis une colonne éblouissante s'éleva droit dans les airs, et les oreilles furent frappées d'un bruit immense, inconnu : le paroxysme de l'étourdissement.

Et alors la flamme s'irradia de tous côtés, à droite, à gauche, ici, là et vers le ciel, comme l'exaspération d'un cratère.

Un cri de suprême désespoir retentit dans ce wagon où tant de malheureux croyaient déjà à la probabilité du salut.

Une voix de femme surtout domina cet ébranlement.

Puis ce fut un silence de mort. Le train venait d'être anéanti.

Ce qui s'était passé, on le devine aisément. Un des derniers coups de canon tirés par l'artillerie fédérale avait terminé la catastrophe. Un boulet encore brûlant pénétra dans le wagon du trafiquant new-yorkais, mit le feu aux poudres, et tout avait sauté.

Ainsi, pendant toute une bataille, cinq mille boulets peut-être venaient de respecter ce terrible chargement, et la dernière gargousse accomplissait l'œuvre de mort.

Du train on ne retrouva rien ou presque rien.

Les wagons avaient été littéralement émiettés, et les quelques fragments qui n'étaient pas de la poussière furent retrouvés à des distances improbables.

A l'endroit même ou le chargement de poudre avait éclaté, la terre, encore fumante, offrait à l'œil un trou noir de plusieurs mètres de profondeur. L'une des roues d'une voiture avait été, nous ne savons par quel phénomène, lancée

« En avant ! » s'écrie-t-il de sa voix la plus joyeuse.

vers l'avant du train et avait coupé en deux la cheminée de la locomotive avec la précision d'un emporte-pièce.

Cette décharge imprévue tua plus de trois cents hommes à l'armée victorieuse, qui ne sut, du reste, à quelle cause attribuer ce bizarre et cruel accident. Les fédéraux finirent pourtant par croire qu'en prenant la fuite leurs ennemis avaient laissé là une machine infernale, et ne s'occupèrent que de recueillir les blessés.

IX

Et cependant, quelqu'un échappa à ce désastre.

Au moment où les soldats achevaient de visiter le théâtre de cet événement unique dans les annales de la guerre et des chemins de fer, un homme se dressa tout à coup au milieu d'un monceau de morts.

Cet homme, le fait est tellement incroyable que j'ose à peine le raconter, cet homme était M. En-Avant, l'intrépide et imperturbable Go-Ahead. Par je ne sais quelle fortune réservée aux aliénés, il avait été lancé en l'air, et il était tombé sur une véritable montagne d'Indiens tués en masse au plus fort du combat.

Les morts avaient sauvé cet insensé. Sa chute, amortie par l'élasticité des cadavres, n'avait produit chez Go-Ahead qu'un court évanouissement. Il marchait, il parlait, il riait et...

« En avant! » s'écria-t-il de sa voix la plus joyeuse.

Le lendemain, il arrivait à Bentonville. Mais il était aveugle, irrémédiablement aveugle, et il dut se contenter de dicter le récit de la bataille et de son exploit au directeur du *Little Times*.

Comme il achevait sa narration, un homme entra dans le bureau du journal et poussa un juron d'étonnement. C'était Graveson, le marchand de poudre, un bras en écharpe, mais, du reste, intact, frais et dispos.

Par quel miracle avait-il échappé, lui aussi, à l'horrible catastrophe? Personne ne l'a jamais su, ni lui non plus.

UNE

ORGIE DANS LES TÉNÈBRES

A M. Paul Dalloz.

I

Trois heures du matin. Nuit effroyablement obscure. A l'horizon, rien...
rien que la lumière intermittente d'un petit phare. Silencieuse, la rivière de
Stocktone coule vers la baie de San-Francisco. On entend, par intervalles, les
hurlements plaintifs d'une bande de coyottes affamés qui cherchent une proie.
C'est la solitude morne.

Tout à coup, du côté de l'Orient, deux colonnes de feu semblent s'avancer
avec une certaine hâte. Tantôt l'une dépasse l'autre, tantôt elles se croisent;
quelquefois elles se confondent en une seule; de temps à autre elles marchent
de front. Puis c'est un murmure indistinct qui traverse l'espace. Les coyottes
s'éloignent lentement dans la profondeur des bois.

Deux ou trois fois déjà, l'une des colonnes a couronné son faîte d'une
gerbe de flamme et de fumée, comme si elle crachait un feu d'artifice.

Quelle est cette étrange apparition? Malgré soi, on songe au peuple de Dieu
égaré dans le désert. Quels sont donc ces brasiers qui glissent et rasent l'eau
comme des albatros? Sont-ce des brûlots? des machines infernales? Est-ce
un rêve?

Non. Les deux colonnes d'un rouge violet se rapprochent plus distinctes et plus singulières. Autour de ces monstres inconnus se meuvent des êtres en délire vaguement éclairés par cette sauvage et sanglante lueur, qui jure avec les ténèbres profondes de cette nuit sans étoiles.

Il faudrait être singulièrement trempé pour ne pas éprouver un sentiment de terreur à l'aspect de ces mystérieux voyageurs nocturnes.

Le murmure est devenu un bruit continu, facilement perceptible; encore un pas, et ce sera du vacarme, de la folie, de la trépidation. Effroyable en vérité! Les deux cylindres de tôle rougis à blanc qui vont passer devant vos yeux sont les cheminées des deux steamboats qui font assaut de vitesse. Les démons qui s'agitent, se tordent, se menacent et hurlent au pied de ces deux fournaises sont des Américains revenant des mines de Mukalumé.

« Hurrah! le *Sacramento* !

— Hurrah! le *Pacific* ! »

Ces deux clameurs sont à peu près tout ce qu'on distingue au milieu du tumulte. Il est facile de voir qu'à bord des deux steamers', tout ce qui peut marcher ou crier vient d'atteindre les dernières limites de l'ivresse. Avant cinq minutes peut-être, tout cela aura sauté à cinquante pieds en l'air! Avant un quart d'heure, qui sait si le fleuve ne roulera pas trois ou quatre cents cadavres vers la mer?

En quelques instants, cette vision vous laisse épouvanté sur la rive, et disparaît dans la brume à l'ouest. Votre esprit en garde une impression singulière, et c'est peut-être ainsi que sont nées les légendes de dragons ailés ou de monstres vomissant des flammes.

Mais prenons la chose à son point de départ. Elle vaut la peine d'être contée en détail.

II

San-Francisco était une étrange ville en 1851.

Une soixantaine de mille hommes, attirés par la fièvre de l'or, y formaient une République, où la force musculaire servait souvent de loi et de raison.

Ainsi que Rome à sa fondation, — et la comparaison est exacte sous un grand nombre de rapports, — la nouvelle cité californienne était faite de boue et de bois. Comme la ville de Romulus, en outre, San-Francisco manquait de femmes. Pour cette fourmilière d'hommes, on comptait à peine deux cents spécimens du sexe faible. Mais ici les Sabines se sont présentées d'elles-mêmes, et l'équilibre est depuis longtemps rétabli.

J'y avais à cette époque un camarade, qui venait de laisser en France ses illusions et son patrimoine. Soit curiosité, soit hasard, il s'était embarqué pour la Californie, qui était alors dans toute la virginité de sa réputation aurifère.

Intelligent, actif, audacieux, point hésitant dans le choix d'un métier, il s'était mis à la besogne en arrivant. Et moins de trois mois après Georges Larrhey possédait à peu près quatre-vingt mille francs. Il comptait, à ce train-là, reconquérir promptement une brillante fortune, et par conséquent la moitié au moins de ses illusions. Malheureusement, il fut réveillé un beau matin par les cris :

« *Fire! fire!* »

Une foule atterrée descendait en courant la rue Montgommery et se portait au secours des incendiés.

Georges saute en bas de son lit, veut se frotter les yeux, lorsqu'il sent le parquet lui brûler la plante des pieds. Il se chausse à la hâte, et, faisant un paquet de ses vêtements, s'élance à moitié nu dans la rue par la fenêtre. Il était temps : cinq minutes après sa maison et sa petite fortune n'existaient plus.

En tombant sur le pavé de bois dont on se servait alors à San-Francisco, Georges fut ébloui par le spectacle qu'il avait devant les yeux : la ville tout entière brûlait.

Ce ne fut pas sans un mouvement de colère que Larrhey envisagea sa ruine. Il resta pendant plus d'une demi-heure dans un abattement voisin du désespoir, dans une sorte de stupeur, dont il fut tiré par une tape familière qu'il reçut sur l'épaule, et par l'apostrophe suivante :

« Vous reste-t-il quelque monnaie? »

A cette question, Georges se fouilla. Par bonheur, la poche de son gilet contenait cinq ou six pièces de dix piastres.

« J'en ai autant, lui dit son interlocuteur; c'est plus qu'il n'en faut pour gagner de quoi vivre six semaines, et en six semaines on a le temps de se retourner. Venez avec moi. »

Celui qui avait ainsi parlé était un tout petit jeune homme maigre, hâve, âgé de trente ans environ et n'en marquant pas plus de vingt, connu dans toute la colonie française de San-Francisco pour l'acharnement avec lequel la mauvaise fortune l'avait poursuivi depuis douze ans.

François Paulaire était chétif, imberbe, nerveux, impressionnable et timide. Son premier mouvement était une lâcheté à toute épreuve. Il avait peur de tout : de l'eau, du feu, d'un fusil, d'un couteau, de la solitude, des foules, des hommes, de Dieu, de la loi, des voleurs et des magistrats.

Par tempérament, il aurait vécu heureux dans une bourgade française à la façon des mollusques. Les voyages, la fatigue, le danger, il les abhorrait; et, par un concours de circonstances qu'un malin génie semblait accumuler sous ses pas, il n'avait cessé d'être ballotté d'un bout du monde à l'autre, sortant d'un péril pour tomber dans une catastrophe, et n'ayant jamais eu son libre arbitre depuis le premier naufrage qu'il avait essuyé à l'âge de dix-huit ans dans les mers de l'Inde.

Recueilli par un navire hollandais, on l'avait porté à Batavia. Depuis ce moment, la fatalité ou le besoin de gagner sa vie l'avait conduit dans toutes les îles et sur tous les continents du globe. Chaque jour, pendant douze ans, il n'avait eu qu'un désir : partir le lendemain pour la France, et pendant douze ans la mauvaise chance lui avait enlevé sans cesse les moyens d'exécuter son projet.

Heureusement sa nature nerveuse avait des réactions puissantes. A l'aspect d'un danger, il commençait par trembler ou prendre la fuite. Mais si le péril devenait sérieux, terrible, François reprenait comme par enchantement toute sa présence d'esprit. Il luttait avec une énergie immense, jusqu'à ce que la surexcitation nerveuse à laquelle il cédait devînt une sorte de folie.

Quand Georges Larrhey aperçut devant lui la perpétuelle et pâle victime du destin, il eut comme un sourire et sentit naître en lui la honte de son désespoir. François Paulaire, en effet, devait être ruiné, lui aussi, pour la vingt-cinquième fois.

Celui-ci, sans donner à son compatriote le temps de réfléchir, le prit par

la main et l'entraîna en courant vers le port. Un navire avait débarqué la
veille quelques petites pièces de spiritueux. Ils achetèrent deux barils de rhum
et d'eau-de-vie, les chargèrent sur une charrette à bras et se dirigèrent, l'un
poussant, l'autre traînant, vers le quartier de la ville où l'incendie faisait rage.
Là, tout le monde travaillait; mais Paulaire avait trop l'habitude des catas-
trophes pour ne pas savoir que tout le monde aussi avait soif.

Les deux Français installèrent donc une buvette en plein air, vendirent
aux uns, donnèrent aux autres. Pendant deux jours, ils ne cessèrent de débi-
ter leur eau-de-vie.

L'incendie faisait le tour de la ville; la buvette ambulante suivait l'incendie.

Le troisième soir ils avaient gagné cinq mille francs; mais, exténués, ils
durent songer à prendre un peu de repos. Les nerfs de François Paulaire,
détendus, l'avaient rendu à ses terreurs et à ses fatigues; quant à Georges, il
dormait debout.

Alors il se passa un fait à peine croyable. Les deux amis laissèrent fonc-
tionner leur établissement tout seul. Dans une assiette, ils placèrent une centaine de francs en menue monnaie, pour le cas où quelque consommateur
voudrait changer une pièce d'or. Puis ils allèrent se coucher.

Le lendemain matin, la charrette, les deux barriques vides et l'assiette
étaient à leur place. Seulement, il y avait deux cents piastres environ dans le
plat. Personne n'avait bu une goutte de rhum sans la payer, malgré l'absence
des débitants.

C'est là un des faits les plus caractéristiques de cette époque en Californie,
où l'on pouvait recevoir une balle sous le plus léger prétexte, où un acteur
fut tué en scène par un spectateur mécontent de son jeu, où les charpentiers
mettaient le feu à la ville pour se procurer du travail de reconstruction, mais
où l'on n'était jamais volé, grâce à la rapidité de procédure de la fameuse *loi
de Lynch*.

Les deux amis possédaient donc trois mille francs chacun. De San-Francisco il ne restait çà et là que quelques maisons respectées par le feu, on ne
sait pourquoi. A moins d'être charpentier, il n'y avait rien à faire dans la ville
pendant deux ou trois mois. Georges et François achetèrent de bonnes couvertures de laine, des haches, des houes, des armes, et partirent pour les
mines de Mokalumé, dont les Français ont fait les *mines de Mont-Calamé.*

Ces gisements aurifères, découverts par deux de nos compatriotes, les frères Fourcade, et qui portèrent longtemps leur nom, étaient les plus riches du district. Comme si la fortune eût voulu dédommager Georges et François, au premier coup de pioche ils mirent à nu un bloc de quartz bourré d'or.

Exploitation d'un placer en Californie.

Leur recette quotidienne s'éleva à de véritables sommes, et quatre mois après ils étaient en route pour Stocktone, emportant chacun huit mille piastres environ, qui constituaient le produit du *cleam* exploité et épuisé par eux.

Larrhey quittait la mine pour revenir à San-Francisco, dans le but d'y séjourner quelques semaines, d'y tenter quelques spéculations commerciales, et de partir ensuite pour le Chili, où il comptait se fixer.

12

Je n'ai pas besoin d'ajouter que Paulaire, satisfait du magot de quarante mille francs que contenait sa ceinture de cuir, disait à tout venant : « Je pars demain pour la France. »

Deux vapeurs chauffaient en même temps sur le quai de Stocktone, tous les deux à destination de San-Francisco. Georges allait s'embarquer sur l'un d'eux, *le Pacific*, lorsque Paulaire le retint.

« Je connais ce bateau. C'est un bon marcheur, mais déjà vieux. Prenons l'autre, *le Sacramento*; c'est un steamer tout neuf, d'une construction admirable et d'une solidité à toute épreuve.

— Vous serez donc toujours un poltron?

— Toujours! » répondit François sans s'étonner, mais en poussant son camarade vers l'autre navire.

On partit à cinq heures du soir, par un temps gris et légèrement brumeux. Nos deux compatriotes s'étaient étendus sur le pont, roulés dans leurs couvertures, et n'avaient pas tardé à s'endormir.

La première partie du voyage s'effectua du reste sans émotion, sans encombre.

On apercevait bien le *Pacific* à deux ou trois cents mètres derrière le *Sacramento*, mais on ne pouvait lui soupçonner aucune intention belliqueuse. Ils descendirent paisiblement l'un et l'autre cette rivière de Stocktone, si profonde et si étroite, que non seulement deux bâtiments n'auraient pu y entreprendre une lutte de vitesse, mais encore qu'à certains coudes du fleuve on est quelquefois obligé de faire descendre les voyageurs pour alléger le navire et lui permettre de virer de bord plus facilement.

Bref, on atteignit Venizia, l'ancienne capitale de l'État, où les deux vapeurs devaient faire escale.

Une demi-heure avant d'arriver au port de cette ville, Georges Larrhey et François Paulaire avaient été réveillés en sursaut par des cris, des jurons, des menaces et des piétinements. Ils levèrent machinalement les yeux, et François devint livide en apercevant un homme qu'on faisait passer par-dessus le bord. C'était un Mexicain qui avait oublié les règles de l'honnêteté: on venait de le surprendre volant au jeu. On le jetait à l'eau. Il savait nager.

Cette exécution avait ôté aux deux amis toute envie de dormir: Ils se mirent donc sur leurs pieds et purent constater une certaine animation à bord du *Sacramento*. La plupart des passagers, qui étaient Américains, presque tous chargés d'or recueilli dans les placers, s'étaient mis à jouer au *monté* ou au lansquenet, en arrosant leurs émotions de perte ou de gain avec de fréquentes lampées de genièvre, de wisky et... de champagne, qui coûtait cinquante francs la bouteille.

L'alcool aidant, les *bancos* devinrent fort animés; les couteaux et les revolvers faisaient partie des enjeux. Les injures commençaient à voltiger entre deux tailles. Tout le monde n'était pas ivre encore, mais il était facile de prédire la minute où tout le monde le serait.

François regardait les joueurs et les buveurs avec un effroi indicible.

« Si j'osais me porter malheur, murmura-t-il, je parierais que je ne serai pas parti demain pour la France. Il y aura un empêchement. Quoi? Je n'en sais rien, mais il y aura quelque chose. Ce bateau porte avec lui quelque funeste évènement.

— Trembleur! » lui répondit Georges.

III

A partir de Venizia, la rizière de Stocktone s'élargit tout à coup jusqu'à devenir un bras de mer quelques heures avant de se jeter dans la baie de San-Francisco.

En Californie, les vapeurs qui naviguent sur les fleuves ne font aucune consommation de houille. Ils chauffent avec du bois, dont les dépôts sont faits de distance en distance sur les rives. Ea conséquence, et pour ne point encombrer le pont des navires, on prend juste assez de combustible pour parachever un voyage.

Si l'on vient à manquer de bois, on s'arrête pour en couper, car, après tout, les forêts sont nombreuses sur les bords des rivières, et les arbres résineux abondent dans les forêts.

Le *Sacramento* avait quitté Venizia depuis à peu près un quart d'heure, lorsqu'on s'aperçut à son bord que le *Pacific*, qui avait perdu pendant son escale dix ou douze minutes, cherchait à regagner sa distance. Bientôt il ne fut plus qu'à deux encâblures de son concurrent, et il paraissait clair que son but était de dépasser le *Sacramento.*

Un joueur décavé, demandant aux fraîcheurs de la nuit quelque consolation, fut le premier qui devina les intentions du steamer rival. Il se précipita dans la chambre où celui qui taillait tenait un coup de soixante mille piastres et annonça la grande nouvelle.

Ah! ce fut un épouvantable brouhaha, un tohu-bohu inexprimable. Comme des ouragans, les joueurs se précipitèrent sur le pont par toutes les issues, abandonnant le banquier et ses cartes.

Quel intérêt, en effet, pouvait avoir maintenant le lansquenet ou le *monté?* Il allait se jouer un jeu autrement terrible, autrement émouvant que celui qui consiste à retourner des cartes.

C'était un navire et la vie de trois cents personnes pour enjeu, sans compter les paris particuliers qu'on engagerait infailliblement d'un steamboat à l'autre. C'était le fond du fleuve pour le vaincu, peut-être aussi pour le vainqueur. Il faut en convenir, la partie était belle et devait tenter ces gens, dont l'ivresse avait des degrés, mais qui étaient tous absolument ivres.

Deux ou trois joueurs armés de bouteilles de rhum se précipitèrent vers le panneau du mécanicien. Ils lui offrirent à boire, en affirmant qu'il était impossible, tout à fait impossible que le *Sacramento* se laissât dépasser par le *Pacific.*

A cette déclaration, Mathews, le mécanicien, commença par absorber un grand verre de rhum, en versa un autre à son chauffeur, attacha solidement la soupape de sûreté, se versa un second verre, abandonna le reste de la bouteille à son camarade et dit :

« *All right!* »

Et pendant ce temps, la foule des passagers le gourmandait, l'encourageait, lui promettait des piastres à foison et trépignait de colère et d'impatience. Sans se départir un instant de son flegme colossal, Mathews prit du bois, choisissant le plus résineux et le plus sec, en mit dans le foyer autant que celui-ci put en contenir, lâcha toute sa vapeur, coiffa le manomètre de son bonnet, afin que personne ne pût calculer la puissance des atmosphères, et jura de par tous les diables que le *Sacramento* arriverait le premier au *wharf* de San Francisco, vers quatre heures du matin.

Ce serment parut rassurer les énergumènes, qui invectivaient déjà le mécanicien, et toute l'attention se porta sur le *Pacific*, où, d'ailleurs, le capitaine venait de donner sa parole d'honneur, en prenant également tous les diables à témoin, que son navire serait amarré au quai à quatre heures moins un quart. Ce qui fit qu'on commença à s'injurier de part et d'autre.

En ce moment le beaupré du *Pacific*, qui filait largement ses quinze nœuds, le beaupré du *Pacific* était sur la même ligne que l'arrière du *Sacramento*. Sous la pression de la vapeur, ce dernier venait de prendre un élan nouveau et terriblement rapide.

Pas un passager n'était resté dans les chambres. Il n'y avait de couchés à bord que ceux qui étaient déjà ivres-morts; car si l'on avait abandonné les cartes, les bouteilles, elles, n'étaient pas restées dans la cambuse.

« Hurrah! hurrah! » hurlèrent trois cents voix sur chaque vapeur.

La lutte venait de s'engager définitivement.

« Ces gens-là sont fous! » murmura tranquillement Georges Larrhey.

Je n'ai pas besoin de dire que François Paulaire était vert de peur. Ses cheveux se hérissaient, ses dents claquaient les unes contre les autres. Du revers de la main il essuyait son front ruisselant de sueur. Tout son corps tremblait et fléchissait sous le poids de l'or qu'il portait dans sa ceinture. Il était affreux et comique à la fois.

« Misérables imbéciles! murmura-t-il en haletant, en bégayant; je suis sûr que nous allons sauter. Larrhey, n'ayez pas peur, mon ami, nous piquerons une tête au premier indice d'explosion. Vous savez nager; moi... moi aussi. C'est affreux de ne pas rester quarante-huit heures tranquille. Il faudra jeter notre or à la mer tout de même. Si je logeais une balle dans la tête du chauffeur?

— Taisez-vous, malheureux! Voulez-vous vous faire écharper?

— Oh! écharpé ou écartelé par l'explosion, cela m'est tout un. Larrhey, mon ami, n'ayez pas peur. Allons nous placer à l'arrière... tout à fait à l'arrière. Il doit faire bien froid, je tremble... Allons à l'arrière, c'est là que le danger est moins grand. »

Et saisissant son compagnon, qui ne manquait ni de courage ni de prudence, il chercha à l'entraîner du côté du gouvernail. Mais Larrhey avait là sous les yeux un spectacle nouveau, il était trop Parisien pour ne pas céder à une dangereuse curiosité. Il voulut rester près de la machine et voir ce qui s'y passait.

François, lui, n'y put tenir. Il se réfugia à l'arrière, frémissant au moindre craquement, mordant ses doigts pour ne pas claquer des dents.

Déjà les deux bâtiments, refoulant de leur proue les eaux du fleuve qui se redressaient écumeuses sous cette pression, déjà les deux bâtiments avaient acquis une rapidité inusitée.

Le *Sacramento* gardait son avance. C'était, du reste, un navire solide, carré et bien assis de l'arrière, effilé de l'avant, admirablement disposé, quoique un peu large, pour une course de cette sorte. Sa machine toute neuve avait une réputation. Toutes les chances étaient donc pour lui, surtout s'il parvenait à conserver sa distance jusqu'à la baie, où ses qualités de marcheur se développeraient bien mieux contre la lame que dans une rivière.

Le *Pacific* était un long bateau, très fin, très étroit, moins lourd que son adversaire, et réunissant toutes les conditions pour entamer une lutte avec lui. Seulement on savait qu'une fois à la mer, le *Pacific*, qui *roulait* extraordinairement, ne pourrait plus continuer la partie, à moins qu'il n'y eût pas le moindre vent, ce qui, du reste, par cette nuit grise, était probable.

Mais, dira-t-on, puisque le *Sacramento* était supérieur en vitesse et en solidité au *Pacific*, c'était folie à ce dernier de tenter l'épreuve.

Je suis loin de soutenir le contraire. Cependant il faut penser que le capitaine du *Pacific* avait des raisons particulières d'engager le combat, et je prie le lecteur de se souvenir qu'en effet ce navire, en faisant escale à Venizia, avait perdu douze ou quinze minutes de plus que le *Sacramento*.

Or, cette perte de temps ne pouvait être attribuée à l'embarquement de nombreux voyageurs, car le bateau sur lequel naviguaient Georges et François, étant arrivé le premier, avait raflé les rares passagers qui partaient de Venizia pour San-Francisco.

La course était commencée depuis une demi-heure; l'avant du *Pacific* marchait à peu près à la hauteur des aubes du *Sacramento*.

Des deux côtés, l'animation était grande. Comme les navires filaient presque bord à bord, cherchant à se tenir le plus possible, l'un et l'autre, dans le chenal du courant, pour ne pas perdre une parcelle de vitesse, les voyageurs se regardaient avec des yeux chargés de colère. La menace

voltigeait de temps en temps d'un bord à l'autre. Les injures yankees s'é-
changeaient avec prodigalité, et sur les deux ponts on pariait avec une furie
inimaginable, sans négliger pourtant de vider les flacons d'eau-de-vie ou de
genièvre. Le champagne était désormais trop fade. L'ivresse allait devenir de
la folie horrible.

La rivière, quoiqu'elle se fût élargie, devait se resserrer cependant encore
une fois avant de prendre les proportions de largeur qu'elle atteint à une
douzaine de lieues de son embouchure. Il existe une sorte de détroit, petit
passage où les navires, entraînés par un courant de foudre, comme disent les
marins, naviguent entre deux rochers très élevés qui surplombent le fleuve. La
masse d'eau resserrée tout à coup dans cette espèce de goulot devient torrent.

Il importait extrêmement à l'un ou à l'autre des deux jouteurs d'arriver
le premier à cet étroit passage. Ce devait être évidemment une avance énorme
qu'il prendrait sur son concurrent.

Le *Pacific* manœuvrait avec une astuce incomparable pour garder le fil du
courant, et faisait force de vapeur pour dépasser son adversaire. Mille cris
d'encouragement et d'enthousiasme partaient de ce steamer.

On sentait en effet que celui des navires qui entrerait dans la passe avec
une avance de trois mètres seulement distancerait son rival, d'autant plus que
le second steamboat serait obligé de stopper une minute, afin de ne pas se
briser sur les roches; car il n'y avait pas assez de largeur pour que les deux
coureurs pussent passer de front.

Aussi fallait-il voir ces voyageurs, je puis dire ces démons, éclairés vaguement par la cheminée des vapeurs, qui rougissait sous l'action d'un feu
effroyable, s'agiter, courir, porter en titubant du bois aux mécaniciens, dont
l'unique occupation était de bourrer le foyer de combustible.

Et, à chaque charge de bois qui s'enfouissait dans la gueule enflammée du
monstre, le mécanicien, pour ne pas montrer sans doute moins de capacité
que sa machine, collait à ses lèvres, sous prétexte de rafraîchissement, le
goulot d'une bouteille de wisky.

Un instant le *Pacific,* faisant un effort, arriva proue à proue avec le *Sacramento.* On était à six cents mètres de la passe, six cents mètres, c'est-à-dire
six minutes de cette course folle! Le courant devenait plus rapide, on se rapprochait à chaque seconde des rochers; ni l'un ni l'autre ne voulait céder le

pas. Pour tout homme de sang-froid, ce n'était plus un navire perdu, c'étaient deux bâtiments brisés en même temps sur le granit; c'était en outre et fort probablement l'explosion des chaudières.

On avançait toujours; les deux rivaux naviguaient de front.

« En avant! en avant! » crièrent en même temps ceux du *Sacramento* et du *Pacific*.

François Paulaire eut un sursaut.

Puis tout rentra dans le silence. Le moment était si solennel, si terrible, que, malgré l'ivresse, ces insensés comprirent l'horreur de ce qui allait se passer. Mais tout à coup, de la cheminée du *Sacramento* jaillit une immense flamme, qui tripla sa hauteur et se courba sous la pression de la colonne d'air comme un panache infernal.

Cela dura trente secondes, et puis ce fut comme si le steamer eût bondi sous l'éperon d'un cavalier titanique; en trois ou quatre tours de roues il reprit l'avance, à la fureur indicible des passagers du *Pacific,* dont les revolvers brillèrent dans la nuit.

Cette flamme immense, cet élan nouveau, étaient dus à un tonneau de saindoux que le mécanicien du *Sacramento* avait eu l'idée de jeter dans le brasier. En une seconde, le tonneau, défoncé par la chaleur, avait laissé échapper cette graisse enflammée, qui venait de jaillir par la cheminée du bateau. C'était épouvantable. Comment la chaudière avait-elle résisté? Comment le navire n'était-il pas déjà dévoré par l'incendie? C'est ce que personne n'expliquera jamais.

Quelqu'un qui de la rive eût assisté à ce spectacle se serait cru la proie d'un cauchemar. Mais à bord on n'entendait que des cris de joie frénétiques, des clameurs de triomphe, des éclats de raillerie à l'adresse du *Pacific,* et quelqu'un ayant jeté une piastre au mécanicien, ce fut autour de cet homme et du chauffeur comme une pluie d'or. On leur envoyait de tous côtés des pièces de dix piastres, de vingt piastres, des pépites d'or, de petits lingots, et jusqu'à quelques-unes de ces énormes pièces mexicaines octogones qui valent deux cent cinquante francs. Au risque de les blesser, on leur lançait ces projectiles d'un nouveau genre, dont plusieurs allaient rouler dans le brasier et s'y fondre en un clin d'œil.

On arrivait sur la passe. Le timonier du *Sacramento,* qui avait absorbé

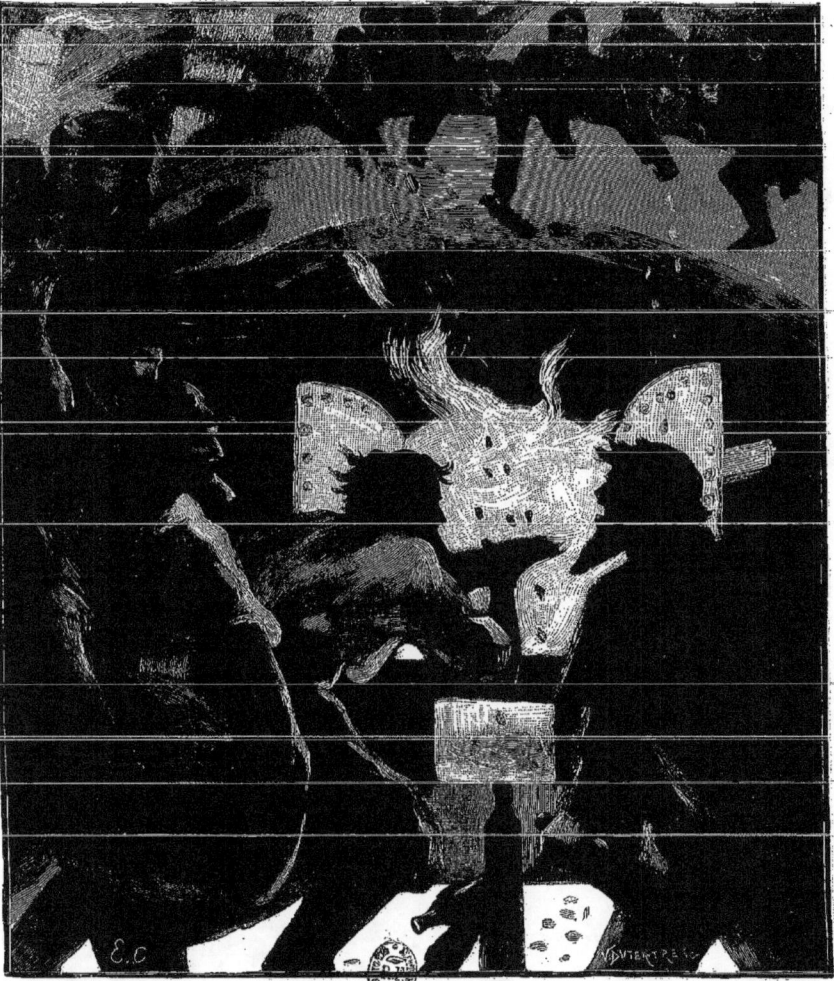

Cet élan nouveau était dû à un tonneau de saindoux que le mécanicien avait eu l'idée de jeter dans le brasier.

autant de wisky que le brave Mathews et que son chauffeur réunis, exécuta cependant une manœuvre fort habile. D'un léger coup de barre à bâbord, il dirigea l'avant du bâtiment droit sur les rochers, de façon que le beaupré rasât la muraille de granit. Ce mouvement, qui barrait le chemin au *Pacific,* et qui le forçait presque à se jeter à la côte à cause de la vitesse acquise et de la violence du courant, assurait au premier steamer une avance très considérable.

Mais le capitaine du *Pacific,* qui avait deviné l'intention de son adversaire, commanda de stopper immédiatement.

« Machine en arrière ! » s'écria-t-il d'une voix tonnante.

Il fut obéi comme si le navire lui-même l'eût entendu.

Ah ! ce sont des marins d'une habileté incroyable que ces gens-là ! Dans cette manœuvre, tout avait été calculé des deux parts : la vitesse, le courant, la longueur et la largeur des steamers. Ils eussent été à jeun que, Dieu me pardonne ! un malheur serait arrivé.

L'aube droite du *Sacramento* effleura le bossoir du *Pacific.* On entendit un craquement sinistre, puis la chute d'un corps lourd dans l'eau, et, au milieu d'un silence absolu qui s'était fait tout à coup, un éclat de rire sonore et satanique. En prévision de ce qui venait de se passer, le capitaine du second vapeur avait fait placer au bossoir de son steamboat une ancre fortement amarrée dont les pattes faisaient saillie en dehors, de façon à accrocher comme des grappins tout ce qui se présentait.

L'élan du *Sacramento* combiné avec le mouvement de recul du *Pacific* avait déterminé une sorte d'abordage entre le bec de l'ancre et le tambour de l'une des roues. Naturellement le tambour fut éventré, céda avec un craquement affreux et tomba dans la rivière, au grand effroi des passagers, qui se précipitèrent tous du même côté pour voir ce qui se passait.

Ce mouvement d'une foule se portant vers le même point fit pencher le steamer jusqu'à fleur d'eau. Une des roues battait dans le vide. Le danger était plus grand que jamais.

« Redressez le navire ! » s'écria une voix. Ce n'est rien.

En effet, le tambour seul, par un miracle, avait été enlevé. La roue fonctionnait admirablement tout de même. En conséquence, le *Sacramento* était vainqueur dans cette partie de la lutte. Ce que le mécanicien, le chauffeur et le timonier reçurent d'or à ce moment est à peine croyable.

Pour en donner une idée, il suffira de dire que, dans une circonstance analogue, un mécanicien arriva vainqueur au terme de son voyage avec une somme nette de deux cent mille francs. Mais, en revanche, combien de ces malheureux n'ont jamais achevé leur traversée !

A bord du *Pacific,* les passagers étaient fous de rage ; l'un d'eux mit le canon d'un pistolet sur le front du mécanicien, et l'appelant fils de chienne, ce qui est la suprême injure, il lui annonça que si le *Sacramento* arrivait le premier, il aurait l'honneur de lui brûler la cervelle. Le mécanicien sourit dédaigneusement, ne répondit pas, et laissa au capitaine le soin de prononcer le petit *speech* suivant :

« Messieurs, je tiens plus que personne à l'honneur de mon steamboat. Si vous tuez mon mécanicien, qui dirigera le service des machines? Qu'on ne le moleste en aucune façon, et je vous donne pour la seconde fois ma parole d'honneur que nous serons amarrés au *wharf* de San-Francisco deux heures au moins avant notre concurrent. Vous pouvez vous en reposer sur moi. »

La confiance absolue avec laquelle cet homme avait dit ces quelques mots en imposa aux plus furieux, c'est-à-dire aux plus ivres, et chacun recommença à crier et à boire, comme si les paroles du capitaine eussent été paroles d'Évangile.

IV

Occupons-nous cependant, ne fût-ce qu'un instant, de nos deux connaissances Georges Larrhey et François Paulaire. Le premier finissait par prendre peur. Pour l'autre, son épouvante n'avait fait que croître, jusqu'au moment où le craquement sinistre dont j'ai parlé se fit entendre.

Il tomba alors en syncope pendant quelques minutes. Réfugié à l'arrière du navire depuis le commencement de la scène, il avait ôté ses bottes et son paletot, persuadé que la chaudière éclaterait d'un moment à l'autre, et si cela n'arrivait pas, que le bateau serait incendié avant une heure.

Mais ce qui le désolait le plus dans tout cela, c'est que sa ceinture de cuir, soutenue par des bretelles, contenait quarante mille francs, bien durement

gagnés, et que, s'il fallait se jeter à la nage, il serait obligé d'abandonner au
fleuve son lourd trésor, pour pouvoir se sauver lui-même.

Une fois, sa terreur prit de telles proportions, qu'il conçut l'idée de sauter
par-dessus le bord et de se sauver ainsi. Mais une pensée l'arrêta : le *Pacific*

Le *Pacific* était depuis un moment en ligne avec le *Sacramento.*

qui s'avançait derrière avec une effroyable vitesse le broirait peut-être sous les
palettes de ses roues, et il renonça à son projet.

Alors un besoin horrible de blasphémer contre les brutes qui lui causaient
ces atroces émotions s'empara de lui. Il eût voulu les écraser sous ses injures.
Mais la peur d'une querelle, l'effroi que lui inspirait le couteau américain, la terreur d'un pistolet, le clouaient sur place et lui glaçaient la
langue.

Cependant il se sentait envahi par des mouvements nerveux qu'il ne s'expliquait pas.

On filait maintenant près de vingt nœuds à l'heure. La nuit était plus noire que jamais, et les deux cheminées de tôle avaient pris cette couleur d'un rouge blanc qui est le paroxysme du feu.

Cette lueur éclairait les deux navires d'un bout à l'autre.

L'avarie que le *Sacramento* avait éprouvée était insignifiante, et, d'ailleurs, cela regardait les assureurs.

Mais le *Pacific* se rapprochait.

Sur les deux ponts, l'orgie était arrivée à son apogée. La lutte allait donc devenir plus formidable que jamais. Les deux chaudières éclateraient peut-être ensemble pour le plaisir des yeux; ç'allait être un désastre incomparable, un carnage parfait, une catastrophe aussi américaine que possible.

Quand on a devant les yeux un pareil spectacle, on se demande si tous ces gens-là n'ont pas de famille ! C'est vraiment à le croire.

Malgré son courage et son sang-froid, Georges Larrhey avait senti son cœur battre un peu plus fort que de coutume.

Comme son compagnon, il avait ôté ses chaussures, il s'était débarrassé des plus lourds de ses vêtements et attendait.

L'orgie à ce moment venait de prendre des proportions bestiales. On avait fait porter sur le pont deux tonneaux d'alcool, et tout le monde y puisait à plein verre.

Les plus intrépides buveurs tenaient encore tête à l'ivresse, et continuaient à transporter le bois. Mais le plus grand nombre titubait en poussant d'une voix enrouée des hourras éteints. Quelques-uns même avaient fini par tomber sur le pont, complètement inanimés. Du pied, on les avait poussés le long des sabords, pour qu'ils ne gênassent pas le service, et les hurlements continuaient.

Autour du mécanicien, l'or voltigeait toujours.

Les cartes avaient reparu. Deux Kentuckiens, assis chacun sur des passagers ivres-morts, jouaient une partie sur le ventre d'un troisième placé entre eux. Mais ce qui était le plus affreux, c'était une vingtaine d'individus qui psalmodiaient tristement un chant bachique en essayant une danse épileptique, lente, sans entrain, qui faisait mal à voir.

Sur le *Pacific*, la joie la plus absolue régnait. On était maintenant sûr de la victoire, sans aucun doute, car des lambeaux de phrases empreintes de commisération parvenaient aux oreilles du timonier du *Sacramento*, qui souriait hébété.

Un phénomène étrange se passait dans l'esprit de Larrhey. A force de voir ces hommes hurler, courir, tournoyer, boire, parler et jouer, il sentit ses nerfs qui se tendaient. Ce fut pour lui comme un impérieux besoin de courir, de sauter, de se démener ainsi que les autres, ne fût-ce qu'une minute.

La folie de ces forcenés devenait contagieuse; cette fièvre finissait par le gagner lui-même. Il se roidit; ce fut en vain.

L'agitation de ces fous au milieu de ces ténèbres et sous la lueur que projetait la tête rougie de la cheminée, l'agitation de ces hommes épileptiques l'envahissait. Son cerveau s'emplissait de vapeurs, ses jambes se mouvaient presque d'elles-mêmes. La danse de Saint-Guy était déjà dans ses mains, dans les muscles de son visage. Il étouffa dans sa gorge quatre ou cinq cris, quatre ou cinq rugissements, pour mieux dire.

Il regarda François Paulaire. Celui-ci, les yeux ouverts, semblait suivre avec intérêt les progrès de l'orgie, et n'avait plus peur.

Cet état épouvanta Georges. Promptement, il emplit un verre d'eau-de-vie, en but une gorgée, s'imbiba le front, les tempes, la paume des mains avec le reste. Cela le calma.

Le *Pacific* était depuis un moment en ligne avec le *Sacramento*. Sur ce dernier, il ne restait peut-être plus trente passagers qui s'intéressassent à la lutte : on sentit bientôt que le succès de cette nuit allait se décider.

Le *Pacific*, en effet, fit un effort énorme et finit par prendre les devants, aux éclats de rire, aux cris de victoire de ses passagers. Sur le *Sacramento*, quarante poitrines trouvèrent un rugissement de colère, mais ce fut horrible à épouvanter les fauves.

« Par tous les tonnerres du pot-au-noir! beugla en français une voix glapissante, nous allons être rossés par cette gabare ! »

Georges Larrhey se retourna stupéfait. C'était son compagnon, c'était François Paulaire lui-même, qui, cédant à la surexcitation nerveuse dont Georges avait triomphé, venait de remettre ses bottes, et se jetait au milieu de la mêlée, en pleine orgie, sans savoir certainement ce qu'il faisait, sans se douter même qu'il était sous l'empire d'un accès de folie. Et l'on vit le poltron s'élancer vers la machine pour faire honte au mécanicien.

A ses reproches, dix ou quinze voix répondirent par des malédictions, des jurons de désespoir, au milieu desquels François Paulaire crut comprendre que la provision de bois était épuisée.

Il était trois heures du matin, les deux bâtiments filaient côte à côte, bord à bord, le *Pacific,* avait trois ou quatre mètres d'avance. Il n'y avait pas plus d'une demi-portée de revolver entre les deux concurrents; les injures, les provocations, les paris, les menaces, s'échangeaient de l'un à l'autre avec des vociférations.

La tôle des cheminées avait été tellement surmenée, que plusieurs plaques, légèrement oxydées, se détachèrent du tuyau et tombèrent sur le pont avec un bruit affreux, en s'enfonçant dans le plancher qui fumait. Comment ces plaques s'éteignirent-elles sans mettre le feu? Personne ne pourra le dire, personne, hors le Dieu qui protège les insensés.

Si François Paulaire eût entendu dire que l'on manquait de bois, dix minutes avant son accès de bravoure furieuse, il se serait précipité à genoux, les mains jointes, pour remercier Dieu de ce salut inespéré. Mais à présent, il était trop tard. Son état nerveux, les cris des passagers du *Pacific,* les horribles trépignements de l'orgie qui bouillonnait autour de lui, l'avaient grisé. Il était désormais sous l'empire d'une idée fixe : le triomphe du *Sacramento.* Et, chose inouïe ! on allait lui devoir de continuer la lutte et de la soutenir dignement, sinon jusqu'au bout, du moins le plus longtemps possible.

« Plus de bois! vociféra François Paulaire en s'armant d'une hache. Et follement il se jeta sur le rouffle du navire, qu'il dépeça, frappant à coups redoublés. C'était, il faut l'avouer, une idée ingénieuse, excellente, impayable, et elle fut trouvée telle, car on pensa à porter en triomphe le petit Français.

Mais on n'avait pas le temps. Chacun s'empara de l'outil qu'il avait sous la main et se mit à aider François. En moins de cinq minutes, l'emplacement du pont où avait été le rouffle se trouva uni comme un parquet, et tous les débris avaient servi à alimenter le feu. Mais que devaient faire ces quelques planches pour la vitesse du monstre? Il fallait encore du bois, et du bois à tout prix.

C'était un curieux spectacle que de voir Paulaire se démener avec sa hache au milieu de ces ivrognes, lui qui n'avait pas bu une goutte de champagne et qui paraissait plus ivre qu'eux.

Il s'attaqua aux plats-bords. Mais le capitaine, quoiqu'il eût de la peine à se tenir sur ses jambes, ne pouvait consentir à laisser brûler tout son navire pour alimenter sa chaudière ! C'était un cercle vicieux. Aussi trouva-t-il une idée que François proclama triomphante.

Il proposa, — il fallait avoir la fièvre chaude pour *oser* articuler un pareil projet, — il proposa de brûler de l'huile de pétrole. Pas une voix ne s'éleva contre cette idée meurtrière. Pas un des passagers ne soupçonna même que ce dernier moyen était la mort.

Aussitôt, on tira des soutes une quantité de récipients en fer-blanc contenant du pétrole, qu'on jeta dans le foyer par demi-douzaines.

Ce fut, certes, un spectacle grandiose. La flamme jaillissait continuellement de la grande cheminée et laissait, dans la nuit, une traînée de feu à la suite du *Sacramento*. Le *Pacific* pouvait être vainqueur maintenant. A coup sûr son rival, s'il succombait, s'il éclatait, comme cela était probable, devait s'ensevelir dans une gloire impérissable.

Mais le *Pacific* n'était pas encore victorieux. Le *Sacramento* prit une allure si rapide, qu'on put évaluer sa marche à plus de vingt-deux nœuds à l'heure, quelque chose comme huit lieues de poste, presque aussi vite qu'un train omnibus.

Aussi dépassa-t-il son adversaire en peu de temps. A bord de ce dernier, la stupeur et la colère étaient à leur comble. Le capitaine, qui avait compté sur le manque de bois de son rival, — et c'était là le secret de sa confiance, — fut abattu par l'audacieuse folie qu'il avait devant les yeux ; cependant il ne se découragea pas.

Son navire était ralenti dans sa marche par la rapidité même avec laquelle il fendait les eaux du fleuve ; toute la proue plongeait dans l'eau jusqu'à la lisse. Pour obvier à ces inconvénients, il fit ouvrir un panneau et porter à l'arrière les marchandises qui chargeaient le *Pacific* à l'avant.

Ses passagers travaillaient à cet arrimage avec une ardeur fébrile. En un quart d'heure, cette espèce de déménagement fut terminé. Le *Pacific*, la proue en l'air, la poupe enfoncée, reprit sa marche si rapidement qu'il rejoignit de nouveau le *Sacramento*.

Le flegmatique Mathews continuait son office sous une pluie d'or de plus en plus épaisse. Fançois lui jeta au moins deux cents piastres, dont une en plein front.

13

Cependant la chaudière ne faisait pas explosion. C'était inimaginable. La résistance et l'obstination dans la lutte finissaient par intéresser ceux du *Sacramento* vaincus par surprise.

Mais le moment arrriva où, malgré Paulaire, malgré Mathews, malgré tout, ce navire qui n'avait jusque-là presque jamais perdu l'avance dut ralentir sa marche. Le pétrole était épuisé. On avait cherché partout de quoi alimenter le foyer ; il n'y avait plus rien à brûler. Comme ces féroces lutteurs cherchaient encore dans tous les coins une planche, une vergue, quoi que ce fût à mettre au feu, un Irlandais découvrit sous une toile goudronnée, à deux pas de Georges Larrhey, un petit baril. C'était de la poudre. Sans s'en douter, et s'en fût-il douté, il n'aurait pas eu conscience de son action, il essaya de traîner sa trouvaille vers la machine. Georges, cette fois se sentit trembler des pieds à la tête. Il bondit, prit l'Irlandais par la nuque et voulut le terrasser. Mais celui-ci était puissant, il se dégagea et fit avancer le tonneau dans la direction de la chaudière. On entendit un coup de feu, l'Irlandais s'abattit sur le pont. Georges jeta à la mer le tonneau d'abord, l'Irlandais ensuite. Je vous l'ai dit, tout le monde était aliéné.

Cependant le timonier venait de tomber ivre-mort sur sa barre. Le mécanicien tenait encore, mais les feux s'éteignaient lentement. Avec la vapeur dont on pouvait disposer, on ne devait plus marcher qu'un quart d'heure. François Paulaire sauta au gouvernail et s'écria :

« Il ne sera pas dit qu'un Français aura mis pour rien la main à la pâte. Nous ne pouvons pas aller à San-Francisco tout seuls, le *Pacific* nous y portera. »

Et, par une manœuvre très adroite, François laissa porter le *Sacramento* tout doucement sur son adversaire, au moment où celui-ci allait le dépasser. Le tambour brisé s'accrocha encore à l'ancre qui l'avait déjà heurté, et l'on vit pendant dix minutes le *Sacramento* essoufflé, dont les palettes ne battaient plus que faiblement l'eau du fleuve, conserver sa distance, remorqué qu'il était, en réalité, par le *Pacific,* avec une demi-longueur d'avance.

Ce fut une terrible explosion de colère sur ce dernier navire. Paulaire essuya au moins dix coups de revolver ; mais il n'avait plus peur de rien. Vous eussiez dit d'un combat naval dont François devait être vainqueur. Les efforts réunis des passagers du *Pacific* dégagèrent pourtant la patte de l'ancre, et le navire put reprendre sa course. Mais François donna vivement de sa barre à

bâbord, le *Sacramento* s'appuya complètement et en travers du fleuve sur son
adversaire, que le courant gênait encore. C'était fort habile, mais cela ne pouvait pas durer. En effet, le *Pacific* laissa porter à son tour, imitant la manœuvre
de son rival, si bien que les deux navires virèrent de bord en se tenant abordés;
et, dès que le *Pacific* eut l'arrière tourné vers le bas du fleuve, il renversa sa
vapeur et partit, laissant le *Sacramento* presque éteint.

V

Triste retour des choses d'ici-bas! On était déjà dans la baie. Le *Sacramento* ne pouvant plus manœuvrer, n'ayant pas de voiles, pas de vapeur, plus
rien, se mit à danser sur les courtes lames comme un ponton. Le courant le
drossa vers un banc de vase, où il s'échoua honteusement. Personne à bord,
d'ailleurs, n'avait plus conscience de la défaite. Les trois cents passagers étaient
étendus pêle-mêle, Paulaire comme les autres, cuvant leur eau-de-vie.

Le *Sacramento* lui-même avait l'air d'avoir succombé à l'ivresse. Un seul
homme, Georges Larrhey, arpentait ce champ de bataille en faisant d'étranges
réflexions sur l'humanité.

Au bout d'une heure, un petit remorqueur, envoyé par le capitaine du
Pacific, — dernière ironie, — venait s'accoster au *Sacramento* et le ramenait
au *wharf* de San-Francisco.

Deux ou trois douches d'eau de mer, administrées par Georges, avaient
mis fin à la crise nerveuse de François. Quand il posa le pied sur le quai,
il était redevenu le timide que vous savez, et déclara que, sans plus tarder,
il allait s'embarquer pour la France.

Mais il y avait un inconvénient : Paulaire ne retrouvait plus ni sa ceinture
ni ses huit mille piastres. Ce fut lorsque tout le monde eut repris ses sens qu'un
passager déclara lui avoir vu jeter un paquet de cuir fort lourd dans le brasier,
au plus fort de l'orgie. Sa fortune était fondue.

Mais rassurez-vous. Georges Larrhey l'associa à ses opérations, et deux
mois après il prenait le steamer pour rentrer dans son pays. Reste à savoir s'il
y est jamais arrivé.

UN

DUEL A VAPEUR

A mon frère Stanislas.

I

Tout le monde connaît cette histoire ; mais personne n'en a jamais su ni la cause ni les détails. Lorsqu'un journaliste est à court de bruits à sensation, quand la marée aux nouvelles a manqué, loin de se passer sa plume au travers du corps, le publiciste cherche dans les vieilles collections, trouve le récit de mon duel, le fait précéder. du fameux : *On nous écrit de New-York,* l'insère avec calme et s'en va déjeuner consciencieusement.

Le lendemain, l'abonné lit le fait, sourit, et lui adresse un salut amical, comme à une vieille connaissance. Ainsi, tout le monde est content.

Il m'est venu à l'idée, — en présence de cet état de choses, — de raconter l'origine et le dénouement de la querelle. Et cela par pure philanthropie, car les journalistes, après m'avoir lu, — si tant est qu'ils lisent quelque chose, — auront l'inappréciable ressource d'ajouter une cinquantaine de lignes soigneusement condensées à la narration si fréquemment reproduite et tant soit peu vieillotte de mon duel. Quant aux abonnés, — qui lisent tout, — cela remplacera pour eux l'histoire d'un vol de chaussettes ou la cent vingt-septième édition d'un calembour moisi.

Une particularité entre mille, dont on n'a jamais fait mention, c'est que mon adversaire n'était autre que Tom Tompson, qui est bien le plus intrépide mécanicien d'Amérique, — ce que je puis proclamer sans jalousie, puisqu'il soutient ordinairement, à ceux qui le complimentent là-dessus, que son gendre est le premier mécanicien des deux mondes.

Et son gendre, mesdames, c'est moi, moi qui n'hésite pas à convenir que Tom Tompson s'y connaît, car je suis aussi dépourvu de fausse modestie que de réelle vanité.

Avant qu'il eût l'honneur de devenir mon beau-père, Tom Tompson était laid. Je ne veux pas dire que la vieillesse et le seul fait de m'avoir accordé sa fille l'aient rendu beau! Non; mais on sait, dans la trente-cinquième avenue et aux environs, que le père de ma femme a été le plus laid des Tompson, — et Dieu sait s'il y en a d'affreux! — Tandis que depuis mon entrée dans sa famille il est presque supportable.

La nature l'avait affligé d'un nez horrible. Outre que cette partie cartilagineuse de son facies avait pris, dès son enfance, des proportions incroyables, par une farce lugubre du hasard il était orné, juste à l'extrémité, d'une large, noirâtre, épaisse, poilue et grasse verrue, qui parfois avait des soubresauts et s'agitait comiquement, suivant les impressions que ressentait son propriétaire infortuné.

Ce qu'il y avait de terrible, c'est que personne au monde ne pouvait, même en se faisant une raison, regarder Tom Tompson sans lui rire au nez. Et jamais expression ne fut plus exacte, car c'était au seul aspect de cet appendice qu'un éclat de rire s'emparait de vous, sans que vous pussiez vous y soustraire.

Un fakir en eût pouffé au moins une grande heure sans plus s'inquiéter de son nombril, non plus que de Brahma, et j'ai toujours pensé que Démocrite, s'il eût connu Tom Tompson, aurait trouvé au moins une fois dans sa vie une occasion de crever de rire, au grand ébahissement de ses connaissances contemporaines.

Donc la première fois que je vis Tom Tompson, c'était à Albany, dans Hudson's-street, devant le numéro 9, je m'en souviendrai toute ma vie. Il s'avançait avec une certaine majesté, l'abdomen en avant et sa fille Ellen à son bras.

Je ne permettrai ni à l'ancien ni au nouveau monde d'oser penser que miss Ellen n'était pas la plus belle fille des deux Amériques, Antilles comprises. Aussi, lorsque je fus mis en présence du couple, mes regards se portèrent-ils exclusivement sur la jeune personne. Je ne soupçonnais pas de quelle incalculable gaieté je me privais en ne contemplant pas d'abord Tom Tompson, son nez et sa verrue.

Mais ce plaisir, pour avoir été retardé, n'en fut pas moins vif, car aussitôt que l'admirable beauté d'Ellen me permit de porter mes regards vers son compagnon, je fus obligé de me tenir les côtes et de détourner les yeux, car si j'avais continué à le contempler, il est certain que j'aurais été forcé de me rouler sur le trottoir, dans une crise de rire telle que l'expression homérique elle-même ne peut rendre ma pensée que dans une proportion homéopathique, je veux dire infinitésimale.

« Tom Tompson ! Tom Tompson ! m'écriai-je aussitôt que mon accès me permit de parler. Ah ! ah ! ah ! ah ! Tom Tompson ! Je parie cinquante dollars que vous êtes Tom Tompson ! Ah ! ah ! ah ! ah ! Aïe ! on ne devrait pas rire comme cela. Aïe ! ah ! ah ! Vous êtes bien Tom Tompson ? »

On m'avait averti pourtant. Dans les ateliers des chemins de fer, dans les gares, sur les locomotives, le nez et la verrue de Tom Tompson étaient célèbres, et l'on m'avait prévenu que lorsque je le rencontrerais, je ne pourrais manquer de le reconnaître et de rire aux larmes, de rire jusqu'à la douleur et de crier : « Vous êtes Tom Tompson ! » ce qui n'avait pas manqué.

Par malheur, c'était la première fois que le père d'Ellen venait à Albany, et par conséquent il n'y avait jamais exhibé ses désagréments physiques. Mon hilarité infinie attira l'attention des passants ; une foule s'amassa, qui d'abord ne prit garde qu'à moi et me crut fou ; mais aussitôt que j'eus étendu le bras vers l'homme au nez, et que je lui eus lancé mon fameux : « Vous êtes Tom Tompson ! » tous les regards suivirent machinalement la direction que j'indiquais, et, à l'aspect de la verrue et de son propriétaire, dont les yeux furibonds roulaient de chaque côté de ce nez comme deux brasiers aux deux bords d'un double précipice, une clameur s'éleva, un rire inextinguible s'empara de la foule, et jamais, j'en suis certain, depuis que Noé a jugé à propos de se sauver dans l'arche, jamais on n'a ri comme cela sur cette terre déplorablement désolée.

Intimidé par les regards qui s'étaient portés sur lui, singulièrement embarrassé par mon apostrophe, ahuri par les éclats de rire qui jaillissaient en fusées, ce malheureux Tom faisait une mine qui devenait plus comique à chaque minute. Sa verrue, objet de l'admiration générale, commençait à se mouvoir, malgré lui, au bout de son nez, et prenait des poses, et faisait la belle comme pour mériter l'immense succès d'enthousiasme qu'elle obtenait en ce moment. Et plus Tom Tompson cherchait à donner à sa physionomie la placidité de l'étonnement, plus cette satanée verrue, agitée sans doute par des mouvements intérieurs de l'âme, se trémoussait sur son promontoire et se plaçait de minute en minute sous un jour nouveau ; en sorte que l'hilarité de la foule, qui semblait pourtant arrivée à son apogée, grandissait encore.

Il y avait des gens qui s'étaient assis sur le trottoir, et se tordaient en un rire nerveux. Vous jugez par là si le nez de Tom Tompson et la perle noire qui en faisait l'ornement produisirent leur effet.

Mais tout a un terme, même la patience de Tom Tompson. Il s'était séparé de sa fille Ellen pour se placer au centre du groupe dont il faisait la joie. Ses yeux furibonds allaient d'un rieur à l'autre, cherchant sans doute sur qui il pourrait faire retomber sa puissante colère.

Ce ne fut pas très long, s'il m'en souvient encore.

Nous étions deux personnes plus rapprochées de lui que les autres passants. Il s'avança droit vers mon voisin, et, repliant son formidable médius sur le pouce, pour lui donner la détente nécessaire, il asséna une terrible chiquenaude sur le nez du jeune homme, qui cessa de rire.

On pensa qu'il avait voulu s'attaquer ainsi à cette partie de la figure que tout être humain avait plus belle que lui. L'homme au nez meurtri poussa un rugissement, et porta précipitamment la main à son nez comme s'il n'eût pas été sûr de le retrouver à sa place, tant ce coup avait été violent.

Le public, qui s'attendait à quelque chose et qui commençait à se calmer, se reprit à rire de plus belle.

Quant à Tom Tompson, il se tourna vers moi pour se venger aussi. D'un puissant revers, il allait m'atteindre à la face et me casser peut-être deux ou trois dents, lorsque je me baissai rapidement ; en sorte que son coup alla porter sur une figure voisine, mais non sans avoir fait voler mon chapeau à vingt pas.

Ce fut alors que les éclats de rire prirent les proportions de la folie. Tout Hudson's-street ressemblait à un préau d'aliénés. Il y avait des gens qui se sauvaient à toutes jambes pour se guérir d'une telle frénésie.

Ce dernier accès, bien plus étonnant que les premiers, demande une explication, et je vais la donner de bonne grâce.

Dès l'âge de vingt-deux ans, — et j'en avais alors vingt-sept, — j'avais perdu la plupart des cheveux que je tenais de la mère nature. J'étais la victime d'une calvitie aussi absolue que possible.

Le mot victime n'est pas trop fort, car à l'époque même où j'avais vu mes cheveux s'en aller, — je n'ose pas dire un à un, puisqu'ils tombaient chaque jour par milliers, — sur le sommet de mon crâne on avait vu poindre une protubérance qui en peu de temps prit des proportions invraisemblables.

C'était une loupe, mais une loupe plus grande que nature, une loupe géante, qui, par-dessus le marché, affectait des formes bizarres. Vous voyez cela d'ici.

Quand je me découvrais volontairement, une perruque très admirablement construite dérobait mon infirmité aux yeux de mes contemporains. Mais quand j'ôtais ce supplément dissimulateur et réchauffant, ma pauvre tête avait l'air d'un mamelon de montagne aride et désolé, au sommet duquel l'effort d'un volcan aurait produit une bosse immense.

Or, Tom Tompson, en faisant sauter mon chapeau, avait provoqué du même coup l'enlèvement de ma chevelure artificielle, et l'effet de ma loupe sur les spectateurs de cette scène fut encore plus hilarant que l'effet de la verrue automate dont Tom Tompson était si peu fier.

A peine étais-je décoiffé que la colère de mon adversaire tomba. Il éclata de rire à son tour, et se tint les côtes jusqu'au moment où, pouvant reprendre sa respiration, il s'écria :

« Vous êtes William Turkey ! »

Je fus stupéfait en entendant ainsi prononcer mon nom, et je ne comprenais pas, tant les hommes les plus enclins à rire des autres se figurent difficilement qu'on peut aussi se moquer d'eux, je ne comprenais pas comment Tom Tompson m'avait reconnu.

Je sus depuis que ma loupe était aussi célèbre dans les gares et sur les locomotives que la verrue de mon adversaire.

II

Quelle mauvaise invention du Créateur que la nature humaine !

Je ne suis pas méchant, et, tout en faisant une plaisanterie à Tom Tompson, je pensais qu'il la prendrait du bon côté et finirait par en rire comme tout le monde.

Seulement je n'avais pas songé à me demander s'il me serait agréable, à moi, d'être aussi ridiculisé devant tous, et si je serais assez homme d'esprit pour m'amuser, avec la même galanterie, d'une mauvaise farce qui me serait faite.

Ce que j'avais espéré de Tom Tompson se réalisa. En fin de compte, il se mit à plaisanter avec les railleurs, trouvant lui-même des idées fort drôles sur son incomparable verrue.

Quant à moi, qui n'avais pas réfléchi à l'effet que produiraient sur mon esprit les railleries que j'appliquais aux autres, je me mis, — comme un imbécile, — dans une violente colère. Je pâlis, mes yeux s'injectèrent de sang, et toute ma face était hideuse de fureur. La foule, insultée par moi, riait de plus belle à chaque injure que ma furie me dictait.

Il en résulta naturellement que je devins encore plus enragé, et que je frappai deux ou trois personnes. Cette action déraisonnable pouvait m'attirer le mépris de miss Ellen et les représailles de la foule ; mais je n'avais plus conscience de rien. Nous sommes généralement comme cela dans l'humanité !

Le public n'avait pas bien pris du tout les quelques horions que j'avais distribués, et je sentais, malgré ma folie passagère, qu'on allait me faire un mauvais parti.

Mais Tom Tompson s'approcha de moi, me mit la main sur l'épaule, comme s'il eût voulu prendre possession de quelque chose qui fût à lui, et, se tournant vers la foule, il dit :

« Cet homme, *ladies and gentlemen*, cet homme m'apppartient. J'ai cru d'abord qu'il rirait, comme je venais de le faire, des disgrâces dont la nature l'a gratifié, mais il se fâche, il tombe colère et frappe de droite et de gauche. Il juge donc que nous l'avons insulté. Pour être logique, il devra convenir que j'ai été insulté aussi, et par lui, qui a commencé. Un combat entre nous deux peut seul finir cette querelle, et je vous prie de me le laisser tout entier, afin que j'aie pour adversaire un homme et non un invalide. »

Ce speech de Tom Tompson eut un succès énorme :

« Il a raison! il a raison! s'écria la foule. Hurrah pour Tom Tompson! hurrah pour sa verrue! hurrah pour son nez! hip! hip! hip! hurrah! »

Je suis maintenant convaincu que Tom Tompson n'avait en aucune façon la pensée de me provoquer en combat singulier. Son seul but, en me réclamant sous cette forme originale, était de m'arracher à une populace qui, après son accès de violente gaieté, pouvait finir par m'écharper en un clin d'œil.

Mais j'étais trop bête pour avoir compris la généreuse idée du père d'Ellen, et je m'écriai :

« Je veux bien. Entrons dans une taverne et réglons les conditions du combat. »

Tom Tompson se mit donc à marcher à mon côté. Le gros du rassemblement continua sa promenade interrompue, et les curieux seulement nous suivirent, dans l'espoir d'apprendre quelque chose d'intéressant sur le duel qu'on leur avait annoncé.

Nous entrâmes dans un bar-room. La grappe d'indiscrets qui s'étaient attachés à nous s'égrena dans tous les sens, sauf deux ou trois qui ne lâchaient pas aussi facilement le plaisir probable d'assister à la mort d'un homme.

Quoique je fusse encore ivre de ressentiment, je savais qu'il était d'usage d'être fort poli dans les circonstances où je me trouvais, et j'offris une bouteille de wisky à mon adversaire.

On s'attabla, — miss Ellen était retournée à son hôtel. — On but énormément; même on s'enivra si bien, que Tom Tompson, qui n'avait voulu que me sauver en m'enlevant à la foule, ne se souvint plus de rien, sinon que je l'avais insulté, qu'il m'avait injurié, et qu'il était parfaitement d'accord avec moi sur la nécessité absolue de la mort d'un de nous deux, la terre étant trop étroite pour supporter deux hommes dont le premier a une verrue, tandis que le second a une loupe.

« Ah! mais, attention! mon fils, s'écria Tom Tompson en frappant vigoureusement sur la table, attention ! il nous faut un combat dont on parle dans cent ans !

— Tom, je suis votre homme ! »

Comme je disais cela, je remarquai sa verrue ; elle se dressait avec une allure des plus belliqueuses qui me fit plaisir.

« Ta loupe a bondi, mon fils, répondit Tom, et je suis sûr que tu n'auras pas peur. Inventons donc quelque chose qui soit... attends, il y a un mot de savant là-dessus qui peint bien la chose... hom... homenie... qui soit homérique : voilà le mot !

— Je ne sais pas ce que ça veut dire, mais j'accepte. Va pour homérique.

— Eh bien, mon fils, que dirais-tu d'un combat à la nage dans l'Hudson ? On s'armerait d'un poignard et... le reste se comprend.

— C'est joli ce que vous proposez là, Tom, mais c'est peu pratique. Nous partirions, n'est-ce pas, chacun d'une rive pour nous rejoindre au milieu ?

— Naturellement.

— Eh bien, Tom, il se pourrait que, le courant nous entraînant l'un ou l'autre à quelques yards plus loin que nous ne le penserions, nous fussions obligés de nous rejoindre, de nous attendre et de dépenser beaucoup de forces à nager.

— C'est vrai.

— De telle sorte qu'au moment où le combat réel commencerait, nous ne serions plus assez vigoureux pour ce beau moment : sans compter que celui qui serait dans le courant au-dessus de l'autre aurait un avantage.

— Tu as raison. Tu es un loyal *boy*, mon fils. Il faut que les chances soient égales de part et d'autre. Trouvons autre chose. »

Nous nous mîmes alors à boire du wisky, et tant, que Tom ne trouva plus rien, pas même une lueur de raison dans sa pauvre tête.

Quant à moi, j'avais déjà combiné deux ou trois rencontres au couteau, à la carabine, et même au poison, lorsqu'il me vint une idée triomphante.

« Tom ! ne cherchez plus ! Tom ! j'ai trouvé ! m'écriai-je d'un air radieux.

— Tu as trouvé ! Il y a un mot de savant là-dessus, murmura mon adversaire en dodelinant sa tête. Voyons ce que tu as trouvé.

— Voilà : Un jour, sans rien dire, Tom Tompson montera sur sa locomotive en revenant de Washington ; William Turkey, à la même heure, fera partir sa machine de New-York. Tom Tompson et William Turkey seront sur la même voie, comme par hasard. Ils seront seuls et donneront à leur monture toute la vitesse possible, jusqu'à ce qu'ils se soient rencontrés et qu'ils aient sauté en l'air tous les deux.

— Ça, c'est parfait, soupira Tom Tompson en ingurgitant un verre; ça, c'est parfait.

— Il n'y aura plus qu'à s'arranger pour retomber sur ses pattes.

— Sur ses pattes! sur ses pattes! Tu en parles bien à ton aise, mon fils. Retomber sur ses pattes! ça doit être fort difficile, grommela lentement Tom Tompson, qui avait toutes les peines du monde à articuler deux syllabes sans lancer un hoquet. Sur ses pattes! Retomber sur ses pattes! un problème, quoi! C'est égal, mon fils, c'est convenu. Ton idée est superbe; ce sera pour après-demain. Tu peux t'en aller, à moins que tu ne veuilles accepter à ton tour une bouteille de brandy. »

III

Quand Tom Tompson voulut sortir de la taverne, il n'avait plus aucune idée des lois de l'équilibre, et il s'étala de tout son long sur la chaussée, en murmurant encore :

« Sur ses pattes! un problème, quoi! »

Ce qui n'empêcha pas cet excellent homme de se rappeler parfaitement ce qui était convenu, tandis que moi, qui en apparence étais beaucoup plus froid que lui, je ne me souvins de rien, et si je partis de New-York ce jour-là, ce fut pour aller me promener dans la campagne.

Tom Tompson, ayant fait sur sa machine les trois quarts de la route entre Washington et New-York, trouva que je manquais d'empressement à me porter à sa rencontre; mais quand il entra en gare à New-York, il fut très surpris, peut-être même indigné de mes façons.

Aussi se mit-il à la recherche de votre serviteur pour lui faire sur sa conduite des reproches sanglants. Je revenais, — car il était déjà tard, — je revenais chez moi en suivant les quais, lorsque je me sentis frapper sur l'épaule.

« Je te cherchais, mon fils, dit gravement Tom Tompson, pour te dire que
tu compromets les chemins de fer.

— Comment! m'écriai-je en cherchant à reconnaître mon interlocuteur.

— Je suis Tom Tompson, mon fils, et tu devais partir aujourd'hui de New-
York pour venir sauter en l'air avec moi et nos deux machines?

— C'est vrai, Tom, c'est vrai.

Une rue de New-York.

— Eh bien, pourquoi n'es-tu pas venu? tu n'as pas eu peur, je pense?
d'ailleurs tu dois te souvenir que c'est toi qui m'as provoqué.

— Eh bien, Tom, il faut me croire, car ce que je vais vous dire est la
vérité pure; c'est précisément le souvenir dont vous parlez, ou pour mieux
dire la mémoire, qui m'a fait complètement défaut.

— Je veux le croire, dit Tom d'une voix assez railleuse.

— Vous m'aviez trop fait boire de wisky, Tom, et j'en ai dormi quarante-
huit heures; après quoi je suis allé prendre l'air, sans plus songer ni à vous
ni à notre duel.

— Et alors?

— Alors, ce sera pour demain, si vous n'avez pas mieux à faire.

— C'est bien, mon fils, ce sera pour demain. »

Là-dessus nous nous séparâmes.

Le lendemain, en effet, je préparai ma locomotive comme si j'eusse été en service extraordinaire. Au milieu du brouhaha de la gare, on ne fit pas attention à moi.

Tom Tompson n'était pas retourné jusqu'à Washington. Il avait dû s'arrêter dans une petite ville intermédiaire qu'il m'avait désignée. A dix heures, sa machine se mettait en route aussi.

La seule difficulté réelle pour l'exécution de notre projet consistait à pouvoir prendre tous les deux la même voie sans exciter les soupçons des agents de la compagnie.

Je connaissais fort heureusement un aiguilleur dans une gare située à peu près aux deux tiers de mon parcours. Je lui dis que j'allais porter un secours sur la voie où la machine de Tom, lancée à toute vitesse, se dirigeait vers moi. Cet homme me crut, aiguilla, et je passai.

Vous dire que mon cœur ne battit pas un peu plus vite quand je me trouvai sur cette voie, et que je songeai au choc imminent qui m'attendait, serait un mensonge infâme.

Aussi me mis-je en devoir d'accélérer la vitesse de ma locomotive, pour que le vertige de la course ne me laissât pas trop de temps à consacrer aux réflexions.

Je pouvais dérailler, je le désirais presque. C'était en effet une épouvantable idée, que celle que j'avais eue là. Deux fois dans ma vie j'avais vu des locomotives se rencontrer, et je savais quel terrible chaos cela produit. Pour les hommes qui les montent, il n'en est plus question. Un miracle, un de ces miracles que l'imagination elle-même ne saurait inventer, tant il est improbable, peut seul sauver les malheureux.

Et puis, c'est une effrayante lutte. L'une des machines a l'air de vouloir monter sur l'autre et l'écraser, mais celle-ci se dresse à son tour avec un bruit terrible. Les deux monstres se matent en jetant les cris aigus et sinistres de leurs sifflets; la respiration désordonnée de la vapeur se mêle à cette confusion; on jurerait qu'ils vont se prendre à bras le corps et chercher à se renverser l'un l'autre. Puis, souvent une chaudière éclate, des craquements de fer retentissent, et avec lourdeur les deux adversaires, vaincus, brisés, morts, retombent sur le sol, déchirés par ce gigantesque et mortel embrassement.

Ce souvenir me revenait à l'idée perpétuellement, sans que je pusse parvenir à le chasser, et cela m'ennuyait fort.

Ah çà! William Turkey, me dis-je enfin à-moi-même, est-ce que par hasard tu aurais peur?... Tu inventes un duel comme on n'en a jamais vu, et au moment même où le combat va avoir lieu, où en mourant tu vas épouvanter l'univers par ta gloire, voilà que tu te prends à trembler, et que tu voudrais bifurquer!... Du charbon dans le brasier, William, et en avant!

Ce léger speech me raffermit un peu. Je mis du charbon dans le foyer; mais comme je relevais la tête, je sentis une sueur glacée envahir mes tempes et mon dos. Tom Tompson n'était pas à plus d'un mille de moi, et nous allions l'un et l'autre d'un train d'enfer.

Voulez-vous que je vous dise tout? Eh bien, je fermai les yeux en m'adossant à ma provision de charbon, et j'attendis.

Une minute après, je perçus quelque chose qui ressemblait à un coup de vent, j'entendis un bruit rapide à ma gauche... et je chancelai.

Mais, chose étrange, je marchais toujours, et le choc n'avait pas eu lieu. Cela me surprit plus que vous ne pourriez le croire. J'ouvris les yeux. Devant moi, plus rien, pas plus de Tom Tompson que de guignes. Je faillis tomber d'étonnement. Où diable était-il passé? Je jetai un regard derrière ma machine, et alors je vis mon adversaire qui s'éloignait de moi.

C'était à croire à quelque sortilège. Comment avait-il passé sans me briser, sans se briser lui-même? Est-ce qu'à l'exemple des gentlemen riders, il avait dressé sa locomotive à franchir les obstacles et à courir les steeple-chases?

Ce n'était guère probable. Cependant il devait y avoir une raison, et je me creusai en vain la cervelle pour la trouver.

Au fond, comme je n'étais pas fâché de m'être tiré de ce mauvais pas, je finis par donner ma langue aux chiens devant un pareil rébus, et je ralentis ma vitesse pour pouvoir revenir tranquillement sur mes pas. Ce qui fut fait.

Et en arrivant près d'une petite gare, aux abords de laquelle je jugeai que nous avions dû nous rencontrer, je vis aussi revenir Tom Tompson, mais non pas sur la même voie que moi, ce qui me surprit un peu.

Nous stoppâmes l'un et l'autre, et j'appris alors ce que je n'avais pu voir, tant mes yeux étaient bien fermés lorsque j'attendais stoïquement la mort.

Un aiguilleur, plein de naïveté et de présence d'esprit, — il faut bien l'avouer, — ayant vu deux locomotives s'avancer l'une vers l'autre avec une vitesse de cinquante milles, avait d'abord poussé une exclamation d'étonnement, puis, prompt comme la pensée, s'était jeté sur sa barre, et avait tiré dessus d'une façon désespérée, de telle sorte que Tom Tompson, qui était arrivé le premier à la hauteur de la gare en question, avait pris, malgré lui, et pour notre salut commun, une autre voie.

« *Devil!* s'écria Tom Tompson aussitôt qu'il put se faire entendre, cet imbécile nous a fait manquer notre affaire.

« C'est à recommencer, mon fils. »

IV

Tom Tompson avait la réputation d'être extrêmement entêté. Il me fit bien voir qu'il n'avait pas usurpé cette renommée.

Le lendemain, il se présenta chez moi tout guilleret, et me fit mille excuses et compliments, traitant l'aiguilleur, à qui nous devions d'être encore en vie l'un et l'autre, de triple butor, d'âne enrégimenté, de bœuf obtus, et de cent autres appellations qui ne le cédaient en rien, comme aménité, aux premières.

Si je n'étais pas sûr d'avoir des lectrices, — et en grand nombre, — je transcrirais même la suprême injure qu'il lui adressa, injure qui n'a pas d'équivalent dans toutes les langues.

Mais je sais trop ce que je dois aux convenances, aux lecteurs et à moi-même, pour pousser l'amour du détail aussi loin, bien que je sois fanatique de la scrupuleuse exactitude des faits, lorsque je me permets d'écrire une narration quelconque.

Après avoir tempêté à son aise, et conséquemment fait prendre à sa verrue les diverses poses qu'elle affectait en pareil cas, Tom Tompson me tendit la main et me dit :

« Mon fils, ce sera donc pour après-demain.

— Va pour après-demain, Tom.

— Mais cette fois il ne faut pas manquer notre coup. Tu serais ridicule à jamais et moi aussi.

— A Dieu ne plaise, Tom, que cela arrive.

— Bien, mon fils, bien ! au revoir donc ! Je te dis au revoir !

— Au revoir, Tom. ».

Le surlendemain, je partis comme la première fois.

Il faisait très beau. J'ignore complètement si je dois attribuer ma bravoure à l'état de l'atmosphère ; mais il est certain que j'étais crâne, ce matin-là, à un degré incalculable. On a remarqué que les révolutions sont bien plus tôt faites et les batailles plus tôt gagnées lorsque le ciel est pur de tout nuage, ou tout au moins quand il ne pleut pas.

Le brouillard et la pluie refroidissent singulièrement le courage des hommes, et l'on n'aime pas à mourir par un mauvais temps. Sans disserter plus longuement sur ce sujet, je n'ajouterai qu'une dernière preuve : beaucoup, mais beaucoup de spleenétiques ou de désespérés ont remis leurs projets de suicide à une époque indéterminée, parce que l'eau de la rivière au fond de laquelle ils allaient se jeter leur semblait grise et froide.

Quoi qu'il en soit, j'étais fort décidé à mourir comme un héros, quoique plusieurs fois déjà, même en mettant mes chaussettes, le matin même, je me fusse dit que j'allais me faire tuer comme un imbécile, sans profit pour personne, pas même pour moi.

Mais enfin j'avais une loupe, et Tom Tompson une verrue ; il fallait bien que nous subissions les conséquences de cette malveillance de dame nature.

Bref, quand je fus au grand air, filant un nombre considérable de milles à l'heure, je ne pensais plus qu'à écraser Tom, qui d'ailleurs me paraissait mettre un acharnement singulier à me rencontrer avec sa locomotive. Je ne voulais apparemment pas me rappeler que c'était moi qui avais proposé la chose.

J'avais fait quarante-huit milles, — vous n'exigez pas le chiffre des fractions, je pense, — et j'étais toujours bouillant de courage et d'impatience, lorsque je dus obéir à un signal qui m'ordonnait impérieusement de m'arrêter.

Un accident grave avait eu lieu sur la voie. Je voulais bien me faire écraser

14

par Tom Tompson, et l'écraser moi-même par la même occasion, mais je n'avais
aucune raison d'aller me buter contre un fouillis de wagons déraillés et de voyageurs aplatis.

Je ralentis donc ma vitesse, et il était temps, car j'allai m'arrêter à vingt-
cinq yards du lieu où avait eu lieu l'accident en question.

C'était une épouvantable marmelade de wagons, de locomotives, de marchandises de toute sorte : sucres, mélasse, balles de coton, barriques de vin,
tonneaux de wisky, etc., etc.

Le train qui venait de dérailler ne transportait pas de voyageurs. A la seule
inspection de la machine, je sus par quel mécanicien il était monté. C'est
toujours là notre première pensée à nous autres, parce que nous n'ignorons
pas qu'un mécanicien ne revient guère de ces expériences de balistique.

Heureusement, — si ce mot n'est pas trop cruel, — j'acquis la certitude
que le mécanicien et le chauffeur, qui étaient probablement morts à quelques
pas de moi, se trouvaient être les deux plus misérables, les deux plus
paresseux, les deux plus ivrognes, les deux plus insupportables drôles de
l'Amérique.

Je leur fis mentalement une oraison funèbre appropriée à leur mérite, et
d'autant plus courte que mon estime pour leur infortunée carcasse était moins
grande.

Après avoir sommairement accompli ce devoir sacré, je mis pied à terre
pour faire le tour des décombres et prêter mon concours au déblayement de la
voie, si cela était nécessaire.

Quel ne fut pas mon effarement, lorsque je vis accourir vers le train le
mécanicien que je venais de pleurer si brièvement! On a bien raison de dire
que la mort ne veut pas des vauriens.

Ce sacripant, lancé en l'air par l'arrêt subit de sa machine, avait été précipité, — comme par miracle, — dans une large et profonde mare au fond de
laquelle il avait exécuté un plongeon incomparable, — de dos.

Grâce à cette bienheureuse circonstance, sa chute amortie était devenue
un simple bain d'eau malpropre, mais protectrice.

Un de sauvé, me dis-je. Tant mieux, mon Dieu! nous ne voulons pas la
mort du pêcheur. Quant à l'autre, et il fait bien, ce déraillement le soustrait
à la potence.

Comme je finissais cette réflexion, le chauffeur apparut à son tour. Il était alerte et gai, et quand il fut à deux pas de moi, je m'aperçus qu'il exhalait un parfum agréable et pénétrant, que sa cabriole n'expliquait pas assez.

Cela faisait du reste un étrange contraste avec l'odeur qu'exhalait le mécanicien, car celui-ci, tout imprégné de boue puante, aurait fait fuir un préparateur d'*assa fœtida*.

Interrogé, le chauffeur raconta qu'envoyé dans les airs par la vitesse acquise, il ne songeait qu'à mourir, lorsqu'il se sentit atteint dans sa parabole par de petites branches qui lui fouettaient le visage. Puis, comme il se rapprochait de la terre, une sorte de hamac se forma sous lui; il était à demi soutenu par un bouquet de lauriers-roses très touffu, très doux et très parfumé. Il glissa encore quelques secondes sur ce lit de fleurs qui amortit l'impulsion à laquelle il obéissait malgré lui, et enfin ce chenapan, tout couvert de parfum, se trouva mollement étendu, sans une égratignure, sur une pelouse épaisse et fleurie, à l'ombre des lauriers-roses, à deux pas d'une source, comme un demi-dieu de l'antiquité en rupture d'Olympe.

Ah! si ces deux gaillards-là eussent valu quelque chose, comme vous ou moi!

Mais au moment même où le chauffeur finissait de raconter son aventure, on entendit une voix qui partait du milieu du gâchis.

« Qu'est-ce encore? s'écria-t-on de toutes parts.

— Vous pourriez bien dire : qui est-ce? malhonnêtes! » répondit la voix.

Je tressaillis et me mis à courir dans la direction où se percevaient les appels. On me suivit; et quel fut mon étonnement lorsque je finis par retirer de dessous une vraie compote de marchandises, qui? vous l'avez deviné, mais avouez que c'est un peu fort, qui? Tom Tompson! Tom Tompson en personne. Sa verrue était intacte, lui aussi.

Il m'aperçut ou me devina.

« C'est une mâle chance, mon fils. Il faudra encore recommencer. Toi qui ne trouvais pas mes idées pratiques, il me semble que les tiennes nous donnent un peu de mal au point de vue de l'exécution. »

Une chose à laquelle je n'avais pas pensé, c'était la cause de l'accident. Je l'avais maintenant sous les yeux. Tom Tompson et sa locomotive, arrivant à toute vitesse contre moi, s'étaient heurtés, après une courbe de la voie, contre le train dont il ne restait plus que des miettes.

« Et comment avez-vous été jeté là-dessous, Tom?

— Ma foi, mon fils, je n'en sais absolument rien. Il y a eu étourdissement. Je ne suis revenu à moi qu'au moment où tu m'as entendu crier.

— Vous avez du bonheur!

— Tu trouves? William, mon fils, ne te moque pas de moi. Voilà deux journées que je perds, sans compter la locomotive, et c'est une affaire à reprendre. Mais pour la prochaine, je t'attendrai à un endroit où ce sera plus certain, près du pont de Black-River.

— Vous tenez donc beaucoup à me tuer?

— Moi! pas du tout. Mais puisque c'est convenu... Est-ce que par hasard tu me croirais capable de reculer?

— Je n'ai pas dit ça, Tom; je n'ai pas dit ça.

— Eh bien! mon fils, ce sera pour mardi, si tu veux?

— Non, pas mardi, j'ai une invitation chez mistress Tapeton... Mercredi, Tom, mercredi.

— Mercredi, mon fils, je suis à tes ordres. Viens prendre une goutte de brandy, cela nous remettra. »

V

Il était dit que nous ne pourrions jamais nous rencontrer, et Tom Tompson avait raison; mon idée n'était pas pratique du tout.

D'abord, les surveillants des compagnies commençaient à s'étonner de nous voir partir si souvent l'un et l'autre sous des prétextes futiles, car enfin il fallait aussi trouver des prétextes; ensuite, nous avions constaté qu'il était extrême-ment difficile de passer tous les deux sur la même voie. A chaque instant, il se trouvait là un aiguilleur pour nous remettre dans le droit chemin, ou un inspecteur pour s'enquérir des causes de notre voyage dans des conditions si anormales.

Quoi qu'il en soit, le mercredi suivant, nous fûmes l'un et l'autre fidèles à notre promesse. Tom Tompson montait naturellement une autre locomotive, puisque la sienne avait précédemment servi à culbuter un train, à baigner un mécanicien et à parfumer un chauffeur par des procédés inconnus jusqu'à ce jour, et d'ailleurs difficilement praticables dans la vie courante.

Quant à moi, j'avais toujours la même machine.

Mais il semblait que j'eusse absolument changé de cœur ; mes hésitations de la première journée ne se présentèrent seulement pas à mon esprit, et je hâtai le moment du choc autant qu'il était en mon pouvoir.

Avais-je comme une intuition de l'issue féconde que devait avoir ce combat terrible et nouveau ? Qui sait ? Peut-être aussi le spectacle des trois mécaniciens sauvés dans une rencontre bien faite, d'après toutes les prévisions ordinaires, pour leur coûter dix fois la vie, me faisait-il penser, à mon insu, qu'un homme pris entre deux monstres de fer peut en réchapper.

En partant, j'étais non seulement serein et tranquille, mais j'avais dans l'esprit une pointe de gaieté à laquelle, du reste, je n'aurais pu trouver de véritable cause. Tom Tompson, il me l'a dit plus tard, se déclarait incessamment à lui-même, tout en lâchant sa vapeur pour venir me tuer, que mon idée était absolument stupide, et que son combat dans la rivière aurait eu bien plus de physionomie.

J'ai encore le regret de n'avoir pas vu sa verrue dans ce moment-là, car elle devait être, vous n'en doutez pas, particulièrement phénoménale. Mais le bonheur ici-bas n'est jamais complet.

Vous trouverez, lecteurs, que je vous fais languir et que je ne vais pas droit au but. J'aurais bien voulu vous y voir, pour juger de l'empressement que vous y auriez mis à ma place. Quant au but, un but suprême, je marchais vers lui, je vous assure, avec une rapidité que je jugeais très convenable.

Seulement, dans ces moments-là, l'esprit a une faculté de réflexion excessivement prompte, et je vous fais part de la centième partie, à peine, de ce que je me disais.

J'approchais de Black-River.

Il y a sur beaucoup de fleuves américains d'immenses ponts en bois sur lesquels passent les chemins de fer. Mais ils ne sont pas fixes. Les nécessités de la navigation fluviale ont forcé les ingénieurs à trouver des systèmes qui permissent aux navires de passer.

Ces ponts peuvent donc s'ouvrir. Chaque moitié se replie vers la rive et laisse le passage libre aux plus grands navires. Lorsque les bâtiments ont traversé cette partie de la rivière, les deux moitiés de pont se rejoignent et se juxtaposent exactement, pour laisser franchir le fleuve et l'espace aux trains les plus rapides qui soient au monde.

Sur Black-River existe un pont de cette sorte. A mesure que j'avançais, j'acquérais la certitude que nous allions nous rencontrer sur le pont, et que ce choc serait effroyable dans ses conséquences.

Par suite d'une courbe assez vivement accusée, ni Tom Tompson ni moi ne pouvions voir le pont. Mais la voie ferrée côtoyant pendant quelques milles les deux rives opposées de Black-River, j'aperçus la fumée de sa machine ; il devait voir la vapeur de la mienne.

C'en était fait, cette fois. Pas le moindre aiguilleur qui pût contrarier notre projet, pas le moindre train auquel nous dussions nous heurter avant de nous briser l'un contre l'autre. Le thermomètre de ma gaieté baissa de plusieurs degrés, je dois en convenir.

Cependant je ne faiblis pas. Je bourrai ma machine de charbon, et je me plantai debout sur le tender.

Il était maintenant certain que nous devions nous broyer au milieu de la rivière.

Mais au moment où l'un et l'autre nous eussions dû entrer sur ce pont de malheur, j'entendis un craquement terrible sur la rive de Tom Tompson, et avant que j'eusse pu me faire une idée de ce qui se passait, un autre craquement, plus épouvantable encore, retentit à mes oreilles, et j'aperçus le vide devant moi, à mes côtés, partout...

« Le pont était ouvert ! » m'écriai-je machinalement, et Tom Thompson dut en dire autant. Nous n'avions songé ni l'un ni l'autre que c'était tout naturel, puisque nous avions choisi l'heure où aucun train ne pouvait gêner notre marche, et par conséquent ne pouvait obliger les gardiens à réunir les deux fragments du tablier.

J'eus comme une vague idée que j'avais brisé les barrières. Il me sembla voir de l'autre côté de Black-River quelque chose d'énorme faire un formidable plongeon pendant qu'un homme tourbillonnait dans l'espace ; puis tout manqua sous mes pieds. J'étendis les bras, je perçus le bruit sourd de la chute d'un

poids énorme et le sifflement particulier d'un brasier qui s'éteint, puis je me
sentis entrer dans l'eau, la tête la première.

Je dois même ajouter que je dus pénétrer dans le liquide élément avec
une telle impétuosité, que pas une goutte d'eau ne jaillit autour de moi. Je
disparus au fond du fleuve comme une balle. Si quelque alose peu chanceuse
eût passé en ce moment à l'endroit même où je tombai, il est certain que
j'aurais produit sur la pauvre bête étonnée l'effet d'un projectile foudroyant.

Que se passa-t-il alors ? Oh ! mon Dieu ! je pourrais avoir l'air de l'ignorer
et profiter de l'occasion pour vous faire accroire que je fus sauvé par un
miracle et par un ange... du sexe féminin.

Mais comme je sais très bien comment je fus tiré de là, j'aime mieux vous
le dire tout de suite.

Tom Tompson était vraiment un homme admirablement constitué. En
supposant que ma loupe fût un désagrément physique comparable à sa verrue,
il est certain que je lui étais bien inférieur sous tous les autres rapports.

Il fut, — vous le comprendrez, — il fut naturellement un peu étourdi par
le plongeon qu'il venait de subir ; mais cet étourdissement ne dura pas, et,
quelques secondes après l'événement, on le voyait reparaître à la surface du
Black-River ; même son premier mot fut pour moi, car il murmura entre ses
dents :

« Cette idée est vraiment impraticable. Encore une fois, il va falloir recommencer. William Turkey, mon fils, tu aurais dû accepter ma première proposition. »

Cela dit, il jeta, tout en nageant, un regard autour de lui et se mit à
m'appeler de toutes ses forces. Mais j'étais toujours au fond de l'eau, sans plus
me douter qu'il existât au monde des ponts, des verrues, des rivières, des
loupes, un Tom Tompson et des locomotives.

« God ! s'écria alors mon adversaire, est-ce que cet imbécile serait assez
inconvenant pour se noyer ici, sans se soucier de son honneur et de la promesse qu'il m'a faite de nous briser l'un contre l'autre ? »

Puis, après avoir repris haleine :

« Mais je ne l'entends pas comme cela. Je ne veux pas qu'il meure noyé,
tant que notre duel n'aura pas eu de résultat satisfaisant. »

Cela dit, Tom Tompson plongea comme un marsouin, et se mit à faire des perquisitions au fond de la rivière. Plusieurs fois il fut obligé de remonter à la surface pour respirer. Mais enfin il m'aperçut, plongea une dernière fois, me saisit par un bras et me fit gagner avec lui la rive, sur laquelle il me déposa sans connaissance et à moitié asphyxié.

VI

Après m'avoir fait rendre à la rivière une bonne partie de l'eau que je venais de lui emprunter, Tom Thompson me prit dans ses bras et me porta dans une ferme située à peu de distance du théâtre de notre cabriole.

Tout le bruit que nous avions fait en tombant dans Black-River ayant attiré une copieuse quantité de curieux, on aida mon imperturbable adversaire à me transporter. Cela n'empêcha pas d'ailleurs ces braves gens de s'égayer à leur aise du nez de Tom et de ma tête. Mais ça ne parvenait plus à nous émouvoir.

On m'étendit sur un lit ; la fermière voulut me faire de la tisane, et on alla chercher un chirurgien pour me soigner. Mais avant que la tisane fût infusée, avant que le médecin fût arrivé, j'étais sur pied, toujours grâce à cet animal de Tom qui, connaissant mieux ma nature et jugeant de moi par lui-même, s'était contenté de me faire absorber un demi-litre d'eau-de-vie.

Naturellement, nous ne jugeâmes pas à propos de rester plus longtemps dans la ferme, et nous reprîmes le chemin d'une gare, afin de pouvoir rentrer chacun chez nous le plus tôt possible.

Chemin faisant, Tom Tompson m'adressa la parole :

« Mon fils, me dit-il, nous sommes certainement dans une fausse position vis-à-vis des compagnies.

— Oh ! certainement, comme vous dites ; certainement, Tom.

— Voilà trois locomotives que leur coûte ton idée, sans parler d'un train tout entier dans lequel se trouvait beaucoup de mélasse et de brandy.

— Il est probable, répondis-je, qu'on va nous demander des explications.

— Et que diras-tu, mon fils, lorsqu'on t'interrogera ?

— Je dirai, Tom... je dirai... ma foi, je n'en sais rien. Et vous ?

Je pressai la détente deux fois trois fois, six fois.

— Moi! je dirai la vérité.

— Ah !

— Oui, mon fils, et tu feras bien de m'imiter en cela. Si ces messieurs ne sont pas contents, nous saluerons la compagnie, et, Dieu merci! la jeune Amérique ne manque pas de chemins de fer où l'on sera heureux de recevoir et de payer fort cher les deux plus intrépides mécaniciens du monde, au lendemain du jour où ils ont tenté de s'immortaliser.

— Vous avez peut-être raison. Mais...

— Je te comprends, mon fils, et comme toi je pense que c'est là la difficulté; nous laissera-t-on recommencer? Car il faut que nous recommencions.

— Tom, croyez-moi, on ne nous laissera pas recommencer.

— Eh bien, mon fils, nous nous passerons de la permission. »

Quand je vous disais que Tom Tompson était entêté.

Le soir même nous étions rentrés. On nous fit venir au siège de la compagnie, comme nous l'avions prévu, et nous fûmes interrogés.

Tom Tompson, sans hésiter, fit un speech qui dura bien vingt minutes, dans lequel il entremêla quelques mots latins à beaucoup de paroles inutiles sur l'honneur, le devoir et la gloire. Bref, il parla comme un livre, au grand étonnement de ses chefs et de moi-même; puis il déclara que, pour la compagnie, la gloire d'avoir deux mécaniciens aussi acharnés compensait, et au delà, le léger inconvénient de perdre quatre locomotives et vingt-cinq wagons, sans compter les marchandises.

On l'écouta, on l'admira, on lui donna raison, et même on nous rendit notre emploi, mais avec précaution de nous demander notre parole d'honneur de ne plus recommencer.

« S'il ne s'agit que de ne plus recommencer sur les lignes de votre compagnie, messieurs, je suis prêt à faire cette promesse, m'écriai-je alors; mais il ne peut pas nous être défendu d'essayer encore une fois sur un autre chemin de fer!

— Sur un autre chemin de fer, cela ne nous regarde pas, répondit, avec beaucoup de sagesse, le président. »

Quand nous fûmes dans la rue, Tom Tompson me dit:

« Écoute, William, il ne faudrait pas laisser traîner cette petite affaire.

— Certes, Tom, je comprends aussi bien que vous la nécessité d'en finir une bonne fois ; mais j'avoue que je suis un peu découragé.

— Découragé, mon fils ! qu'est-ce que c'est que ce mot-là ?

— Ne vous emportez pas, Tom ; voici ce que je veux vous dire : Mon idée, que nous avons trouvée si admirable au premier abord, me semble aujourd'hui impossible comme exécution.

— Je te l'ai déjà dit cent fois, mon fils ; mais tu es entêté. Moi, vois-tu, je cède à tout le monde, et pourvu qu'un combat ait lieu, dont notre honneur sorte sauf, je me range à ton opinion nouvelle, si toutefois tu en as une.

— Hélas ! Tom, je n'en ai pas.

— Il faut nous creuser la tête alors. »

A ce moment, je quittai Tom Tompson pour entrer dans une boutique, afin d'acheter une nouvelle perruque ; car vous pensez bien que mon ancienne était restée au fond de la rivière en compagnie des deux locomotives.

Quand je revins, enchanté d'avoir recouvert ma protubérance capitale, mon compagnon marcha vivement vers moi et me dit :

« Mon fils, j'ai une idée, et une idée que je crois honorable en même temps que nouvelle.

— Parlez, Tom, parlez. Je suis tout oreilles.

— Demain nous reprendrons notre service. En conséquence, nous nous croiserons sur la voie au moins deux fois par semaine.

— C'est exact, Tom.

— Eh bien, mon fils, au premier voyage au cours duquel nous devrons nous rencontrer, nous emporterons chacun un solide revolver, et nous lâcherons nos six coups l'un sur l'autre avec autant d'adresse que possible.

— Et si nous nous manquons ?

— Alors, on cherchera autre chose. Mais je te recommande d'apporter tous tes soins à me bien viser ; je ferai tout, de mon côté, pour ne pas te manquer, car il faut l'avouer, mon fils, nous perdons notre temps d'une pitoyable façon. »

Trois jours après, le train de voyageurs que traînait ma locomotive s'avançait à toute vitesse sur une ligne droite, lorsque je vis poindre à l'horizon un panache de vapeur : c'était le convoi de Tompson.

Je priai poliment mon chauffeur de se mettre à l'abri, le suppliant d'ailleurs de ne pas m'en vouloir s'il attrapait quelque éclaboussure, et j'armai mon pistolet.

Monsieur, je vous assure que mon émotion, cette fois-là, fut plus grande que les autres. Tom s'avançait comme la foudre; il m'ajustait déjà de loin, et moi-même je m'étais mis en position de viser aussi bien que faire se pouvait.

Quand j'y pense maintenant, je trouve ça très bien. Tom Tompson m'était évidemment supérieur, et son idée était superbe.

Pour un spectateur, cette scène n'aurait pas manqué d'être émouvante. Les deux trains, comme des oiseaux de proie, fondaient l'un sur l'autre; nous n'étions plus qu'à cent yards, puis qu'à cinquante, qu'à trente yards de distance: enfin nous nous rejoignîmes. Je pressai la détente deux fois, trois fois, six fois.

Pif! paf! pif! Ce fut une vraie fusillade. Pif! paf! pif! encore, et déjà nous étions loin l'un de l'autre. Les voyageurs épouvantés mirent le nez à la portière. Je n'avais assurément aucune idée de ce qu'était devenu Tom Tompson, mais je me sentis soudain aveuglé par quelque chose de chaud qui découlait de mon front sur mon nez et dans mes yeux:

« Vous êtes blessé! me cria le chauffeur.

— C'est possible, lui répondis-je.

— C'est sûr, dit-il, vous êtes couvert de sang. »

Malgré l'affirmation du chauffeur, je doutai. Je ne sentais, en effet, aucune douleur, sauf un léger picotement sur la tête, à l'endroit de ma loupe, mais je connaissais ça.

Enfin, je cherchais encore la cause de mon hémorragie, lorsque j'arrivai à destination.

Sans plus attendre, je repris le train de retour, et je partis à toute vapeur, pour tâcher de rejoindre le convoi de Tom Tompson, qui n'avait qu'une douzaine de milles d'avance sur celui que je ramenais.

Je chauffai si bien, que j'arrivai en gare presque en même temps que lui. Il avait deviné ma pensée; et sautant à bas de sa machine, il se mit à courir vers la mienne, sur laquelle il sauta comme un chat, en criant:

« O Providence! ô Providence!

— Tom, qu'avez-vous?

— Ce que j'ai? Demande-moi plutôt ce que je n'ai plus. Regarde-moi, mon fils, regarde-moi. Tu m'as opéré sans douleur ; tu m'as opéré et cautérisé du même coup. »

Je reculai ébahi. Tom Tompson avait toujours son nez, mais il n'avait plus de verrue : il me parut beau.

Ce fut un trait de lumière. Je fis sauter mon chapeau à tous les diables, je lançai ma perruque ensanglantée à vingt-cinq ou trente pas, et je tendis mon crâne à Tom Tompson.

« Comme la main ! unie comme la main ! Mon fils, nous avons inventé le duel chirurgical. Tu n'as plus de loupe, je n'ai plus de verrue ; une seule chose m'inquiète à présent.

— Quoi donc ?

— J'ai peur de loucher quand mes yeux ne la rencontreront plus au bout de mon nez. C'est égal, mon fils, viens dans mes bras : tu es beau, je suis superbe. On dîne ce soir chez Tom Tompson, et on dînera toute la nuit. Tu m'as opéré, je t'ai opéré : William, veux-tu ma fille ?

— Miss Ellen ne me connaît pas beaucoup et ne doit pas m'aimer.

— Elle t'adore ! imbécile de chirurgien à vapeur que tu es, elle t'adore ; et, sans ta loupe, je te l'aurais déjà offerte. Mais maintenant que tu ressembles à tout le monde, je te dis : Prends-la.

— Tom, cela suffit : je la prendrai demain. Le révérend Smith nous mariera à deux heures. »

ÉPILOGUE

Ellen est un ange ; mes cheveux ont repoussé, et j'ai onze enfants des deux sexes, sans verrue et sans loupe.

FIN

TABLE

27656. — Tours, impr. Mame.